池袋ウエストゲートパーク3

骨音

ISHIDA IRA
石田衣良
林平惠——譯

〔導讀〕石田衣良的世界

新井一二三

一九九七年，石田衣良以《池袋西口公園》登上日本文壇，並獲得了該年的「ALL讀物推理小說新人獎」。至今七年（二〇〇五），作者以及作品的發展都相當可觀。石田不停地發表多部短篇、長篇作品，二〇〇三年以《4 TEEN》一書贏得了第一二九屆直木獎，乃日本最有權威的大眾小說獎；有目共睹，他是當前在日本最活躍的作家之一。至於作品，《池袋西口公園》不僅化身為漫畫、電視劇、暢銷DVD，而且發展成系列小說，已經有四本書問世，第五部也在雜誌上發表過了。

石田衣良於一九六〇年三月二十八日在東京江戶川區出生，從小喜歡看書，學生時代每年看一千本書，也就是每天平均二點七本；從成蹊大學經濟學系畢業以後，任職於廣告公司，跟著成為獨立文案家；《池袋西口公園》是他發表的第一部小說。

有一次訪問中，石田說，三十七歲那年忽然開始寫小說，是受了女性雜誌《CREA》刊登的星座算命的影響。一決定要做小說家，他採取的步伐非常具體、現實：調查好各文學新人獎的投稿規定和截稿日期，並且開始埋頭寫作。

雖然最初以推理作品獲得了獎賞，但是從一開始，他就寫各類不同性質的小說；除了「ALL讀物推理小說新人獎」以外，「日本恐怖文學大獎」和以純文學作品為對象的「朝日文學新人獎」等，石田全去投稿，而在每個地方都引起了審查人的注意。

直木獎作品《4 TEEN》是關於四個初中生的故事；他寫的戀愛小說很受女性讀者的歡迎；以金融界為背景的小說拍成了電視劇。石田衣良的作品世界真是五花八門。

日本小說家，《文藝春秋》創辦人菊池寬曾經說：純文學和大眾文學的區別在於，前者是作家為自己寫的，後者則是為別人寫的。從這角度來看，石田衣良可以說是天生的大眾文學作家。什麼形式的小說，他都會寫，同時能夠保持自己一貫的風格。

《池袋西口公園》本來是一部短篇小說，乃池袋西口水果店的兒子，十九歲的真島誠與當地夥伴們做業餘偵探的故事。

日文原名《池袋（IKEBUKURO）WEST GATE PARK》起得非常巧妙，特有喚起力。在東京人的印象中，池袋一貫是很土氣的三流繁華區；沒有銀座的高貴、六本木的洋氣、澀谷的時髦、新宿的次文化；連地標六十層高的陽光城大樓也蓋在巢鴨監獄舊址上，也就是第二次世界大戰後，日本戰犯被關押處刑的場所，自然不會有歡樂的聯想。但是，一改用英語把西口公園說成「WEST GATE PARK」，簡直忽而出現了全新的年輕人活動區一般，特會刺激讀者的好奇心。

那形象，實際上是作者的創造。他在訪問中說：其實對池袋並不熟悉，只是曾在上下班路上經過的地點而已；作品中，對西口一帶風化店的描寫很詳細，但也並沒有實地採訪過。如果是真的，他想像力之豐富真令人為之咋舌。不過，他也承認，去哪兒都隨身帶有照相機，看到什麼都記錄下來。

一九九〇年代以後，日本經濟長期不景氣，很多青年看不到希望，過著無為的日子。真島誠和他的夥伴們，就是這麼一種年輕人。他母親開的那種水果店，也是東京人都很熟悉的，主要生意是騙醉鬼的錢。高中畢業就不上學、不上班的真島誠，從主流社會來看是個小流氓，理應缺乏正統、健全的倫理觀念。然而，一面對夥伴們或社區的危機，他卻表現得非常精明、勇敢，甚至像個英雄——雖然是三流繁華區的。

《池袋西口公園》最大的魅力，是作者以寬容、溫暖的文筆描寫著這批年輕人。作品中，幾乎沒有一個人是健康、幸福的。家庭暴力、校內暴力、神經失調、援交、亂倫、嗜毒、賣淫、非法外勞、不孕症……大家都有過不可告人的悲慘經歷、精神創傷。他們之間的來往，當初只有兩種：要麼是同病相憐，或者是徹底對抗。但是，隨著小說系列化，真島誠他們幫助的對象也開始包括老年人、殘障人士、小孩子等等的社會弱者。故事一方面保持著青年黑暗小說的架構，另一方面獲得社會、人情小說的味道。石田衣良的手藝真不簡單。

他說：二十多歲時候，曾經有一段時間情緒低落，把自己關在房間裡長期沒出來；後來經過自我訓練，逐漸對社會適應了。我們從他作品看得出來，因為有過痛苦的經歷，他是特會理解別人之苦楚的。

一九八〇年代，日本社會進入後現代階段。純文學等傳統文藝形式對年輕一代人不再有大影響力了。反之，漫畫、卡通、電腦遊戲等成為年輕人共同的文化經驗。在文學領域，內容、情節類似於漫畫的「公仔（characte）小說」流行於年輕男女圈子；其特點是，讀者認同於登場人物，像網絡遊戲一般地投入於故事發展中。

雖然石田衣良是擁有多數大人讀者的傳統小說家，但是他的代表作《池袋西口公園》對年輕人的影響之大，倒彷彿「公仔小說」。他們以英文短稱「IWGP」言及作品；認同於真島誠、安藤崇、齊藤（猴子）富士男、森永和範、水野俊司等主要登場人物之一；從電視劇到漫畫到小說，跨媒體地享受作品。

《動物化的後現代》的作者，一九七一年出生的哲學家、評論家東浩紀指出：「公仔小說」擁有資料庫形式，像某些卡通片一般，登場人物可以無限增大，情節也可以永遠發達，但是始終在一個關閉的故事空間裡。作為大都會青春推理小說出發的「IWGP」系列，似乎在走這一條路。

例如，石田衣良的另一部小說《紅・黑》的別名是「池袋西口公園外傳」。在池袋發生的賭場利潤搶奪案小說，不是由真島誠講述的，而牽涉到他老同學，缺左手無名指頭的黑社會成員齊藤（猴子）富士男。作者說，因為他想多寫點猴子，一時離開《池袋西口公園》而另寫了《紅・黑》，但始終在「IWGP」世界裡。

石田衣良寫的小說，除了「IWGP」之外，《4 TEEN》也以月島為背景，用巧妙的文筆寫下了現代東京的都市景觀。這一點非常有趣。因為他說，曾看過的幾萬本書當中，對他印象最深刻的日本小說家是永井荷風和川端康成。眾所周知：荷風是酷愛東京的老一代文人，尤其對江戶遺風愛得要死。川端也有一段時間熱心地描寫過淺草——當年東京最繁華的鬧區。

總之，關於石田衣良作品，我們可以從好多不同的角度討論下去。不過，他畢竟剛出道不久，年紀也不很大（常帶韓國明星般的笑容出現於各媒體），今後會發表好多作品；目前下任何結論都太早了。無論如何，對這一代日本年輕人來說，「IWGP」無疑成為他們永遠不會忘記的青春插話了。看完了這本書，我相信你也一定會同意。

二〇〇四年八月十日
於東京國立

〔導讀〕作家貴公子

曾志成

作家如果也有階層，石田衣良顯然屬於「作家貴公子」這一階層。貓般的男人，是我對石田衣良的第一印象，石田氏招牌瞇瞇眼以及溫文儒雅表情，不知迷死了多少日本讀者。連最近超人氣年輕實力派男優妻夫木聰都跳出來說自己是石田粉絲，可見石田衣良小說風靡已成為文學界年度流行話題。

三十七歲那年，石田衣良意外獲得《ＡＬＬ讀物推理小說新人賞》副賞（ＡＬＬ讀物：文藝春秋出版社發行的文藝誌。ＡＬＬ讀物推理小說新人賞：該雜誌推理小說部門的公募新人賞），應募代表作《池袋西口公園》（池袋ウエストゲートパーク）一舉成名，該作品被改編成電視劇後，石田衣良開始走紅日本文壇。該賞獎金五十萬日圓，全葬在一次搬家費用。

石田衣良生於東京下町江戶川區，身體流淌著不安定血液，離家獨居以來，曾在橫濱、二子玉川、月島、町屋、神樂坂、目白等地多處遷徙，樂此不疲。石田衣良的作品中充滿了東京某町的特殊情懷，即使不是出生之地，在他居住一段期間後，町所屬的氣味自然融入，成為作家的血肉。石田衣良帶著NIKON F80相機恣意捕捉各町樣貌，池袋與秋葉原便在隨機狀態下被收入文字之中，發展成看似獨立、實則相連的「池袋西口公園系列」。

以真實街景為小說舞台，描繪青少年主人公變異的成長；青春期的苦澀空洞，一直是石田衣良關注的焦點。二〇〇一年出版的《娼年》，石田衣良便透露：「要是誰說自己二十歲時活得非常快樂，這種人的話絕不可信！」

活在青春陰影之中，石田衣良從成蹊大學經濟學部畢業後，患有輕微對人恐懼症，放棄投靠朝九晚五上班族行列。二十五歲以前的石田衣良玩過股票，幹過地下鐵工事、倉庫工人、保全人員、家庭教師，全憑自我意志；三十歲後正式進入廣告界就職，結束青春放浪生活，成為一名靠寫字維生的廣告文案。

寫字工作輕而易舉，獨立門戶後石田衣良搖身一變成為廣告文案蘇活族，每天只需在家工作兩、三小時，生活便可無憂無慮。但年輕時肉體勞動的烙印沒有因此消失，中年的石田衣良突發奇想動筆寫小說，單純只為緬懷自己的憂患青春期。

以作家風格來論，石田衣良不擅長灑狗血。過了血氣方剛之年，得到優渥生活保障後才動筆寫小說的石田衣良，沒有憤世嫉俗，下筆冷靜，保持中立眼光觀看生活周遭。面對單刀直入的戀愛題材，石田衣良以過盡千帆的哀愁詮釋「大人（おとな）戀愛」（成熟、穩重的戀愛）。

與石田衣良初次相遇，短篇小說集《Slow Goodbye》（スローグッドバイ）正好擺在池袋東口淳久堂書店一樓的醒目位置，這本被譽為「珠玉短篇」的小說吸引了我。那時我的日本語還停留在「讀不太懂小說」的階段，沿著石田衣良的文字軌跡，逐字讀完其中某篇，文字意象鮮明地鑲在腦海。看似平凡的愛情逐漸壯大起來，石田衣良的文字簡單冷調柔軟易讀，使人無防備地一頭栽進他所設計的二十代（二十歲以上未滿三十歲的年齡層）男女愛情物語陷阱。與《Slow Goodbye》一樣處理戀愛題材的新作《一磅的悲傷》（1ポンドの悲しみ），主人公設定轉移到三十代都會男女，石田衣良以這兩本作品劃出日本都會二十代與三十代男女的愛情代溝。

乾淨冷調，是許多人讀完石田衣良小說後的讚歎。即使像《娼年》處理男妓題材，文字一點也不猥褻，反而異常透明美麗，這跟石田衣良文字被喻為ＰＯＰ文體脫不了關係。ＰＯＰ文體以輕口吻描述重口味，但此文體輕得有趣的文字卻有著壓倒性力量，現代日本文學在眼前這一代慢慢起了變化，石田衣良的寫作風格符合了當今文學潮流。

從東口淳久堂書店出發，穿過一個長形地下道就可抵達西口，池袋的精采在東口西口北口交織的三角地帶匯集。其中所屬的中心地帶要算是池袋西口公園了。這裡是石田衣良「池袋西口公園系列」磅礡小說的發展場所。

曾在池袋混過半年日本語言學校的我，對池袋環境再熟悉不過，常在語言學校早課過後，帶著一杯咖啡跟一塊麵包呆坐在池袋西口公園噴水池旁，觀看人來人往。東京的都市發展史上，池袋與澀谷並列為七〇年代東京「若者」（young people）之町，混雜程度與新宿不相上下，新宿與澀谷已被太多作品描寫過，從池袋發跡的青少年次文化，與其獨特的幫派械鬥系譜，在石田衣良筆下逐一展開的同時，池袋的特殊氣味有了象徵性意義。「池袋西口公園系列」不僅是石田衣良代表作，更是一窺池袋次文化的最佳窗口。

池袋西口公園的臥虎藏龍，表面上無法察覺，「池袋西口公園系列」彷彿把藏在池袋內裡的祕事掀了開來，身為讀者的我對池袋的移情從這一刻開始作用。曾到過的熱鬧商店街，穿越過情人旅館小巷，活生生觸及的池袋路人甲乙丙丁，隨著主人公真島誠的帶領，跌進了一個人情味四溢的未知推理世界。

活躍在這部青春小說裡的主人公雖然邊緣，卻散發著正義感與人性純粹光輝，石田衣良青春小說的迷人之處就在於此。流連於池袋街頭的邊緣族群：風俗孃（風塵女子），流浪漢，非法滯留的外國人、流氓組織、整天無所事事青少年，在這個活動場域交織出彼此共通的生命樣貌。「池袋西口公園系列」試圖以更新鮮的敘事方式，處理少女賣春、不登校（蹺課）、嗑藥、同儕虐待事件等等當今日本青少年問題，這些正是我所親眼目睹並理解到的東京盛場（都會鬧區）文化，非常重要的關鍵部分。

石田衣良並非少年得志，缺乏作家在成名前「十年寒窗苦寫無人問」的悲苦經歷，中年初試啼聲便贏得眾多喝采與文學賞肯定，石田衣良作品廣泛被日本讀者接受的程度遠遠超乎作者自身想像。

《娼年》、《池袋西口公園之三：骨音》先後被列為直木賞候補作品，《4 TEEN》終於如願摘下第一二九回直木賞，並已改編成電視劇上映。受到直木賞三度眷戀的石田衣良，作品文字仍然輕盈，口味卻要愈來愈多樣，避開冷僻純文學，朝大眾作家之路邁進。

目次

池袋ウエスト
ゲート
パーク

骨音

你知道，這個世上最快的聲音是什麼嗎？

既不是夏末的遠雷，也不是非法改造車風馳電掣的引擎聲，更不是將暴風雨後的天空一掃而淨的小鳥啁啾。是比這些來得更快、更快的聲音。你說你哪會知道？別說是你了，就連我在與這種聲音正面接觸之前，也從來沒想像過它的存在。

那是一種像在水底聽到的爆炸聲一樣朦朧，但異常鮮明的尖銳聲響。它的出現毫無預警，以無法置信的高速奔騰咆哮，震撼著我們每一根神經的底部，並將傾聽者的肉體帶領到另一個世界。我是在池袋的Live House裡，第一次聽到這種聲音。它將速度的特性原原本本地結晶化，變為比音速還要迅捷的子彈，貫穿每一個擠滿樓層的小鬼頭的身體。被擊中的小鬼無不張大嘴巴，以口水眼看就要滴落的神情高聲大喊：

「帥啊！」

這些傢伙雖然個個腦袋空空、表情呆滯，算是這個市場社會的失敗者，但是五官感覺的敏銳度卻非同小可。酷的東西和不酷的東西，在他們如烏鴉在垃圾場覓食般的敏銳度下都無所遁形。這種聲音雖然陰陽怪氣，卻是值得一口斷定的「酷」音。至於這種聲音出自何人之手，在場的小鬼裡頭恐怕沒有一個人介意。

因為能夠欣賞到這麼快的聲音，也就足夠了！

任喇叭牛仔褲隨音樂如旗幟般飄揚，某個人在吶喊著。然而，若非付出相當的代價，如此迅速的速度是不可能存在於人世間的。

我們已經不是為了殺人而毀壞他們的肉體。這個世界是如此天翻地覆，讓我們不會再因如此單純的理由手染鮮血。殺人，只不過是附帶結果罷了。

我們的目的是得到某種殷切期盼、非常美好的事物。

⚜

今年夏天池袋最盛行的是露出半個屁股縫的低腰褲，以及街友攻擊事件。兩者都跟我毫無瓜葛。我只是冷眼旁觀著。

靠著在西一番街的水果店顧店，加上有一搭沒一搭的專欄寫作，我度過了異常炎熱的七月及冷冷的八月。沒有戀情，沒有案件，至於有沒有性愛就任憑看官想像了。我依然像隻狗似的徘徊在池袋街頭，讀了一大堆的書，寫了一丁點的專欄文字，其餘時間都無事可做。我在某本書裡看到一句話：

「擁有鏡子的孩子。」

我覺得與我不謀而合。帶著一面小小的鏡子，我來到街頭。鏡中反射出東京的街景，以及小鬼頭們的身影。那個缺乏厚度的淺藍色世界，便是我有能力表達的一切。當然，若是微妙地調整鏡子的角度，或許能捕捉到從未有人見過的世界剖面。然而會因這樣的行為感到欣喜的，卻只有那些儘管過了二十好幾、仍舊不改單細胞小鬼頭本色的人們。

你能了解孩子們的苦處嗎？

我了解。孩子們都會為寫作文而苦。

每逢*Street Beat*的截稿日逼近，不管腦中有沒有靈感，我都會坐立難安，忍不住走出房間到街頭徘徊。因為那些手機的鈴聲、汽車的喇叭聲，以及行人擦肩而過時的片斷對話，對我而言都是很好的BGM❶。就這樣在池袋街頭低空飛行兩個小時後，我腦袋裡便會編織出一段段有節奏的文字。

一旦掌握住開頭的第一句，我便立刻衝進常去的家庭餐廳或速食店內。這幾個月以來，被我用來取代書房的場所，是一間位於浪漫通❷上、叫做Vivid Burger的狹小漢堡店。在麥當勞的「輕鬆省」攻勢下，店內不管什麼時候都只坐滿一半客人，使用起來非常方便。

在九月中旬的截稿前夕，我穿過自動門，來到櫃檯前面點餐。

「老樣子。」

金色的長髮上戴著三角紙帽的隼人，語氣不耐地回答：

「又只點咖啡？反正你一待好幾個小時，點一下我們的套餐會死喔。要不要嘗嘗看琉球堡啊？」

他故意擺出虛假的笑容。那種漢堡我之前就嘗過了，就是把油膩膩的滷三層肉和鳳梨夾在兩片麵包裡，怎麼看都只覺得是對漢堡這種美國文化的嘲諷。

---

❶ Back Ground Music，背景音樂。

❷ ロマンス通り（Romance Avenue）：位於池袋車站西口附近的鬧區大街，街上飯店、餐廳林立。

「會強打那種產品，我看這家連鎖店也撐不久了。」

「或許吧。」

隼人點了點頭，轉身走向咖啡機。這間店只有一位大學畢業的正式員工，他不上工的時候，便由老資格的兼職員工充當店長。隼人就是其中之一。

「來，咖啡，讓您久等了。」

隨著一聲招呼放在我眼前的托盤上，除了保麗龍製的杯子之外，還有一塊跟任何速食店賣的都大同小異的派。

「我沒有點派啊。」

「我請你的。你等下忙完了，過來找我一下，我有事要拜託你。」

隼人若無其事地調整了一下帽子。他重複染燙的頭髮，像乾燥花一樣毛毛躁躁的。別看他這副德性，他可是在池袋當地相當有名的樂團擔任副吉他手。以搖滾樂手來說，他的臉頰是豐潤了點，不過任誰都會有一、兩個缺點。

順帶一提，我的缺點則是過分心軟和愛哭。不過（想必）有不少女友還認為這點相當可愛呢。

⚜

一個半小時當中，我完成了兩張稿紙分量的文字。萬歲！以一天的勞動量來說，這已經是超水準的表現了。可能是透過店裡的保全攝影機，見到我關上了筆記型電腦，隼人立刻倒了一杯熱騰騰的咖啡端上二樓。時間已經是黃昏了。身穿華美套裝的酒店公關以及套著五顏六色運動服的特種行業小姐，不知為何不約而同地拎著同款的LV或愛瑪仕包包，走過樓下的浪漫通準備上班。我啜飲著涼掉的咖啡，開口說：

「你想拜託我什麼？」

隼人展現出待客用的笑容。其實說起來，我連他的本名是什麼都不曉得。

「後天，我們樂團要在池袋Matrix辦一場現場演唱，現在票還有剩。」

「這樣。那就算我一份吧。」

「Thank you。不過，這樣場子還是太冷了。阿誠，你和G少年的頭頭不是麻吉嗎？能不能幫我引薦一下？只要那個崇仔開口，演唱會的票一定隨隨便便就賣光光。」

我的腦中浮現崇仔那張彷彿挖掘自永久凍原的笑臉。那種笑容冰冷到不戴手套便無法碰觸。我真想讓這個嘻皮笑臉的吉他手見識一下。但話說回來，我跟崇仔之間的關係，跟「麻吉」兩個字實在相差十萬八千里。

「別做夢了。想要從他身上撈油水而接近他，當心會粉身碎骨喔。你應該還想在這地盤多待一陣子吧？」

說完之後，我掏出錢包。隼人不情不願地點點頭，從信封裡抽出兩張票，放在我面前。我正想糾正他只需要一張，卻聽他說：

「你總需要帶馬子一起吧？總共八千圓。」

為了顧全我的顏面，我忍痛砸下了八千圓。想要偽裝成吃得開的男人，對荷包可是很傷的。

我踏進西口公園，想要冷卻因寫稿而過熱的腦袋。坐在圓形廣場的長椅上，我閉上盯太久液晶螢幕而乾燥發澀的雙眼。忽然，無數的聲響像瀑布一樣灌入我全身。

殘存的蟬所剩無幾，可輕易指出牠們停留在哪棵樹、哪根枝椏上。從某個暴走族的車上傳出的電影《教父》（*The Godfather*）主題曲撞上正面的大樓，並以遲了數秒的速度，與樂聲形成完美的合奏，融入公園上方的天空。風的聲音、樹的聲音、高跟鞋與運動鞋的腳步聲，以及不知從何方傳來的沉渾低鳴。這個城鎮發出的生命律動，我們平日卻充耳不聞。

我就這樣發了三十分鐘的呆，對我來說那便是至高無上的療癒。什麼溫泉還是ＳＰＡ，根本就不夠看。我就像南方島嶼的蜥蜴般慢慢降低體溫，與市街的溫度進行交流。當街頭噪音與我的音頻達成一致，我便好比路邊的落葉或小石頭，與整個城市合而為一。儘管沒有錢、沒有夢想，也沒有馬子，附著在池袋底部的生活倒也不賴。就讓那些高高在上的人去改革日本吧！不過，我已經無從墮落，因此完全不打算改變自己。

就像路邊的小石頭，它們既不懂得自我反省，也沒有人期待它們蛻化為閃閃發光的鑽石。

穿過巴士候車站，我離開了池袋西口公園。前往站前廣場的紅綠燈一角，那輛二輪推車又照常出現擺攤了。這個攤子總陳列著幾個上頭鋪著藍色塑膠布的瓦楞紙箱，以一本一百圓的價格販賣才剛上市沒多久的漫畫雜誌或週刊。

「喲！這位小哥，你是真島先生吧？」

我正想低調走過，卻被出聲喊住。那是一個深沉的嘶啞嗓音。我吃了一驚，看向地攤，只見一個長相頗具威嚴的男子，拎著帆布製啤酒袋坐在手推車旁。他一面撫著灰白參半的鬍鬚，一面說：

「我一直在等你經過。能不能借幾分鐘說話？」

由於他相貌凜凜，本以為身材一定很高大，沒想到一站起身來，才發現還比我矮了十公分左右。他穿著陳舊的牛仔外套和牛仔褲，腳下蹬的是褐色的西部牛仔靴。他話一說完，立刻有個一看便是街友的男人從暗處鑽出，代替他顧攤。

「請跟我來。」

男人的聲音帶著不容拒絕的語氣。我還來不及回答YES或NO，就又折回了剛離開不久的池袋西口公園。

我在圓形廣場的長椅上坐下，男子的嗓音立即開始低低迴盪。在公園的反方向，可見到東京藝術劇場的玻璃屋頂，以及將巨大的四角鐵柱扭曲變形而成的公共雕塑。

「你應該對於街友連續攻擊有所耳聞吧？我想談的就是這件事。」

這件事我確實聽說過。然而在今年夏天的池袋，攻擊事件之多完全不讓野蚊子專美於前，因此警方已經疲於奔命。來不及搭上末班電車的小鬼頭們，攻擊睡在公園的街友洩憤。對他們而言，這只是即興的一種娛樂。這些事沒有登上新聞版面，可見類似的事件在全日本已見怪不怪了。

「你貴姓大名？」

相貌堂堂的男子露出演員般的微笑。

「在我們的世界裡，名字不代表任何意義。報上綽號行嗎？」

我點了點頭，男子便回答：

「人人都叫我日之出町公園的新叔。至少在這一帶，你報出這個名號是無人不知、無人不曉。」

我傻傻地盯著男子看。仔細看來，他的確與晚年的勝新太郎❸十分神似。

「就是那個演出大映《盲劍客》系列電影的……」

「看你年紀輕輕，對國片倒是挺熟悉的嘛！沒錯，就是那個『勝新』。」

我笑了幾聲。這個有趣的大叔搞不好將來可以當成專欄題材。不過，這跟接不接委託是兩碼子事。

「不好意思，我恐怕幫不上忙。我一向單槍匹馬，但是被攻擊的對象和兇手都是不確定的多數，而且分散各地，我實在沒辦法調查。你還是去拜託警察比較實際。」

男子感慨萬千地說：

「警察根本就不管我們死活，因為我們沒有繳稅啊。我們這一群幾乎都是五、六十歲，甚至年紀更長的老骨頭了，因為無家可歸，才會在公園裡餐風露宿。現在治安這麼糟糕，不在頭邊放根鐵棒或木棍，根本不敢安心睡覺。有些人可是在睡夢中被十公斤以上的水泥磚給活活砸死的。要我們遷移到別處，跟要我們死在別的地方根本沒兩樣。」

我思索著這些街友二十來歲時的模樣。想必就跟現在的年輕人一樣，活得無比意氣風發吧。當時的他們對於未來的一切想必從未掛懷。我不由得感同身受。我步上他們後塵的機率，就跟紐約大都會隊的新庄❹的打擊率不相上下。我既沒有專業技能，也不敢保證哪天水果店不會關門大吉。服裝雜誌的專欄稿費，跟高中生打工的所得沒什麼不同。

「我覺得很遺憾。不過，辦不到的事就是辦不到。」

聽到我的答覆，男子壓低嗓音，呢喃般地說：

「今年夏天，池袋周邊已經發生了十五起攻擊事件。大部分的案子，警方都當場逮住了喝醉酒的年輕人，帶回局裡輔導。只有五件，至今還是無頭公案。其中的一件，據調查跟幫派鬥毆有關，但是其餘四件則不然。」

男子陷入好長的沉默，吊起眼睛看我。他白眼多於黑眼的銳利眼神布滿了殺意。

「在這四件案子當中，我受害同伴的骨頭都被折斷了。第一個人是脛骨和膝蓋骨，第二個人是腰骨，第三個人是兩根肋骨，第四個人則是肩骨和鎖骨。四個人都是被下了迷藥，兇手再趁他們失去意識

❸勝新太郎：已故當代武俠巨星，以《盲劍客》系列電影（一九六二—一九八五，共拍攝二十六部）最引人津津樂道。他在片中飾演盲劍客「座頭市」，四處行俠仗義。該形象深植日本人心中。

❹新庄剛志：日本前職棒選手，曾去美國大聯盟打拼三年，球員生涯期間擁有很高的人氣。

的時候折斷骨頭。」

「警方知道這件事嗎？」

「是的，他們都知情，但是卻不願意為了我們加強巡邏，只叫我們自己要提高警覺。」

「是嗎？」

這麼說來，兇手全是同一犯人的可能性極高。有人想搭上街友攻擊事件的便車，卻在暗地裡偷偷折斷人骨。雖然，我實在猜不透其中原因何在。

「我聽說你是個本領高強的偵探，而且還跟街頭幫派交情很好不是？我知道這點金額不算什麼，但也是我們一群老傢伙湊出來的。你能不能幫我們揪出這個『斷骨魔』？以你們這種年輕人的眼光來看，我們或許是早死晚死也無所謂的廢物。不過，我們好歹也是這個城市的一分子呀！」

講到最後一句話時，他相貌堂堂的臉孔不禁激動泛紅。這個男人在我這顆小石頭面前，居然因自卑而變得渺小。我忍不住開了口：

「沒錯，你們的確都是一分子。」

他似乎對我的語氣深感訝異，睜大了眼睛看著我。或許，這才是他平日示人的表情。

「我只是因為父母的店碰巧開在池袋，所以才在這兒落腳的，跟你們沒有什麼不同。我並沒有什麼顯赫的背景，也不是什麼有錢的富翁，就只是過一天算一天罷了。」

日之出町公園的勝新露出匪夷所思的神情。

「這麼說來，你願意接這件案子囉？」

我點了點頭，站起身來。我發現現在自己的背脊是這些日子來挺得最直的一次。我的暑假已經告終。沒有真相供我追查的時候，我等於是半具行屍走肉。我問了相貌堂堂的街友的聯絡方式，離開了午後的公園──無家可歸男子們的居所。

⚜

返回西一番街的路上，我拿出手機，按下崇仔電話號碼的快速鍵。不論什麼時候打給他，最先接起電話的總是手下的小弟。崇仔的聲音像冰箱飄出的白色冷空氣般流進我的耳裡。

「是阿誠啊。幹嘛？」

一句招呼也沒。這位池袋國王最講究的就是規矩。我回答：

「我多出一張Live演唱會的票，時間是後天晚上。」

「然後呢？」

「要不要跟我一塊兒去？」

崇仔似乎很不耐煩。

「如果你想說的就是這個，我沒空奉陪。阿誠，我可不像你那麼閒耶！有話明講行不行？」

「你的性子老是這麼急，本來就不多的朋友遲早會跑光光。我是想先問你要不要去聽Live，再講要緊事嘛！是有關街友攻擊事件。」

崇仔的聲音頓時變得像冰的斷面一樣銳利：

「繼續說下去。」

我把從勝新那兒聽來的一連串斷骨事件全盤托出。聽完四起牽涉到斷骨及藥物的事件，崇仔總算心滿意足地說：

「我瞭了。那就後天Matrix見。」

像電報一樣簡短的對話就這樣戛然而止。

❦

第二天，我坐在四疊半大的房間裡爬完剩下的專欄。如果剛開始的兩張稿紙算有看頭，那麼接下來的六張只須花一半的努力就能搞定了，因為整體的大綱走向已經確定。我在傍晚時分結束寫作，然後打電話給勝新。最近連街友也是人手一支手機。反正現在有空閒時間，我想把斷骨事件的來龍去脈整理整理，打進電腦裡存檔。

「是日之出町公園的新叔嗎？我是阿誠。」

剛剛趕完稿，我的聲音或許有點飄飄然。而勝新的語氣卻是相對地陰鬱。

「喔，是你啊。我們可慘了。」

「出了什麼事嗎？」

「第五個被害者今天早上被人發現，地點是在下落合的乙女山公園。」

我像被當頭澆了一盆冷水，原本雀躍的心情當場跌落谷底。

「這次是哪個部位的骨頭？」

「右手臂的兩個部位。手法跟之前如出一轍，都是先被下藥，然後就被『啵嘰』一聲折斷。」

刺耳的狀聲詞透過手機傳來。

「沒有人目擊到犯人嗎？」

「找不到目擊者。被害者都是在大家熟睡的深夜遭到襲擊。據說當事人直到早上痛醒之前，都沒有發現出了什麼事。」

「了解。麻煩你盡可能告訴我這幾樁『斷骨事件』的來龍去脈。」

勝新以他鏗鏘有力的嗓音，花了大約三十分鐘的時間說明。我邊聽邊做筆記，並丟出一個個問題，將欠缺的資訊補滿。我就像個貨真價實的偵探。掛斷電話之後，我投入製作當晚要交給崇仔的報告。這份報告以寫專欄的二十四倍速度完成。

如果能以這種效率量產文字，搞不好我能成為專靠寫專欄維生的作家呢。不過應該不會有哪個讀者，喜歡讀每回都在探討池袋街友的專欄吧。

⚜

池袋Matrix是一間位於東口豐島公會堂附近的Live House。在視覺系樂團橫掃千軍的時代，也是池袋Matrix的全盛期，每次走過門口，總會見到化著大濃妝的小鬼從大白天就在這裡大排長龍。行列裡有花掉整罐髮麗香做出來的刺蝟頭，以及紫、綠、橘、粉紅……等等五顏六色的怪頭。

但是，當晚的顧客卻一反常態，清一色穿著非黑即白的服裝。男人穿的是中世紀教士的修道服，女人的服裝則是像《愛麗絲夢遊仙境》的喪服版。男女的頰邊和鼻側都畫著深灰色的陰影。隼人加入的Dead Saint屬於哥德式（gothic）樂團。在這個由麥當勞和迪士尼統治的二十一世紀，他們崇拜惡魔，祈求著破壞與死亡。話雖如此，他們服膺的卻並非什麼深沉的哲學。那種高尚的樂團只存在英國或美國，他們充其量不過是抄襲罷了。不論在哪個時代，乳臭未乾的小鬼總拚了命想跟別人如出一轍。

我穿著GAP大拍賣時買的卡其褲和長袖T恤，等著崇仔來。老實說，這裡的感覺還真差。面有菜色的小鬼們先是斜眼瞪著我這個異教徒，然後像參加禁忌的儀式一樣，默默無語地被吸進通往地下的階梯。

距離開演十分鐘，一輛賓士RV休旅車停在Live House的正門口。車門打開，現身的是池袋的國王。國王身穿帶有冰河般透明感的淺藍色外套及長褲。我雖然對自己的服裝漠不關心，但好歹也是服裝雜誌的專欄作家，對於品牌小有研究。那天晚上，崇仔穿的是Jill Stuart二〇〇一年的秋冬裝。不管走到哪個國家，國王都是貴氣逼人。

「等很久嗎？」

崇仔瞥了我一眼問道。RV無聲地離去了。我搖了搖頭，遞出門票。

「走吧！」

於是國王與老百姓便並肩走下通往冥府的階梯。

Matrix的占地寬廣，是個將地下一、二樓一起打通的挑高大空間。在吧台要了杯無酒精的飲料後，崇仔跟我在呈ㄈ字型、能夠下望舞台與整個樓層的走秀台旁坐下。桌位雖然只坐滿一半，整個樓層卻被黑色僧服給塞得密密麻麻。崇仔的聲音透著一股雀躍：

「池袋還真是什麼樣的小鬼都有啊！」

我點了點頭搭腔：

「一點都沒錯。也有些傢伙到處亂敲遊民的骨頭取樂咧！」

場內的廣播通知表演將延遲二十分鐘開始。這是常有的事。我將從勝新那邊打探來的情報簡短扼要地傳達給崇仔。國王淺淺一笑，眼睛看著樓層裡的人山人海，最後說了這麼一句話：

「好像什麼遊戲似的。先是腳，再來是腰、肋骨、肩膀，加上鎖骨和手臂。斷骨的部位一步一步地往上移。」

這件事我也留意到了。

「沒錯。剩下的就是脖子和頭了。下一個被攻擊的目標，可真的會很慘囉。」

崇仔若無其事地說：

「如果警察能夠因此知道事情的嚴重性，倒也是個不錯的方法。」

我有點動氣：

「就算要犧牲一條人命，也算好事嗎？」

國王抬起原本注視著樓層的視線，瞥了我一眼。好像瞬間被枯枝劃過臉頰的感覺。崇仔的眼光帶著物理性的壓力。沉默了半晌後，他說：

「這就是你的優點吧。不過，就算『斷骨魔』不下毒手，再過三個月，西伯利亞冷氣團也會帶走他們好幾十條命的。」

他說的是毫無反駁餘地的事實。就像夏蟬永遠見不到秋天，東京的街友當中挨不過冬天的也不在少數。雖然我並不清楚，這個事實牽扯的是幾百條、還是幾十條人命。我的語調自然而然地轉硬了：

「我不贊同你的說法。自然死亡跟被別人殺害完全是兩碼子事。況且，那群流浪漢跟G少年的小鬼們有什麼不同？我們現在看起來一手遮天，可是只要連續倒楣個幾次，遲早也會跟那些老先生一樣睡在公園裡。從他們的身上，就可以看到現在日本的窮途末路吧！」

這次崇仔放聲笑了。

「那好，你就儘管把我的名字加進流浪漢候補名單裡頭好了。我雖然掌管整個池袋的G少年，有時候也會懷疑這一切會不會只是一場夢。這樣的生活居然能夠一直持續下去，反而讓我覺得不可思議。我說阿誠……」

崇仔難得地一本正經，給了我由長長子句串成的回答：

「要是我真的變成了西口公園的流浪漢，有空就來找我玩吧！我們還可以敘敘舊呢。」

崇仔是一個能夠體恤民情的國王。我能夠理解那群腦袋裝稻草的小鬼為何會如此愛戴他。正當我無言以對，崇仔開口了：

「我就不跟你收報酬了。你負責去抓住『斷骨魔』的狐狸尾巴就好，剩下的G少年會幫你搞定。」

我正想道謝，場內突然變得一片漆黑。在燠熱的黑暗中，我和一群小鬼一同傾聽著那股聲音。

那股聲音與潛水艇電影裡面魚雷爆炸聲十分類似。雖然模糊不清，卻比那種音效更帶著剛硬的特質。與其說是用耳傾聽，更像是能以掌心捕捉住的聲音。再加上它的速度感。當聲音不是以耳膜接收，而是以身體感受到空氣振動的瞬間，兩耳中間就會清晰地浮現出聲音的輪廓。

由舞台上堆成一座小山的ＰＡ❺裡，那股聲音如同一波又一波的海嘯席捲而來。由切割成一塊一塊的樂音空隙中倏地響起低音大鼓與低音電吉他，聽到平常習慣的音調總算讓人安下心來。我屏住呼吸，看向身旁的崇仔。崇仔揚起聲調說：

「這到底是啥啊？」

我搖了搖頭。只覺得這股聲音無比震撼到教人全身酥麻，卻分辨不出它的真面目。隨著漫長的節奏流逝，音量也愈拔愈高。所有的照明與閃光燈瞬間點亮，將舞台捲入白熱的狂潮。在白晃晃的黑暗中，一個全身垂掛著黑色羽毛的男人，扭腰擺臀地唱了起來。觀眾的歡呼聲瞬間爆發。

聽到主唱的歌聲，我感受到當晚第二次的衝擊。無怪乎這個樂團會紅得發紫。男人一面將舌尖垂到下巴處，一面唱著歌曲。

---

❺PUBLIC ADDRESS：專業音響喇叭名稱。

聆聽我將心臟撕成兩半寫成的歌曲吧。聆聽這首鮮血之歌。鮮血之歌。鮮血。血。

那是一個骨瘦如柴的男人。雖然有著澄淨的高亢嗓音，聽來卻像是用乾毛巾摩擦著玻璃。彷彿用指甲刮過黑板的不快聲響密密麻麻地覆蓋其上。我的耳朵漸漸被這股不快的餘味吸引。聲音一停止，就感到坐立難安。儘管入耳的感受並不舒服，卻只想一聽再聽。想被粗糙的沙粒摩挲神經，想被無數根針在耳膜穿刺。

像被風颳倒的一片秋草，舞池裡的小鬼們揮舞著高高舉起的手臂。是想被身披黑色羽毛的男人救贖？還是想分享他的鮮血？我只明瞭一點，就是他的狂熱歌迷將不惜追隨他的歌聲，直到地獄深處。

吹笛人不只出現在漢默恩❻，這下連池袋也留下了他的足跡。

現場演唱持續進行。

冷靜下來仔細聽，便會發現鼓手的節拍掌控不穩，隼人彈奏的副吉他伴奏則是搶戲有餘、音感不足。主吉他手跟貝斯手堪稱合格。主唱則是令人咋舌地優異。該怎麼形容呢？從開頭的前奏，到間奏的音效、樂團整體演奏的立體感都相當傑出。以搖滾樂來說，一般若是樂器與樂器的演奏當中有了空檔，也只會用輕輕的節奏帶過；不過這個樂團的每一個音符都具有重量感，每一種樂器的音質也都毫不遜色。想必背後有一位高明的編曲者吧。

結束了七十分鐘左右的表演，我轉過頭去，只見崇仔臉頰下的血脈清晰可見。國王非常興奮。

「偶爾上街來走走也不錯嘛！有時候就會遇上這種嚇死人的玩意兒。」

我也有同感。

觀眾稍微安靜下來之後，我決定到後台去露個臉。我想向面臨倒閉的漢堡連鎖店代理店長打個招呼，同時也向他介紹一下池袋的國王。

休息室又小又髒。據說不知道哪個樂團好幾次在休息室大鬧特鬧過。重複粉刷的白色油漆，在牆壁上形成了凹凹凸凸的陰影。一面的牆壁上貼著大大的鏡子，鏡面的四邊則鑲滿了電燈泡。Dead Saint的成員們垂著肩膀，排成一列面壁站著。我和崇仔在工作人員的引領下打開休息室的門，一對塗滿黑色眼影的眼睛緩緩轉向我們。隼人說：

「喲！阿誠。旁邊那位是G少年的頭目嗎？久仰久仰！」

他伸出的右手上捲著髒兮兮的彈性繃帶。剛結束了Live，他的情緒似乎還很High。

❻Hameln：德國西北部的一座小鎮，也是《格林童話》中〈哈梅爾的孩子〉的故事場景。故事描述在中世紀黑死病橫行期間，有位魔笛手向哈梅爾村民聲稱他有捕鼠能力，村民則允諾他一筆重酬，於是他用笛聲將老鼠引至威悉河溺斃，然而村民卻出爾反爾不願付他酬金。有天正當村民在教堂聚會時，魔笛手吹起笛子帶著村裡的孩子離開村子，最後孩子們被發現困死在一處山洞裡（另有其他不同版本結局）。

直到隼人把手放下，崇仔都一直盯著他的手看。

「G少年的頭目找我們有什麼事？」

休息室的深處傳來一個人的聲音。隼人連忙介紹。

「SIN，這位是我的朋友阿誠，然後這是他的好朋友『國王』。我想說可以請G少年幫我們樂團宣傳，所以特地邀請他過來的。」

主唱的名字似乎是以英語寫成的SIN。自從樂團潮流退燒之後，很多搞樂團的人都會取這種有名無姓的蠢外號。聽完隼人的介紹，他立刻在汗濕的頭上蓋了條黑色毛巾，一臉不耐煩地朝另一個方向轉過頭去。我沒有加入後援會的打算，所以對他的舉動並不介意。話說回來，搖滾歌手本來就沒有和藹可親的。這個時候門打開了，一個男聲說：

「SIN，走吧！」

他的聲音活像是把鋁箔紙捏成一團發出的噪音。跟SIN的音質雖然不同，卻也帶有令人不舒服、粗糙不平的金屬質地。我轉過身去。他上身穿著像是腐敗落葉般的土黃色連帽T恤，下身穿的則是以橘色和褐色隨意組成的迷彩褲，腳上穿著紅色的工作靴。因為用帽子罩著頭，看不清楚他的長相，不過可見到他的下巴蓄著細細的山羊鬍。坐在休息室深處的SIN站了起來。隼人問：

「SIN，那今天Live的檢討會怎麼辦呢？」

SIN並沒有與我眼神相對，只是幾乎肩碰肩地與我擦身而過。SIN回答：

「你們自己開就行了。」

於是主唱便與秋天色彩的迷彩服男不曉得上哪去了。鼓手朝SIN剛剛坐的折疊椅踹了一腳。

「搞屁啊！一天到晚都跟須來混在一起！Dead Saint的成員可是我們大家耶！」

這個樂團空中解體似乎是早晚的事。一個擁有過人才華的成員以及其他小嘍囉，在這麼不平衡的狀態下，想搖滾可就難了。

❦

離別之際，我跟隼人在走廊上講了幾句話。我向他詢問剛才那個叫人介意的男人是何方神聖。崇仔則站在燈光照不到的一角，漠不關心地等著我們講完。

秋天色彩的迷彩服男叫做須來英臣。他是技術相當高明的音效師兼編曲者，據說樂團出的CD及Live的音效全由他一手掌控。詞曲由SIN創作，須來負責的則是製作及音響控制。而樂團能在池袋本地闖出名號，就是由這兩大高手齊心合力的結果。

「今天的Live，也有一家超有名的唱片公司派人來看，就坐在阿誠你們那桌附近。搞不好，我們明年春天就可以正式出道囉。要不要趁現在要一下簽名啊？」

這個吉他手真是天真無邪。在出道之前，你就好好減去這一身肥肉吧。我做了最後的道別，跟崇仔回到地面上。池袋的夜還未深，吹來的風卻有秋天的料峭。對於這次的委託者最為嚴苛的季節即將到來了。

❦

我跟崇仔走在入夜的池袋。G少年的成員由四面八方的街角傳來的問候聲，多到聽了都煩的程度。崇仔一一對他們舉起手、點頭或是微微揚起嘴角。當國王還真是辛苦。

我們前往的目的地是這條街上唯一高達六十層樓的摩天大廈。這樣的大廈在新宿並不稀奇，不過在池袋卻只有一棟。說實話，我也並不認為池袋需要第二棟來點綴。

勝新住的日之出町公園，就位於與太陽城大廈比鄰而居的西友銀行轉角處。公園被商業大樓和一般住家所環繞。在零星種植著一些低矮灌木的小小公園一角，靜靜坐落著五、六間塑膠布搭成的房子。

勝新就坐在長凳上，等著我們到來。或許為了防止犯罪，這座乾淨的公園各處都被水銀燈照耀得有如白晝。不過，氣溫對於街友來說似乎還是寒冷了點。公園長凳上為了預防有人橫躺，還特地釘上了分隔板。

「喲！真高興你來了。」

勝新站起來迎接我們。關於這位街友領導者威風凜凜的相貌，我已經事先跟崇仔報告過了。崇仔一見到勝新就露出苦笑，然後拜了碼頭。我們全坐在長凳上，才剛打開話匣子，一個男人便搖搖晃晃地從樹叢裡鑽了出來。

「朕十分憂心吾國的將來……」

這個男人看上去大概五十五、六歲，穿著沾滿泥土的西裝，頭上頂著吉野家的外帶便當盒，還用橡皮筋固定在下巴上，應該是把它當成皇冠在戴吧。這裡也有一位孤獨的國王。勝新對他說：

「國王，今天的成果如何？」

男人從背上的背包倒出一大堆週刊以及漫畫雜誌。其中也有我寫專欄的那本服裝雜誌。勝新看著我們，點了點頭說：

「我有重要的事要跟這兩位談，之後再將細節稟奏陛下，可否請您迴避一下呢？今晚我有備酒喔！」

頭戴牛丼皇冠的男人已經帶著醉意的雙眼聞言一亮。

「賢卿真是善解人意。那就速速解決吧！」

深表贊同。蒐集雜誌的國王於是一邊喃喃自語，一邊走向藍色塑膠布的部落。

介紹過崇仔之後，我們很快就切入正題。當晚在日之出町公園遭到襲擊的五個人當中，有兩人出席了這次的聚會。他們分別是脛骨和膝蓋骨被擊斷的第一名受害者，以及左邊兩根肋骨報廢的第三名受害者。其他三個人還躺在醫院裡。側腰骨出現龜裂性骨折的第二個人雖然早已經痊癒，卻因為醫院住起來太舒服，怎麼樣也不願意回到公園來。三餐飽足加上軟綿綿的床，甚至還提供止痛藥讓他睡頓甜美的覺。

腳被折斷的受害者只有四十來歲，除了皮膚曬得黝黑之外，就算當場拎個公事包去上班也不奇怪。或許是他老舊的黑框眼鏡，帶給人一種標準上班族的印象。男人淡淡地說：

「我平常都在首都高池袋線一帶活動。六月七日的半夜，我在窩裡睡覺的時候，忽然被別人攻擊，就那樣昏了過去。據說我是被哥羅芳❼給迷昏的。」

---

❼ chloroform：又稱氯仿，麻醉用藥。

崇仔冷靜地說：

「你記得還真詳細啊。」

「還好啦。因為被警察錄過口供，場所跟時間想忘也忘不掉。」

黝黑的臉龐扭曲成不勝其煩的表情。男人在長凳前的地面坐下，撫摸著骨折過的右膝，身邊還擺著一根光滑的鋁製楞杖。夜晚靜謐的公園，與金屬的光澤並不搭調。我說：

「哥羅芳那種藥名，你也是從警察那裡聽來的嗎？」

「沒錯。我醒過來的時候，差不多快要凌晨五點，然後就發現自己的膝蓋腫得很大，幾乎都快把運動褲給撐破了。就好像硬塞了一顆橄欖球在褲子裡一樣。我痛得要命，只好死命爬到最近的公共電話，打電話叫救護車。」

勝新沉默地交叉著手臂，搖了搖頭。雖然身上穿著運動服，他的氣勢卻儼然像是統領大軍的戰國諸侯。我問了一些例行問題：

「你在被攻擊的前後，有感受到別人的視線嗎？」

男人只是擺了擺下巴。

「沒有。我想應該是沒有。我們平常早就習慣行事低調了，被別人盯上絕對沒什麼好事情。」

這一群潛藏在人群之中、靜靜度日的男人，是怎麼被選上的呢？

「你還注意到其他什麼不尋常的事嗎？」

男人慌忙地重重點頭。似乎等著別人開口問等很久了。

「有一件怪事，就是我在醫院裡脫掉運動褲的時候，發現小腿和腳踝的地方塗了像泰國浴那種地方會用的乳液。不過不像小姐們用的那麼滑啦，是比較黏、比較固體的感覺。連警察都說不曉得那是什麼玩意兒。喂，大頭，你那個時候也是一樣吧？」

被稱為大頭的男人是被斷了兩根肋骨的第三名受害者。雖然還是九月天，他卻穿著駝色的雨衣，連脖子的地方也扣得緊緊的，柔軟的白髮則全部往後梳，是個存在感很稀薄的五十幾歲中年人。從剛才他就一言不發，只是聽著大家說話。男人站在街燈下，像是在跟自己的腳尖對話般說：

「我的情形也是一樣。我覺得那種黏稠狀的東西不像乳液，倒比較像是年輕人用來固定頭髮的髮膠。在我腋下附近很大一塊範圍全抹上了那種黏性很高的物質。雖然當時因為太痛而意識不清，不過我還有一點印象，依稀聞到薄荷的味道。」

我和勝新面面相覷。這個街友說話的口吻，活像是在大學裡教書的老師。男人說完這些話後，便把手插進大衣的口袋。口袋裡似乎是一本平裝推理小說。我已經看見上面的英文書名。封面畫的是一個擦著紅色指甲油的女人的手，正伸手去觸碰一把銀色的手槍。他走到離我們有段距離的街燈下，翻開書頁開始閱讀。我壓低聲音對勝新說：

「那個人是何方神聖？」

勝新露出銳利的眼神回答：

「我聽過各種傳聞。有人說他原本是外務省❽的官員，也有人說是瑞士投資銀行的融資專家。誰也不曉得他的真正身分，只知道他總是捧著那種外文書，或寫滿了漢字的書在看。如果你以為所有的流浪

---

❽外務省：相當於我國的外交部。

漢都一樣，那你就大錯特錯了。公園裡就像一般的街道一樣，什麼樣的人都有。」

人類是無法一概而論、也無法以數字量化的。不論是寫專欄、與人對話或追查心理不正常的犯人時，都必須將這個基本原則牢記在心。

我們每個人都不相同。就算同樣痛苦、同樣貧窮，那份痛苦與貧窮也不可能如出一轍。

問清楚案情之後，我們接著便在勝新的塑膠屋裡開起了酒宴。崇仔只乾了一杯冰日本酒，就說有會要開而離開了。我一個人被留在街友群中，不過感覺卻一點也不糟糕。

跟賞花有異曲同工之妙，坐在地面上喝酒的滋味總是特別好。黃湯一下肚，什麼流浪漢、外行偵探、專欄作家的頭銜都不復存在了。我們扯開嗓子唱歌，為無聊的黃色笑話笑到飆淚。管它什麼臭味，待上三十分鐘就習慣了。秋天的夜晚，以蟲鳴下酒真是至高無上的娛樂。半夜三更站在鞦韆上狂盪，一邊醒酒一邊對著夜空懸掛的半月大叫大嚷。雖然一切都莫名其妙，卻有一種活在當下的感受。

最後，我們幾個人全部並排躺在日之出町公園的塑膠屋裡呼呼大睡。除了天亮前有點冷颼颼之外，我第一次的露宿生活還算是舒適愉快。

第二天一大早，我就在鳥叫聲中醒來了。不是西一番街常聽到的那種嘈雜的烏鴉叫聲。我從藍色塑膠布探出頭來，抬頭看向公園的樹木，幾隻有著長長尾巴、色彩鮮豔的熱帶鳥正在枝椏間飛繞跳躍。是脖子上生著一圈藍色花紋的鸚鵡。或許曾經是某家寵物的這些鳥兒住在愈來愈接近亞熱帶氣候的東京，想必是如魚得水吧。

口乾得不得了，於是我用公園的自來水洗了把臉，再喝了口久違的自來水。就連我這種身分，平常喝的也是保特瓶裝的礦泉水。這或許只是無謂的奢侈。因為那天早上喝的自來水，就已經好喝到足以滿足我的味覺。往公司前進的上班族和ＯＬ們就像沒發現我的存在似的，目不斜視地走過我身邊。

當天，我擅自決定不去市場批貨了。雖然老媽一定又會碎碎唸，不過我們家的生意也沒好到非得每天進貨不可的地步。因為酒意還沒消，於是我又回到塑膠屋裡躺下。

也不知道是為什麼，我就是不想跟一群勤勞工作的人並肩走在大街上。

過了十點，我向勝新打聲招呼，離開了日之出町公園。還不到開店的時間。我無所事事地晃進太陽城Alba購物商場，順便去新星堂唱片行瞄一下。平日上午的購物商場只有小貓兩、三隻，空蕩蕩的感覺很棒。店員也不像下午的時候懶洋洋的，個個都很有精神。

我走到古典音樂的架子前，看看有什麼新唱片。今年是威爾第過世後第一百年，所以關於他的唱片浩浩蕩蕩地擺出一整列。我拿起新錄製的《法斯塔夫》（*Falstaff*），然後看向旁邊的新浪潮音樂架，發現兩張昨晚見過的面孔站在前面。是隼人所屬樂團的主唱SIN和編曲者須來。須來還是穿著那件很秋天的迷彩褲，SIN則穿著黑色牛仔褲和緊貼著曲線的白色上衣。為什麼搖滾樂手都這麼瘦呢？我看了看須來的手，他拿著的是一片西藏喇嘛的誦經CD。我點了點頭示意，於是SIN也朝我點了點頭。走近幾步後，我開口向他們攀談：

「昨天的Live太讚了！不過，一開始那種奇妙的聲音到底是什麼？」

SIN沒有反應，倒是須來邪邪一笑回答：

「你也喜歡那個聲音？」

「說不上喜歡，只是聽了會心跳加速就是了。」

我隱瞞了感覺不愉快的部分。須來說：

「聲音有各種不同的魅力，不過最下等的就是慢吞吞、不乾不脆的聲音。那種聲音是我們考量到速度製造出來的。搞得很不錯吧？」

SIN拉了拉須來的連帽T恤的袖子，似乎是想離開這個地方。須來轉過頭去，微微瞪了SIN一眼。

「看你也是會聽古典音樂的人，鑑賞力應該不差吧！那群小鬼只懂得聽單一種類的音樂，跟他們根本聊不起來。他們的音樂調色盤上，能夠運用的顏色實在太少了。我們會做出那種聲音，靈感其實是來自北海道某個礦坑發生的崩塌意外。」

製作音效的靈感來自崩塌意外？我一時無法了解其中的關聯。

「有一天，在礦坑的狹窄坑道裡發生了小規模的崩塌。有一個倒楣的年輕礦工，從腰部以下全被砸下來的石頭給埋了起來。據說，他下半身的骨頭全都粉碎了。雖然撿回了一條命，下半輩子卻得在輪椅上度過。那個男人是這麼說的……」

在壓得低低的帽緣下，須來的眼神混濁而飄忽不定。或許是故意吊人胃口，他沉默了幾妙。他歪著嘴角一笑，將兩手放在兩耳旁，做出以手心摩擦耳朵的動作。我勉強忍住催促他說下去的衝動。

「在他失去意識之前，他說他聽到了天國的聲音。那種比閃電還要快速的聲音貫穿全身，帶來無與倫比的快感。那個年輕礦工認為，那就是天國之門開啟的聲音。」

SIN似乎忍無可忍，幾乎是喊叫著說：

「夠了！須來，走吧！」

他抓住須來的手臂，將他硬生生拉到唱片行外。須來邊笑邊朝我揮手。在無人的通道上，他放聲說：

「那個聲音再過不久就要完成了！到時候會讓你開開眼界的！」

SIN死拖活拉地把須來帶走。不過，那個主唱為何突然露出畏懼的眼神？須來說的故事明明很有意思呀。

我當時因為宿醉未醒，完全沒意會到事情的嚴重性。真是窩囊。我馬上就把兩人的事忘得一乾二淨，最後買了華格納而非威爾第的CD，回到了西一番街。

❦

在回到老媽的水果店前，我先去Vivid Burger露了一下臉。隼人還是一如往常，一大早就乖乖地擔任代理店長。從外縣市到東京一個人生活，想在Live的隔天休息一下似乎是不可能的事。他一見到我，就在櫃檯後皺了皺鼻子。

「阿誠，你怎麼全身都是酒臭跟男子更衣室的味道啊？」

我抬起手來聞了聞穿著睡覺的長袖T恤，的確如隼人所說。與其說是更衣室，不如用劍道的防具來形容更為貼切。臭氣沖天的偵探。

「一杯冰咖啡，一杯熱咖啡。我要帶走。」

我想藉著冷熱的交互刺激，讓酒醉的腦袋徹底清醒。我對倒著咖啡的隼人說：

「對了，我剛才碰到你們樂團的主唱跟音效師了。那個穿迷彩褲的男人，還滿有意思的嘛！」

隼人突然臉色一沉。他把裝著咖啡的紙袋放在櫃檯上時，也沒有正眼瞧我一眼。

「是嗎？他說了什麼？」

「他說，他差一點就要完成一種很棒的聲音了。不過，我實在想不通那會是什麼樣的聲音？」

我對隼人問了跟問須來一樣的問題。當時我一點也沒想到，偵破攻擊事件的關鍵居然就在此。全都因為那個聲音還殘留在我的腦海，揮之不去。隼人無視於我的問題，開始服務下一個客人。還帶著免費的微笑，以及跟SIN一樣的畏懼眼神。

❦

那天，我必須把截稿前欠老媽的時數還給她才行。顧了一天的店，我有時會剝顆碰傷的幸水桃，或捏幾粒從枝幹上掉落的無籽巨峰葡萄丟進嘴裡。我們店裡的商品就算貴得要命，也一點都不美味。

趁著空檔，我把新得到的情報打進筆記型電腦裡，剩下的時間就只是呆呆地凝視著水果們。要是我有塞尚的繪畫本領，一定會畫下水果店沐浴在秋陽中的景象吧。光與影與成熟果實的微妙色澤，構成了一幅秋之饗宴。BGM是剛買的華格納序曲輯。我不斷重複播放歌劇《帕西法爾》（*Parsifal*）中〈受難日〉的一段。華格納是十九世紀德國浪漫主義的作曲家，也喜好創作當時流行的巨人族題材。我曾在某個作家的書裡看過一段文字：

「他只是一隻耳朵。將人類的偉大具體化的那隻耳朵。」

文章接下來是這麼說的：在那隻耳朵下面，垂掛著一個纖瘦、窮酸、像根火柴棒似的人體。人類與不過是器官之一的耳朵，立場完全對調了。想到這篇文章，我接著聯想到的是須來。他或許也是混進人類世界的耳族一員。否則的話，他不可能製造出那麼匪夷所思的聲音。

〈受難日〉的音樂既靜謐又遼闊，讓人想起深深的森林。不過，我聽進耳裡的音符大概只有一半。因為須來口中那股天國之門開啟的聲音，以及在Live聽到的駭人聲響，始終殘留在我的耳殼裡。

⚜

我接到崇仔打來的電話，是在過了中午之後。我一接起手機，零濕度的聲音便說：

「從今天晚上開始，流浪漢自衛團跟G少年將會聯手巡邏。」

「是嗎？」

「我會派人組隊巡邏池袋周邊幾個主要的流浪漢聚集地。阿誠，你有掌握到什麼線索嗎？」

才經過一天，當然不可能有什麼收穫。我回答：

「昨天問完案情馬上就開宴會，而我今天整天都在顧店，就算是再厲害的名偵探，也不可能馬上找到線索吧？」

崇仔從鼻子冷哼一聲。

「每次事件剛開始的時候，你都是這麼說的。不過就我所知呢，沒有人比你更會透過一些無意義的小事結交朋友了。你還會無中生有，寫什麼專欄文章哩。既然你這麼說，那就好好去傷腦筋吧！」

國王的這一番話，實在聽不出來是褒是貶。我掛斷電話後，還是照樣看店。

然而判斷錯誤的人或許是我，當天傍晚，一條再寶貴不過的線索就送到了正在顧店的我的手中。

⚜

有一位客人來訂水果，說是附近的制服酒店有一個小姐住院了。巨峰加白桃加哈密瓜，一籃總共一萬日圓，是我們店裡最高級的組合。當我正手忙腳亂地想在籐籃上綁緞帶，站在店門前人行道上的隼人出聲喊我：

「不好意思，阿誠。能不能跟你談一談？」

我丟下紅白重疊的雙層緞帶，走出店門口。

「幹嘛啊？我現在很忙耶！真難得，你居然會跑到我們店裡來。」

他不知為何顯得坐立難安。他從斜背在肩上的小小尼龍包裡取出一個塑膠盒，遞到我的面前。

「能不能拜託你保管一陣子？」

我接過盒子打開。裡面裝的是一捲六十分鐘長的迷你碟片，標籤上蓋有須來工作室的標誌及電話號碼。

「為什麼要我保管？這裡面錄了什麼東西？」

隼人勉強擠出笑臉說：

「那是我們樂團的試唱帶。我們裡面現在發生了一點爭執，所以不希望母帶留在手邊。過幾天我就會回來拿的，你就幫我保管一下嘛！」

那是一片四邊各七公分的ＭＤ。這麼小的玩意兒，想藏起來應該很容易才對。我雖然不了解隼人的用意，還是收下了它，隨手放在店裡ＣＤ音響的上面。隼人像是總算放下心地說：

「真的很不好意思。如果我出了什麼事，你就放出來聽吧。」

聽他的口氣，裡面收錄的活像是哪個政治人物還是明星的緋聞證據。真像是間諜片裡的對白。我正想糗他，一抬起頭，卻發現隼人正一臉嚴肅地準備過馬路。他的雙肩緊繃，像是在強風中走路一樣稍稍前傾。

儘管如此，我卻沒發現事有蹊蹺，我還真不是普通的遲鈍。

⚜

第二天，我跟勝新一起巡邏了池袋周邊的三所公園，一處首都高速公路的護欄下，以及明治通沿路的草叢。人類還真是在什麼地方都可以生存，而且還都能東挑西揀出住起來最舒服的地方，以瓦楞紙箱搭建起一棟棟房屋。避開人群與日光直射處絕對是必須的，距離便利商店、自來水跟公共廁所很近也是必要條件。或許因為我是在鬧區長大的，我會覺得與其花單程兩個小時通勤，像遊牧民族一樣住在市中心的陰暗角落倒也不壞。為了以備不時之需，或許應該趁這個機會好好觀摩一下前輩們的智慧。

我們沒有找到任何跟「斷骨魔」有關的線索。也向犯案現場附近的街友詢問過，卻仍掌握不到一丁點的目擊情報。接近傍晚時分，我們回到日之出町公園時，勝新說了：

「東跑西跑，結果只落得兩腿痠痛，一點收穫都沒有啊！如果是這樣的話，還不如待在家裡看兩小時推理劇場。」

他從公園的插座偷電，在塑膠屋裡放了一台小型電視。據他的說法，只要在管理員接近時把電線藏起來，晚上怎麼用電都不會被抓。

「我沒有固定的居住地，政府想收我的錢也不曉得寄到哪裡啊！東京電力可真沒用，我其實是很想繳錢的呢！」

他摸摸像灑滿芝麻鹽的下巴鬍渣，露出孩子般的笑容。不管在哪個世界，能夠領導眾人的領袖總有一種不可思議的魅力。我對於這件無關緊要的事十分佩服。

⚜

第二天早上，我在開店前先去了 Vivid Burger 一趟。喝杯難喝的咖啡、跟隼人打打屁，已經成為我每天不可或缺的習慣了。不過見慣的櫃檯後面，站著的卻是身穿明顯留有燙熨痕跡襯衫的正式店長。

「一杯熱咖啡。今天隼人休假嗎？」

年輕的店長一面手腳俐落地將咖啡放進紙袋，一面回答：

「他昨天跟今天都曠職啦！也聯絡不到人。我還覺得他挺認真的，結果玩樂團的果然沒一個好東西。這是你的咖啡，謝謝惠顧！」

我拿了咖啡便走出店外。在Live結束的第二天早上還照常上工的隼人會連續曠職兩天，實在難以想像。直到這個地步，我才總算想起那片ＭＤ。我有種不好的預感。在這個時間，我雖然還沒有將街友攻擊事件和隼人的失蹤聯想在一起，不過我的這種預感向來卻十拿九穩。我把剛買的咖啡連紙袋一起丟進漢堡店門口的垃圾箱，然後穿過被肥滋滋的烏鴉群以十五公尺的範圍各據一方的浪漫通。

我拉開鐵捲門，走進光線昏暗的店裡。聞到一股甜甜的糖蜜香氣。店裡的水果，被夜晚醞釀得熟透了。我將鐵捲門降到膝蓋高度，以防門外的人看得見店內。由薄薄的鐵片間透進的光線，帶出一條條斜斜飛舞在空中的灰塵彩帶。

我走向店裡放在收銀機旁的ＣＤ音響。隼人的ＭＤ已經被遺忘在那裡整整兩天了。我從盒中取出碟片，插進前方開了細細一條縫的卡匣裡。過了大約半分鐘，機器便開始自行讀取碟片的內容。我在幽暗的店內屏住氣息，將耳朵貼近喇叭。須來帶著金屬摩擦聲的低喃，聽來格外鮮明。

「ＭＣ、ＭＣ，七月二十四日，西池袋公園，今晚是乾癟癟的老頭。」

那天的氣溫三十八度，刷新了東京氣象紀錄，是今年夏天最炎熱的一天。也是第三名被害者——那個知識分子流浪漢被折斷兩根肋骨的日子。我不知不覺更加貼近喇叭。SIN的聲音比須來遙遠而微弱。

「準備好了。快點動手吧，有人會來的。」

須來的心情似乎非常雀躍。

「安啦、安啦！稍微發出一點聲音，也不會有人關心塑膠屋裡出了什麼事的。把那個槌子給我……不是鐵槌，是木槌……金屬會讓難得的現場收音變成重金屬風。」

傳來窸窸窣窣的衣服摩擦聲。兩個人都在麥克風的另一端沉默了。隱隱約約聽到蟬叫聲。靜寂之中的緊張感逐漸升高。我凝神細聽，連呼吸也忘了。

「唔哼！」

腹肌使勁的哼聲傳出，下一個瞬間的聲音響遍了開店前昏暗的店面。那是一種聽到的瞬間便吸入耳殼、令人毛骨悚然的聲音。在Dead Saint的Live上，身穿僧衣的小鬼就是伴隨著這種聲音狂亂地舞動著。那是將麥克風直接貼在人體上，間不容髮地收進人骨碎裂的聲音。

我想起須來說「最酷的聲音是速度的聲音」時雙眼的光芒，以及在坑道崩塌意外中負傷的礦工說的話。比起藉由空氣傳導的聲音的速度，透過堅硬的固體傳導的音速自然快得多。人體當中最堅硬的部分就是骨頭。骨頭發出的聲音透過骨頭本身傳達到聽覺神經，由於不需要空氣這種溫吞的媒介，想必比人類耳朵能夠接收到的任何音波都來得迅速。

引發暴力事件也並非是須來的本意吧。他只是萬中選一的耳人一族罷了。他並不是生性殘虐、火爆的人，只不過想追尋比什麼都快、都酷的聲音罷了。儘管，他選擇了以活生生的流浪漢的骨頭為樂器。

這時我才總算了解為何他會在被害者的身上塗抹凝膠，這是為了提高麥克風的緊密度，以免與空氣的空隙影響到收音品質。仔細想想，醫院在為胎兒照超音波時確實也會使用凝膠。

以須來的個性，他想必曾經買來各式各樣的凝膠，然後一一測試哪種的透音及收音效果最好吧！我能夠輕易地想像，須來在自己身上裝設了麥克風，然後一整晚敲打自己的骨頭測試的景象。獨自一人的麥克風測試。

迷人的高速骨音狂飆亂舞，眼看著快樂的演唱會時間就要到了。

我不能再磨磨蹭蹭。排演的最後一個音符即將完成了。我想起低著頭、弓著背走過馬路的隼人那副心事重重的背影。

❦

雖然店長說過聯絡不上他，我還是姑且按下了他的手機號碼快速鍵。一撥就進入語音信箱，完全無法接觸到本人。接著我撥了崇仔的手機。經過小弟轉接，國王百分之百冷冽的聲音如同一桶冰水灌進我耳裡。

「你找到線索了吧？阿誠。」

真敏銳。我疊著他的話尾說：

「我知道攻擊街友的犯人是誰了。是你也認識的人。」

他的聲音訝異：

「是G少年的成員？」

「不是。你能不能馬上來我店裡？」

「十五分鐘。」

對話依然如此簡潔有力。電話掛斷後，我立刻按了下一個快速鍵。我要找的人，是以太陽城附近的家庭餐廳Denny's充當辦公室的超級駭客——Zero One。距離聖誕節發生的偽裝誘拐事件❾已經九個月，埋在他腦袋裡的天線，是否還在接受著神明特地為他開放的電波呢？

⚜

「喂？」

傳來Zero One的聲音。最近是不是流行把話省略著說啊？雖然我也認為說兩次「喂」並沒有什麼意義。

「我是阿誠。好久不見了。我這裡有個電話號碼，想麻煩你查出住址，ＯＫ嗎？」

我把ＭＤ標籤上的電話號碼唸了出來。開頭是〇三、總共十碼，這肯定是東京都內的電話。Zero One不慌不忙地說：

「你等一下，不要掛。」

喀噠喀噠的敲鍵盤聲。BGM是女服務生甜甜地問客人「請問咖啡要續杯嗎？」的聲音。我腦中浮現Denny's的服務生腳下穿的類似護士鞋的布鞋。

「阿誠，你很脫線耶！」

這點我自己也知道，可是由別人口中聽到還是會不爽。

「是怎樣了？」

「你家應該也有電話簿吧？現在網上也有Yellow Page的網站供人查詢了。」

「這麼說……」

Zero One發出像瓦斯漏氣的笑聲。

「對啊，電話簿上有登記啦！至於調查費用，我就給你打個折扣好了。我要講住址囉！」

我用店裡收據的背面記下位於南池袋的地址，然後等待崇仔到來。

RV休旅車準確無比地在十五分鐘後停在我家店門口。吩咐兩個手下在鐵捲門兩側站崗後，崇仔走進光線微弱的店內。我將手指豎在嘴唇前，制止住他的發問，然後按下了MD的播放鍵。

彷彿隔層紗般的骨頭折斷聲，穿過小小的喇叭雷電般地擴散。原本緊蹙著眉、專心聆聽的崇仔臉上，突然露出了有所發現的光輝。

---

❾見池袋西口公園系列《計數器少年》第二章〈計數器少年〉。

「我懂了，原來是須來那傢伙搞的鬼啊！自從在Live聽到那種聲音後，我也一直苦思不解，現在謎題總算解開了。如果擊出漂亮的一拳，的確會聽到類似這種音階很高的聲音。」

我並不是崇仔這樣的武打高手。對於他的形容，我完全無法體會。國王天真無邪地笑著說：

「不管是使出吃奶力氣的重拳，還是緩緩埋進肉裡的軟拳，都沒辦法達到這樣的效果。必須讓全身的每一塊肌肉、關節都放鬆，要像個丟信神準的老練郵差一樣，把拳頭的衝擊力道全都集中在對方的弱點上。擊出跟縮回拳頭的速度必須一模一樣，如果能夠做到這點的話，就不會發出『噗碰』或是『空』這種鈍鈍的聲音了。不過，出拳那隻手臂的肩膀部分，卻會發出『劈嘰』一聲，像是細細的玻璃棒被折斷的聲音。真想讓你也聽聽看那種聲音，聽了心情會覺得非常爽快！」

崇仔的全身像軟鞭般不斷扭動，想像著自己揮出右拳的模樣。我對他的敵人寄予無限的同情。看著看著，一股寒意爬上背脊。發覺我的神情，街頭國王一臉陶醉地繼續說道：

「那股聲音響起的同時，對手也在瞬間癱倒在地。就像攻擊一座沙堆的城堡一樣，對方完全沒有招架之力。那股聲音只不過一響，一個人就這樣消失在你面前了，很有趣吧？」

我並沒有回答「我比較喜歡無趣的人生」，取而代之的行動是遞給他那張背面寫字的收據。崇仔接下那張紙片，呼喊門外的哨兵。他大概想用休旅車上的衛星導航系統，找出這個地址的正確位置吧。不管是聲音或拳頭，全世界第一快這種頭銜對我而言都是無意義的。

況且，這世上有幾個人能夠承受那麼快的速度？

那天的午後稍晚，G少年及街友自衛隊以一間獨棟房子為目標，各自以一定距離部署。明治通與雜司谷小學的一角落交會，從這兒再走兩百公尺，便進入聚集了真乘院、法明寺、觀靜院等寺廟的區域。須來工作室的所在位置，就在這寧靜的住宅區內的四間小小商店之一。一樓的雜貨店早已歇業，鐵捲門上積著厚厚的塵土。

店旁的鐵樓梯上有塊用鐵釘固定住的招牌，以紅黃綠三色手寫著「須來工作室」的字樣。二樓的窗戶由於內側貼著黑紙，看不見裡頭的情況。我悄悄爬上樓梯，先確認電表是否運作。只見指針瘋狂地轉動著。看向走廊邊邊的冷氣室外機，也正在吹出熱風。不管是誰在裡面，能夠確定的是房裡確實有人。

我、崇仔和勝新回到停得稍遠的休旅車上，召開作戰會議。我們人多勢眾，想出其不意地制服須來跟SIN應該很容易，問題在於之後該如何處理。勝新希望我們將兩名嫌犯交給他。他似乎想在半夜找個公園集結一群夥伴，把他們狠狠痛揍一頓。當然沒有裝麥克風。須來會以什麼樣的心情聆聽自己骨頭碎裂的聲音呢？

不論交給街友幫或G少年處置，崇仔都無所謂。G少年的手法是很殘酷的。不管選擇哪一條路，總之須來跟SIN都會吃不完兜著走。至於我則主張讓警察介入這次的事件。我們繳的稅當然應該有效地運用，所以不如讓警察跟司法體制來制裁他們。最後，崇仔說了：

「就看他們兩人瘋狂到什麼程度。如果真的無藥可救的話，就這樣幹掉找個地方埋起來也不錯。」

國王輕描淡寫地說。以崇仔的個性，一旦說出口的話或許真的會付諸實行。勝新的眼睛一亮，露出凶惡的光芒。

「這個點子不錯喔！」

我透過休旅車貼有隔熱片的車窗往外看。樹葉還沒遺忘夏天，仍然青青蔥蔥地迎風搖曳。一群戴著黃色帽子的小學生，圍著一台Game Boy走過人行道。隔著一片玻璃，便是一個和平的世界。

⚜

攻堅行動在天色暗下之後展開。崇仔命令一名G少年戴上棒球帽，換穿條紋圖案的長褲。四個人蹲踞在門邊，三扇窗戶下則各派兩人看守。換裝完畢的小鬼捧著一個空瓦楞紙箱，按下電鈴。

「對不起，有您的宅配！」

也沒問清楚，鐵門便輕易打開了。站在前面的小鬼使勁一拉門把，裡面的SIN便踉蹌地被扯到走廊上。四名突擊隊員前前後後衝進屋內，崇仔跟我則尾隨進入。勝新抓住SIN細細的手腕，折在背後。

連接著玄關後方一條短短走廊的是一扇厚重、連空氣都無法滲透、專為隔音所製的門。須來似乎將這棟租來的房子做了一番大整修，就連牆壁的厚度都與一般住家不同。門裡是一間八疊左右的錄音室，四壁都做有微微的凹凸，以避免形成平行面。中間放置著折疊式的桌子以及一張色彩鮮豔、附有手靠墊的折疊椅，隼人就被綁在椅子上。往桌上一看，我發現到各式各樣的鎚子。有金屬製、木製，以及軟塑膠製；有的前端是圓的，有的是四角的，有的則是尖的，形狀大不相同。莫非須來將這些鎚子用在隼人身上？我只看得見須來的背影以及一頭凌亂的金髮。我走到隼人面前，開口問：

「隼人，你要不要緊？」

他那張發炎潰爛的臉腫得像哈密瓜一樣大，到處還留有發黑的瘀青。他的唇角撕裂，眼睛則像埋在麵包裡的葡萄乾一樣乾癟而無力。他的兩邊眉尾、也就是太陽穴的部位以膠帶固定著兩個小型麥克風，融化的凝膠像是凍結的眼淚，順著他的臉部輪廓滑下。恐怕在我們進來之前，他的頭蓋骨正被當成鼓來演奏。他氣若游絲地說：

「阿誠嗎？能不能給我水喝？不行啊，我還是沒辦法阻止須來。」

他似乎總算安了心。由他像刀傷般的兩瞼之前落下了一滴水珠。

⚜

錄音間的隔壁是以玻璃圍起的混音室。在儀表桌的另一端，兩個人正將須來壓制在地。被綑綁在錄音室椅子上的囚犯，這次換成了須來和SIN。

剛才的四名突擊隊員分別站在錄音室的四個角落，隔音門的另一側則由其他G少年負責把風。錄音室的正中央站著崇仔、勝新和我，隼人還沒辦法從椅子上站起。雖然有開冷氣，擠進超載人數的錄音間內仍燠熱得讓人汗流浹背。勝新拿起約有成人下臂長度的木槌，確認它的重量。

「你就是拿這玩意兒來敲人的？真是個荒唐的小鬼！」

崇仔直勾勾地凝視著須來。

「告訴我原因。」

須來仍穿著橘色的迷彩服。他像個玩具被搶走的小孩不服氣地說：

「這是我的工作啊！我的工作就是錄下最棒的聲音。那群流浪漢老頭存不存在這世上根本就無關痛癢嘛！而且，我們也沒有殺死任何人，只是借一下聲音當做音樂的素材罷了。你們不是也都聽到那股聲音了嗎？憑一根流浪漢的骨頭就能製造出那種聲音，還算是抬舉他們了！」

勝新以木槌敲擊了一下自己的掌心。聽到這聲音跳起來的不是須來，而是一旁的隼人。崇仔對SIN說：

「那你呢？」

「我……」

垂下眉毛修得齊整的臉孔，SIN無言以對。接著他頭抬起來，瞄了一眼須來。

「……事情的開端，是須來帶來的一張剪報。上面記載的就是那場坑道崩塌事件。從此之後，須來就對那種『天國之門打開的聲音』著了迷。本來我們只打算做一次就停手，反正只要經過取樣和等化器處理，就能夠做出各種不同的音效。但是，當我們第一次在Live演唱裡用了那種聲音後，就改變了心意。」

它無與倫比的速度。我回想起在場所有小鬼展現出的狂熱。崇仔搖了搖頭，看了我一眼。SIN繼續說：

「我的歌聲配上那個聲音，就天下無敵了！看見觀眾的反應跟從前完全不同，我和須來就開始想要更多骨頭的聲音。一旦踏上這條路，就無法回頭了。有這麼多的歌迷在期待我們的音樂，傳播這樣的聲音是我們與生俱來的使命啊！」

崇仔交叉著雙臂，靠在隔間的玻璃板上。他叫來G少年的一名成員，在耳邊小聲地說著悄悄話。那個穿著黃色鋪棉連身衣的小鬼，聽完立刻跑出了錄音室。崇仔的語調十分沉靜：

「所以，你們甚至把自己樂團的成員都當成音樂素材？」

SIN喃喃自語著說：

「沒辦法啊。隼人說，要是我們不停止的話，他就要把事情的真相說出去。這小子的吉他功力又不怎麼樣，我們隨時都可以找到替代的。」

崇仔雖然冷冷一笑，我卻見到他的瞳孔深處閃著詭異的光芒。好危險。須來和SIN完全不了解自己的處境。崇仔對勝新說：

「關於我們剛剛討論的事啊，我看以你們的做法，對這兩人是產生不了效果的。只有肉體上的疼痛，不出一個月他們就會忘得乾乾淨淨。我認為，應該從這兩個人身上奪走無法替代的東西。」

奪走無法替代的東西？雖然我聽不懂其中含意，勝新卻點了點頭：

「或許正如你所說，這兩個小鬼不是我們制得住的。又不能乾脆殺了他們。是你的話，應該比我們了解如何對付這種小鬼。」

於是，我們便一面倒轉剛才須來錄進的骨音，一面等待那個跑腿的G少年回來。

⚜

過了十分鐘左右，他辦完事回來了，手上拎著一個褐色的牛皮紙袋。崇仔說了聲「辛苦了」，便接過紙袋，將內容物放在須來與SIN面前的桌上。那是一個綠色的塑膠瓶，瓶蓋上貼有三百九十八日圓的標籤。是在任何一間大賣場都可見到堆成一座小山、屬於鹽酸類的水管清潔劑。G少年從連身衣的口袋又取出一樣物體，銀色合金的光輝十分耀眼，似乎是個大型打孔機。

「我決定用這些東西來懲罰你們。須來，你將會失去耳朵。SIN，你會失去你的聲音。」

自從我們侵入這個地方後，第一次見到他們渾身哆嗦的害怕模樣。他們恐怕一直樂觀認為，懲罰頂多帶給他們皮肉之痛，不可能要了他們的命。而崇仔決定的懲罰方式，卻比死更加殘酷。須來和SIN的臉孔這次真的因恐懼而扭曲。國王一派平靜地笑著說：

「須來，你自己把你最寶貝的耳朵兩邊各開五個洞。如果你覺得錯過機會可惜，我可以幫你裝上麥克風。SIN，你給我喝乾那瓶清潔劑。只要通過一次喉嚨，你可以把它吐出來沒關係。這點東西弄不死你的。不過，你千萬別給我剩下一滴，因為我要用它毀了你的喉嚨。」

❦

與外界完全隔絕的安靜隔音室裡，只有須來和SIN劇烈的喘息聲迴響著。G少年們與勝新都默默無語。我不斷地用力思考，想著被一群人痛毆跟失去聲音與耳朵何者嚴重。一般人或許會認為全身骨折比較痛苦，但是這兩個人不同。將耳人與聲人的重要器官奪去，剩下的就只是乾癟癟的人形空殼了。我正想開口為他們說情，看起來像在熟睡的隼人呻吟著說：

「崇哥，還有大家，我願意跟你們謝罪，能不能請你們至少放SIN一馬？我來幫他喝那瓶清潔劑。SIN不是壞人，他只是被須來牽著鼻子走罷了。」

隼人的臉還是又青又腫。勝新很驚訝地說：

「你知道你自己在說什麼嗎？瞧你被打成這樣，你還看不清他們的真面目？」

隼人張開雙唇，似乎是笑了。臉上的瘡痂裂開，滲出些許鮮血。

「我們剛成立樂團的時候，我正在猶豫應不應該繼續彈吉他。我從鄉下到東京，轉眼已經六年了，是不是應該穩定下來找個正職，我自己也很煩惱。這個時候，SIN卻稱讚我的吉他彈得很不錯。我也曉得自己有多少斤兩……」

錄音室陷入一片死寂。隼人雖然因為嘴唇痛楚而說話艱難，卻還是接下去說：

「……就算我染了頭髮，背著吉他盒，故意大搖大擺地走路，我還是沒有才能成為職業樂手。但是SIN的歌聲，真的是萬中選一。這樣的歌聲不是屬於SIN一個人的。求求你們，我願意喝下清潔劑，請你們用別的方式懲罰他吧。」

隼人說完這段話，便無聲地流下了眼淚。SIN一臉蒼白，咬著下唇。令人驚訝的是勝新居然紅了眼眶。這個愛哭的流浪漢首領！崇仔的寒冰似乎融化了少許。他微微揚起唇角。須來這時說了：

「如果要減輕SIN的懲罰，那我也應該比照辦理啊！這樣太不公平了！」

蠢蛋到了什麼時候還是一樣蠢。崇仔的聲音立刻凍成雪白：

「須來，我本來只想在你耳垂上打洞的，現在我想改成軟骨部分。如果有怨言的話，我就親手用刀子削下你兩隻耳朵。不准給我開口講話，聽懂的話就點點頭。」

須來拚命晃動他留著山羊鬍的下巴。崇仔以難得的溫柔嗓音說：

「SIN，如果要斷了你的手臂，你想選左邊還是右邊？」

SIN放下胸中大石的嘆息聲拖了好長好長，從他的雙眼流下今天第一次見到的淚珠。他稍微抬起左肩，代替回答。崇仔點了點頭，看向我說：

「那就這麼決定了。阿誠，這樣你滿意了嗎？幹嘛，你在哭啊？」

我才沒有哭，只是眼眶有點潮濕罷了。自從過了二十歲之後，我的淚腺經常都像這樣不聽使喚。我回答：

「不錯啊！如果須來肯向警方自首的話，我就更滿意了。」

崇仔雖然擺出怎樣都無所謂的表情，但還是對須來說：

「我就讓你軟骨上各少開三個洞，不過你必須到池袋署去自首，而且不能把SIN的事情供出來。要是你敢在查案時洩露一點風聲，G少年就會去找你，在你耳殼上多鑽幾個洞。不管經過多少年，我們都會一直監視著你。聽清楚了嗎？」

須來這下子屁也不敢吭一聲，只能默默點頭。我抓起隼人的手臂，幫助他從椅子上站起，好叫計程車送他去醫院。這間錄音室裡，已經沒有任何事需要我插手了。

幸虧這是一間滴水不漏的隔音室，我可不想讓SIN和須來的慘叫聲汙染了寧靜的南池袋三丁目。我希望這樣的聲音永久被封存，消失在我的周遭。單單殘留在我耳朵深處的骨音，就已經令人夠難捱了。

接下來要說的，都是這次事件的後續發展。

須來當晚帶著淌血的雙耳，到池袋西口公園後方的池袋署去自首。聽說他還帶了自己錄下的迷你碟片，做為犯罪證據。警方還是頭一回遇到這種錄下骨折聲音的物證。儘管他是個極其惡劣的連續傷害犯，不過念在他是初犯，又主動向警方投案，雖然還是必須蹲大牢，刑期卻很短。想必他離開了鐵牢之後，還是會從事音樂相關工作吧。憑他的耳力，什麼工作應該都難不倒他。

日之出町的勝新又開始在街上擺起一本百圓的雜誌攤了。每當我路過攤子前，他都會塞給我裝滿文庫本的紙箱，說是特別為我留起來的。裡面大多是他特地挑選的夏目漱石和江戶川亂步的作品，不過他卻從不肯跟我收一毛錢。因此我現在經常會帶著熟透的豐水梨，去跟他以物易物，換取雜誌或文庫本。

依然無法擺脫殘暑肆虐的池袋，還是接連不斷地傳出攻擊街友的事件。勝新說，自從街友自衛團跟G少年聯手以來，這樣的事件減少了很多，但是就算少了「連續斷骨魔」的威脅，血氣方剛的青少年的暴力舉動卻是誰也遏止不了的。這就是現在的東京。

崇仔還是崇仔，依舊是池袋的國王。他有時雖然會累得說想跟我交換身分，不過應該不是真心話。當天他在錄音室裡運籌帷幄的風采，我一輩子都學不來。

適時的冷酷與嚴峻，是我們生存下去必須具備的條件。

❦

最後，來談談這次的主角隼人和SIN。

Dead Saint在那之後立刻解散了，這是因為SIN被一位小有名氣的音樂製作人挖去出唱片的關係。隼人又回到了Vivid Burger。只要我一在店裡露臉，他就始終執迷不誤地硬要把秋季推薦套餐——海苔月見漢堡加山藥奶昔——推薦給我。這間連鎖店後來很快因經營不善倒閉。從他們的菜單，完全感受不到對於經營的熱忱。

他離開了哥德樂團之後，加入了一個旋律硬蕊⑩樂團。這類樂團的編曲重視旋律性並且結合搖滾，但是我實在聽不出來跟過去的重搖滾樂差異何在。將音樂分門別類得太細，也是當今需要正視的一個問題。

隼人每次想招攬新的主唱，總會毫無例外地搬出SIN的名字。是我幫助SIN成為職業歌手的。你要不要也跟我合作看看哪？身為低收入又不穩定的服務業從業人員，而且隨時都會有被解雇的危機，那又如何？隼人本著自己的意願，在池袋悠然自得地過活。若是有人想嘲笑他是社會的失敗者，那就隨他們去說吧！

雖然我對隼人的吉他功力不敢恭維，對於他悍衛SIN的勇氣倒是相當折服。儘管當時他原本就圓滾滾的臉腫得像顆氣球，我還是覺得他酷斃了。我和隼人都同樣窮，因此我們並不害怕窮。就算落得一文不名，至少我還保有一個原原本本的自己。

最後的最後，來講講SIN的事情。在秋季的尾聲，他以一首像小學生寫的單純情歌，在大型唱片公司發了第一張單曲。唱片的成績還不錯，吊在前十名的車尾約有兩個星期的時間。我也曾經看過一回SIN上電視節目唱歌。雖然他的第二首單曲詞曲都很糟，連排行榜的邊都沒沾到，不過他喜歡唱歌，也有本錢唱歌。聽說唱片公司正在重新檢討他的風格，明年會正式推出一張專輯。

SIN的確算是我們身邊為數不少的勝利者之一，不過我心想，我們生存的世界裡已經沒有真正的勝利者了。只有每週、每月更迭一次的冠軍，在人海中浮浮沉沉。這些缺乏分量的勝利者多如過江之鯽，連他們的名字都記不清。不管是個人也好，公司也好，他們贏得的都只是短暫的勝利。

況且，這種連小孩子也能清楚分辨的輸贏，有何意義可言呢？

關店之後，我一個人走向欅木落葉飄散一地的西口公園。坐起來硬梆梆的長椅、無謂的噴水池、意義不明的雕像，以及伴隨著這陣子吹起的冷風充斥整條街道的噪音。我抬起視線，從大樓與大樓的間隙窺見湛藍無垠的秋季天空。

所有的這些美好事物都任人自由索取，不需要支付半毛錢。

---

⑩ Melodic hardcore：一九八〇年代早期源自美國西岸的一種後龐克樂風，相較於早其龐克樂來說，更重視編曲的旋律性以及樂器技巧。

池袋ウエスト
ゲート
パーク

西一番街外賣

走在夜晚的購物中心，會有種世界早已毀滅、只剩下自己一個消費者的錯覺。雖然可以將所有商品盡歸所有，卻是無比寂寞的顧客。不論是全球資本主義，還是高度消費社會，都已經不復存在了（我似乎很喜歡把剛看到的詞彙現學現賣）。所有的商店架上都擺滿了商品，賣場裡卻見不到半個人影。日光燈的青白光線把通道照得閃閃發亮，卻聽不見任何人交談的聲音。這時候的購物中心，就好像博物館般死寂。

雖然已經入冬，空調卻恰到好處地調整到能讓人穿著一件T恤走動。就算沒人將它們拿起把玩，商品依然心滿意足地以嶄新的光輝相互炫耀。只要稍微移開一下目光，商品標價便會自然而然地被汰換。數字如同枯葉般迴圈飛舞，品質與設計無謂地不斷朝上攀升。多麼美好的通貨緊縮。

沒人逛的購物中心，就像是童話《糖果屋》裡的那座魔法森林。每棵樹都擁有自己的意志，總會想法子吸引路過人的注意，然後以伸長的枝幹將他們牢牢綑住。我為了不著這些商品魔法的道，總是走在寬廣通道的正中央。這當然部分是因為我一向阮囊羞澀，不過商品確實就像人潮吸引人潮般，有種不容抗拒的魔力。

因此，在遇到那個女孩之前，我真的有種自己是這個星球最後殘存者的心情。我並不會一天到晚跟婦孺搭訕。我既沒有戀童傾向，也沒有會待在小學的操場或泳池邊，拿著活像砲管的伸縮鏡頭相機猛拍的男性朋友。

因為沒有固定的女友，我的確總是處於飢渴狀態（吼吼吼！），不過並沒有墮落到從事犯罪的地步。

我小的時候，總以為長大之後孤單寂寞的感覺就會消失。大人會喝酒，還可以一個人走進電影院或銀行。不過，現在證明我的想法大錯特錯。我們都只是演技拙劣的演員。不管長到幾歲，都無法遺忘自己曾經演過的角色。當時的疼痛或恐懼，都還殘留在胸中另一個小小的心臟裡。

仔細想想，變成這個世界所謂的大人，其實就意味著成長為人類最終的顧客。持續不斷地買東西，然後投進空洞的心靈。即使再也無法承受購物的孤寂，對於購物商場生出一股憎惡，卻仍然會因為無處可去，而徘徊在耀眼眩目的通道上。一面走著，一面傾聽眾多商品發出的海上女妖歌聲。

於是，我開口向一個十一歲的小女孩攀談，犯下了人生一大錯誤。

不過就算少了這麼一個小錯誤，我的人生也不怎麼光明就是了。

池袋有許多噴水池。最有名的雖然位於池袋西口公園，最豪華、引人入勝的卻是太陽城Alba前的那座噴水池。在這裡，我想為不住在關東的人說明一下：太陽城是池袋這個地方唯一的一棟摩天大樓（六十層），Alba則是位於這棟大樓地下一到三樓的巨大購物商場，總共擁有兩、三百家店鋪，不過我也搞不太清楚就是了。商場中央有個透天廣場，一到假日就會因為偶像新人或氣泡酒之類的宣傳活動而人滿為患。

這座廣場最有名的景點，就是以電腦操控的噴水池。厭倦了一成不變的日子，或是想吸吸大都會鬧區的負離子時，我經常會來這個地方看噴水池。有時由細細的水滴砌成的水牆會飄起淡淡煙霧，有時又像寶塚歌舞團一樣排成一列高高噴起。有時是扭轉的錐形水柱，有時是升起二十公尺高、咕嘟咕嘟冒著泡泡的水柱，水聲震耳欲聾。這幾種花樣每隔數十秒交替變幻，在沒有活動的日子裡持續不斷地吐水。

水裡裝設有紅、藍、黃、綠、紫、橘的各色燈光，每當噴水的形狀改變，燈光的顏色也會隨之變化。雖然只能讓人聯想到迪士尼動畫的甜甜糖果色，卻是怎麼看也看不厭。有時回過神來，才發現自己居然看了整整一小時的水舞。或許是因為我的腦袋特別笨吧。不過，曾經有一個作家說過，移動的水和火都能夠敞開人的心胸。

或許，這個作家也有過跟我同樣的經驗。那個女孩一直坐在噴水池前的白色大理石舞台上，裙襬開出一朵圓圓的花，屁股則直接貼在大理石上，正在看著一本書。一如往常，時間是即將關店的晚上八點。我化身為人類最後一名（捨不得花錢的）消費者，正在Alba裡無所事事地閒晃。

女孩的手腳像竹竿一樣細細長長。只要堆在舞台兩側的ＰＡ音響流出小早安或是迷你早安的新歌，就會放下手裡的書一躍而起，當場很High地跳起舞來。她的手腳頗具力道地揮動，扭腰的動作也煞有其事。她穿著紅色格子的迷你裙，以及一件安哥拉羊毛衣。由於噴水池的底部裝有鏡子，我可以看見一個表情嚴肅地跳著舞的女孩，透過水幕搖搖晃晃地映照在池底。雖然臉很臭，仍然是夜晚的購物商場裡活蹦亂跳的一個小天使。

然而，如果播放的是早安少女組的歌曲，她反而一動也不動。坐在通往舞台的階梯上的我，終於忍不住出聲發問：

「喂，妳為什麼不跳早安的歌？」

女孩子用黑多於白的眼珠向下盯著我看，然後默默地回到原來的位置，將沒看完的書放回膝上。她沒有回答我。一定經常被些怪叔叔搭訕吧。對於那種戀童的老頭，視若無睹是最好的對策。我無奈地離開階梯，回到西一番街。由於西一番街跟Alba位於車站的不同側，走路少說也得花十五分鐘。冬夜的人行道上，拉皮條的擺出一副四海之內皆兄弟的嘴臉，笑眯眯地朝我招呼。為什麼那個女孩不跳早安少女組的歌呢？是因為討厭飯田還是保田❶嗎？我一邊走著，一邊思考這種無關緊要的問題。

這樣總比思考自己的將來，或是一直沒有女友的過去幾個月要健康多了。

過了一個新年，我的周遭依然沒有任何轉變。池袋還是處於持續不景氣的狀態，但來來往往的人潮卻多得離譜。正月過後，我們家的水果店門可羅雀。崇仔和G少年也過得風平浪靜。唯一一件不尋常的事，就是我寫專欄的那本服裝雜誌，這次居然邀請我寫書評，是一本描寫一個二十五歲左右的美國西岸黑人喇叭手，被捲進黑幫鬥爭的自傳故事。

我沒辦法待在自己的房裡靜靜閱讀。於是連續好幾天，我都帶著書出門來到Alba。這個季節的西口公園狂風大作，實在不適合讀書。「池袋的麻煩掃蕩者，於閱讀時凍死」——我可不想因此上報（雖然我滿喜歡這種把我描述得像是知識分子的標題）。

顧客幾乎完全消失的一月底晚間七點。我在噴水池廣場前的梯型舞台一角坐下，開始閱讀已逝的喇叭手富翁慘絕人寰的少年時代。BGM是水碎裂的聲音，以及電腦音樂Fractal的自我相似體J-POP（看吧！我也是有做過功課的）。

正當我看得入迷，只見攤開的書頁外有雙女孩子粗粗乾乾的膝蓋，乾燥到冒出許多細碎的皮屑。

「你在看什麼書？」

我抬起頭來，一對瞳孔較大的眼睛回看著我。我將封面翻給她看。紋了全身還不夠、甚至連臉上都有刺青的黑人喇叭手的照片，擺出「誰敢惹我，我就宰了誰！」的表情，瞪著相機鏡頭。女孩皺了皺眉：

「那本書有趣嗎？」

「馬馬虎虎。那妳看的是什麼書？」

這個小學女生帶著一本用石臘紙仔細包起的文庫本。小小的手翻開書頁，朝我聳了聳肩。那是一張盛在盤上、鮮血淋漓的人頭畫像。是王爾德寫的《莎樂美》。

「這本我沒看過。有趣嗎？」

「普普通通。」

「妳叫什麼名字？」

「櫻田香緒。你呢？」

「真島誠。」

女孩帶著些許狐疑的眼神看著我，接著好像突然失去了興趣，回到她一貫的座位坐下。我們相隔著十五公尺左右的距離，各自看各自的書。令人悲傷的旋律響起，到了購物商場結束營業的時間。我們彼此沒有一聲道別，就離開了舞台，各奔前程。都市的萍水相逢就是如此。人情冷淡，正如同電腦操控的水柱。

然而在大部分的情況下，邂逅都不會就此結束。因為在這個城市裡，麻煩是會將人與人之間聯繫起來的。在這裡，我要給來自外縣市的朋友一個良心的建議。如果遇上了麻煩，就儘管大聲呼救吧！在東

❶飯田圭織、保田圭：皆為早安少女組的成員。

京土生土長的人，將心比心的程度絕對超乎你的意料。

尤其在池袋這種跟時尚沾不上邊的區域，這種傾向更是明顯。不過話說回來，香緒當然沒有求救，她只是默默地轉身走開。

⚜

第二天，我跟老媽換班之後，又帶著書來到Alba。為何翻譯書總是這麼冗長厚重呢？上下兩段式的排版，總共長達五百頁。對於我這種對文字缺乏抵抗力的人來說，這種量已經幾乎是極限了。

我在昨天的老位置坐下，隨即發現香緒也在。她坐在噴水池前禁止進入的圍繩邊，膝上放著文庫本。自己在看書的時候，身旁有人在看不同的書籍，總會讓人有點坐立難安。我開始集中精神看書。故事中的黑人少年在十二歲那年因為販毒入獄，卻在感化院中發現了對於喇叭這項樂器的熱情。與他同房的少年們，犯下的淨是強姦、強盜、殺人未遂或殺人等罪行。他們就像是爭相比較誰最冷酷無情的一群野獸。儘管同樣活在貧困之地，我還是不禁慶幸自己的祖國是日本而非美國。

PA音響傳來迷你早安稍久之前的歌曲。就是那首不停叫對方打電話、活像在幫NTT打廣告的歌。我從書本抬起頭來，心想香緒一定又會跳舞了。但就在我視線移動的同時，香緒小小的手緊握的書卻同時間掉落，整個上半身也往後傾倒。她的後腦勺撞上大理石的表面，發出一記沉沉的敲擊聲。

除了我以外，似乎沒有任何人注意到這幅情景。我沉默地跑向香緒身邊。我在平躺的女孩身旁單膝著地，觀察她的臉色。

「香緒，妳怎麼樣了？」

她只發出悶悶的呻吟代替回答。她的臉頰和嘴唇像是出血似的鮮紅。我將手貼在她的額頭上，好燙。

我搖了搖她的身體。

「妳是一個人來的嗎？妳爸爸媽媽在哪裡？」

聽到「爸爸媽媽」這個字眼，香緒總算恢復了神智。她揮開我的手，說道：

「我沒事啦，不需要你操心。」

她慢吞吞地挺起上半身，從斜背包裡掏出一支折蓋式的手機，用小樹枝般前端較尖的手指按下快速鍵。正想說應該是撥通了，她卻立即掛斷了電話。她搖搖頭說：

「是語音信箱。」

「妳家住在哪裡？我送妳回家好了。」

香緒一臉不情願地拚命搖頭。

「反正回家也是一個人，我不想回家。」

「妳媽媽呢？」

「在上班。」

「妳爸爸呢？」

「沒有爸爸。」

「這樣喔……所以妳剛剛那通電話，是打給媽媽的囉？」

香緒昏昏沉沉地點了點頭。我對她說：

「再按一次快速鍵，打打看嘛！」

香緒雖然一臉納悶，還是照辦了。我拿起她的手機，對著語音信箱大吼：

「妳的女兒發燒昏倒了！下班之後，請到西一番街的水果店來接她！」

接著我報上了水果店的詳細位置和我的姓名，我看了一眼嚇得目瞪口呆的香緒，又補充了一句：

「還有，妳女兒年紀還小，也關心一下她的健康吧！晚上洗完澡，也記得要幫她的膝蓋抹點嬰兒乳液喔！」

我穿過通道，背朝著香緒蹲下。

「給人背太丟臉了啦！我沒事的，我可以自己走。」

「少囉唆！不喜歡背的話，我就把妳扛在肩膀上。擺那種姿勢，內褲會被看光光喔！妳自己說要選哪一種？」

香緒將小手搭上我的肩頭，由旁邊低頭看著我。

「阿誠，你應該沒有戀童癖吧？」

雖然我自認為性向正常，不過也難保將來會變成什麼樣子。畢竟我住在一個中年男子會對著十三歲的偶像歌手（就是指加護❷啦！）尖叫的國度。我沒有回答這個問題，只顧著奔向計程車招呼站。一邊跑著，一邊感受著背上的女孩異常暖和的溫度。

或許別人聽了會難以置信，不過當時掠過我腦海的念頭，竟是當爸爸的感覺也不賴。阿誠爸爸，AGAIN。前年夏天的經驗❸雖然讓我不敢恭維，但是這次我真的一瞬間產生出一份父愛。有個喜歡看書、伶牙俐齒、瘦巴巴的女兒，或許是個不錯的前景。

我把在計程車上就沉沉入睡的香緒直接帶了回家。閒閒坐在店面與賣不出的哈密瓜和草莓大眼瞪小眼的老媽，劈頭就對我說：居然把這麼小的孩子拐回家，你是太飢渴了嗎？憐憫我一下吧！喇叭手。我成長的家庭環境，其惡劣程度不亞於香緒家啊！

不過，老媽是刀子嘴、豆腐心。聽說了香緒的情況後，立刻就跑上二樓鋪好棉被，還出借自己的運動服給香緒換上。人家可是女孩子耶，阿誠，還不把頭轉過去！至於我能幫得上忙的，勉強就只有幫香緒量體溫而已。我拿著最新型的電子耳溫槍，輕輕放進睡得很熟的香緒耳朵裡。三十九點八度。

香緒的臉色依然潮紅，呼吸也很急促。我留下正以冰水沾濕毛巾的老媽，下樓去看店。雖然生意差到有沒有人顧都無所謂，可是少了店員的店面畢竟太過寂寥了。總不能讓西一番街淪落為夜晚的購物商場吧。這裡好歹也是我的故鄉，我死也不願意在店裡擺出知識分子的架子，因此只好收起尚未讀完的書，從房間裡拿出ＣＤ，插進店頭的音響裡播放。

英格柏・漢普汀克。這裡指的可不是那個產自英國的性感歌手喔！是那個德國作曲家❹。《糖果

❷加護亞依：也是早安女組的成員。

❸見池袋西口公園系列《計數器少年》第二章〈計數器少年〉。

❹德國作曲家英格柏・漢普汀克（Engelbert Humperdinck, 1854-1936）著有名歌劇《糖果屋》。而英國歌手英格柏・漢普汀克本名則為阿諾・喬治・多賽（Arnold George Dorsey, 1936-），其藝名便是由前者而來。

屋》於一八九三年在威瑪劇院首度公演，是齣很適合兒童觀賞的歌劇。穿插其中的甜美節奏，就像是糖果屋裡塞得滿滿的蛋糕餅乾。

我聽著這齣三角鐵特別活躍的歌劇，打發香緒的母親來接她回去前的空白時間。

⚜

那天晚上，我把長約一百分鐘的《糖果屋》聽了兩次半。日期很快地更換，時針眼看已經超越十二點半了。我正將兩盒草莓賣給趕搭最末班電車的上班族帶回家請罪，便看到店門口的陰暗處站著一個女人。

紅髮，身穿仿蛇皮的緊身洋裝，領口敞得低低的，豐滿的胸部從鎖骨處往下形成一道深溝，連叶姊妹❺也要自嘆弗如。她的肩上披著豹紋毛皮外套，大約三十的年紀上下修正兩歲。女人沒有正眼看我，只用被酒氣醺得沙沙啞啞的嗓音說：

「你好，我聽說香緒在這裡。你就是之前留言的那個阿誠？」

一句謝謝和對不起都沒有。正當我老大不痛快地瞪著這個沒禮貌的母親，衣著華麗的她由人行道的陰影處踏出一步說：

「這麼晚才來接她，真不好意思。因為支援的女孩子沒來，所以脫不了身。」

她解釋著晚到的理由，臉上堆滿了笑容。我倒抽了一口氣。不是因為她的笑，而是發現她的眼睛四周與臉頰紅腫，似乎才剛剛被揍過。

「妳不要緊吧？」

我好像老是在為這對母女擔心。

「嗯，不要緊。剛才被小混混打了幾下而已，這種事我早習慣了。」

是跟不懂得憐香惜玉的小白臉住在一起嗎？我盡量不看著她的臉說：

「香緒在二樓睡覺，有我媽在照顧她。妳就上去看她吧！」

我猜想她應該在酒店或特種行業上班，能夠確定的是那裡絕非什麼高格調的場所。香緒的母親晃動著不輸給胸部的巨臀，慢吞吞地走上店面旁的樓梯。這樣的母親居然會生出那種火柴棒似的女兒，基因的機制實在讓人猜不透。

正在收拾店面的我收到老媽的召喚，是五分鐘後的事。老媽從樓上喊著：「阿誠！來幫我啦！」我走上樓梯，走進臥室。老媽正用毛毯將剛換好衣服的香緒裹在裡面。老媽說：

「廣子小姐，妳到樓下去招計程車！阿誠，你幫忙把這個孩子抱下樓。」

就算是個瘦巴巴的十一歲少女，也有將近三十公斤的重量。我應了一句「知道了」，便看向香緒的

❺叶恭子、叶美香：日本演藝界的傳奇姊妹花、交際名媛，然而兩人並非親姊妹，以「巨乳」著稱。原本在創始初期是個三人團體，後來恭子的親妹妹叶晴榮選擇退團。

母親。她正用原本放在女兒額頭上的冰毛巾敷在眼睛周圍。大概是老媽拿給她的。廣子再次慢吞吞地站起身，走向玄關。

「謝謝……你們的幫忙。」

不怎麼真心誠意、迷迷濛濛的道謝聲，從短短的走廊傳來。我一把抱起香緒，問老媽說：

「她媽跟妳說了什麼？」

老媽的嘴噘得都可以掛豬肉了。今晚還是少惹她為妙。

「誰聽得懂啊！那個女人看起來呆頭呆腦的，有這種媽，那個孩子真可憐！」

她摸了摸漲紅著臉熟睡的香緒的額頭。

「小孩子經常會發燒，我想應該沒什麼大礙。」

老媽從抽屜拿出退燒藥，塞進我連帽外套的口袋。我抱著香緒，走到西一番街的路上。吐出來的氣息像噴水池的水柱一樣是霧白色的。廣子站在欄下的計程車邊等著。我將香緒放進後座，把退燒藥交給廣子。廣子似乎總算恢復了神智，臉上開始出現表情。

「對不起，我很笨，什麼事都做不好。今天真的很謝謝你照顧香緒。你媽媽是個好人，麻煩你幫我向她道聲謝。」

說完這句話，她便滑進車內，搖晃著她籃球般的雙峰，帶著依然腫脹的臉。我目送載著這對奇怪母女的計程車遠去，感到完成了一件重大使命。

難道不是嗎？這個故事再感人不過了。活脫脫就像那種登在報紙一角，介紹街坊溫馨小故事的單元。唯一美中不足的是，這裡是池袋而非柴又❻。

隔了一天，香緒的母親在傍晚六點左右造訪我們的水果店，手上還提著愛瑪仕和Feragamo的紙袋。她笑容滿面、心情甚佳地大步跨進店面，差點沒把我嚇得摔倒。這次她穿的是一件藍色緞面的迷你裙洋裝，總算勉強把傲人的胸部遮了起來。外面套的則是銀狐毛做的外套。

「小誠，晚安哪！我正要去上班，順道過來看看。你媽媽在不在？」

她現在應該正在旁邊的池袋演藝場，欣賞魔術或剪紙或相聲的表演吧。同樣的表演明明看了幾十遍，卻始終樂此不疲。我回答說她不在，這個答案卻無損廣子亢奮的情緒。她窸窸窣窣地打開Feragamo的紙袋，撕破薄薄的半透明包裝紙，取出某樣東西。

「我想小誠穿起來一定很適合！來，穿穿看、穿穿看！」

她如此說著的臉上，還殘留著青黑色的痕跡。她將白色皮革短外套遞給我，我不得已地套上。那是由觸感像棉花糖一樣柔軟的牛皮做成的。要花多少道手續跟工夫，才能讓牛皮變得如此柔軟？身為夜晚購物商場的寂寞王子，我大概猜得出來它值多少錢，約莫是三十萬以上、四十萬以下吧。

「果然很好看！然後這一袋是給你媽媽的。那我走囉！」

說完這句話，她便想將愛瑪仕的紙袋放在橘子山上。

---

❻柴又：日本知名系列電影《男人真命苦》的主角寅次郎的家鄉，位於東京葛飾區。

「等一下！這麼貴的東西，我們不能收！我只是照顧了發燒的小女孩一個晚上罷了。」

香緒的母親愣愣地盯著我半晌，然後笑著說：

「以前神父跟我說過，做好事一定會有好報的。因為小誠做了好事，得到這樣的報酬是應該的啊！」

然後突然陷入沉思。這個女人真是一根腸子通到底，心裡想什麼全都寫在臉上。她從毛皮外套的口袋取出某樣東西，伸手交給我。那是一個缺乏設計品味的火柴盒。

「今天晚上到我店裡來吧！免費招待喲！」

說完，就自顧自地大步走向常磐大道。一邊走著，一邊晃動著她好像另一個生物般的巨臀。好心有好報嗎？我對於這種寓言式的教誨沒什麼意見，只是在想：既然如此，香緒的媽媽究竟做了什麼，才會換得那張被打到變形的臉？

老媽回程在黑輪攤喝了一杯，到家時已經是三更半夜了。我雖然無法理解她為什麼要特地穿和服，只為了到走路五分鐘的演藝場去看戲，不過並不反對她追求自己的嗜好。敵人在店頭發現愛瑪仕的紙袋，整張臉立刻亮了起來。

「是你買給媽媽的嗎？」

我搖了搖頭，將事情從頭到尾解釋一遍，並將廣子店裡的火柴盒給老媽看。老媽細細的兩道眉毛挑得半天高。就是因為這樣，我才對家庭內的麻煩沒興趣。我喜歡解決的是街頭的麻煩。狹窄的水果店面內，黑色的暴風雨正在慢慢醞釀。老媽不愧是土生土長的老街子弟，立刻咬字清晰地說：

「這麼貴重的東西怎麼能收！阿誠，你今天就拿去還人家，還要跟人家慎重道謝！」

我看了看火柴盒。茄子般的紫色配上黃色，PUB Soirée，地址在西池袋一丁目三十番台的前段。距離我們店面走路只要幾分鐘。那一帶的特種行業卻是惡名昭彰的。

對了，你曉得什麼是「外賣酒店」嗎？

外賣酒店裡頭有酒、有女孩子坐檯，甚至也有卡拉OK。由這些條件看來，似乎跟一般的酒店沒有兩樣。唯一的相異點是，客人如果看到中意的小姐，是可以付錢將她帶出場的。至於兩人你情我願之下會幹什麼勾當，就任憑看官想像吧。給你兩個提示：一，那是違法行為；二，隔著一條常磐大道的池袋一丁目，就是跟澀谷道玄坂同樣知名的賓館街。

在我家，老媽說的話遠比神父的教誨有分量多了。於是我滿腹無奈地關了店，穿上好幾層衣物禦寒，踏上夜晚的街頭。

我現在要前往的地方，就是惡名昭彰的外賣酒店。好孩子可不要學我喔。

從前在池袋ＪＲ車站的周邊，也曾經一度炒地皮炒得很兇。那一帶都是寬約二點五公尺的小路，深處則是牛頭不對馬嘴的停車場，顯然是不動產業者打錯如意算盤的結果。想蓋起高級公寓、辦公大樓狂撈一筆的夢想，如今都變成雜草叢生的荒地，在冷風中瑟縮。

進得來、出不去的死巷兩側，密密麻麻地排滿了一間一間小酒店，各自擺出像螢火蟲的屁股般發出微弱光線的招牌。至於招牌以紫色跟藍色居多的原因，或許是源自非法特種行業經營者心中的一股愧疚感。這裡面夾雜著許多讓好色之徒趨之若鶩的外賣酒店。幾名手持折價券的女子站在街頭，一個穿得比一個暴露，好像在比賽誰最不怕冷。走進巷子底，總算發現Soirée的所在位置。一過了午夜，客人差不多也該結束一夜的歡愉，這時候廣子應該也會出現才對。膽子很小的我完全不敢走進店裡，直接將禮物奉還。

我站在巷子口一根孤單佇立的電線桿下，委身於冷冷清清的水銀光圈中，只為了等待香緒的母親走出店門。東京的星星似乎敵不過地面燈火的氣勢，早就消失得無影無蹤。我無意識地開始原地小踏步。有時，一群看似上班族的男人會並肩走進各間酒店。過了一會兒，又從別間酒店走出牽著小姐的男人，消失在賓館街。每個人吐出的氣息都跟我一樣，蒼白而寂寞。

不知為何，酒店小姐經過時總會瞄我一眼。我的穿著非常休閒，怎麼看也不像是便衣刑警才對。會是把我誤認成別人了嗎？

我凝望著這一帶最下等的街道，心情莫名地愉快。

這才是池袋，這才是我土生土長的故鄉。

廣子穿著完全露出屁股的短外套走出店門口時，是凌晨十二點半。她推開紫色的玻璃門，只探出一顆頭來東張西望。她看見我時雖然露出驚慌的神色，不過很快就從我手中的紙袋發現我的身分。她筆直地朝巷口走來。由遠處也可清楚看見她的波濤蕩漾。必須先聲明，我絕對不是一個波霸愛好者，甚至認為與其大而不當，小一點還比較可愛。只不過動物的眼光總會不由自主地跟隨會動的物體，這點還請多多包涵。醉茫茫的廣子心情大好地說：

「怎麼站在這兒？很冷吧？你應該進來店裡坐嘛！」

「沒關係，我不是來喝酒的。我想把這個禮物還給妳。這麼高級的東西，我們還是不能收！」

廣子眼睛睜得好大。她臉上一部分的瘀青周圍已經轉為黃綠色，雙乳之間閃著晶瑩的汗珠。

「你就是為了這個，站在這裡等我？」

「沒錯。」

她露出困惑的表情。塗在她眼皮上的珠光眼影在水銀燈的照射下，如同珠母貝的內側般閃閃發光。

「你硬要還給我，我也不曉得怎麼辦耶！送去當鋪一定會虧錢的。我平常不會用那樣的包包，那件外套又是男裝，我也不能穿。我拿回來也沒用啊！」

廣子放在毛皮外套口袋裡的手遲遲不願伸出來。我百般無奈，只好將紙袋放在電線桿下。這個時候，陰暗處傳來一個冷水般的聲音：

「講了妳多少次，妳就是學不會教訓啊！」

與廣子面對面的我，清楚感覺到她渾身因恐懼而僵直。八成是在她臉上留下瘀青的傢伙。我朝右邊轉頭，看向她恐懼的根源。

⚜

在道路盡頭的暗處，兩個身穿運動服的年輕男子站在腳踏車旁。他們沒有街頭小混混那種邋遢油膩的模樣，手握的腳踏車是一台近百萬日圓的保時捷登山自行車。一輛是黑的，一輛是白的。在這種大多是單行道的小巷弄，騎腳踏車行動或許真的比較方便。較矮的男子仔細地立起腳踏車的支架，走向我和廣子，然後無視於我的存在，逕自衝著她說：

「不是叫妳不准在這條街上拉客嗎？妳還沒被打夠是不是？」

男子的髮型是燙成小捲的短雷鬼頭。還是說，這是電棒燙長長之後的模樣？廣子抬起手來遮住臉。我插嘴說：

「等等，我是她女兒的朋友，並不是她的客人。」

男子首次將視線移向我。他就是那種非得用見到殺父仇人般的眼神瞪人不可的道上弟兄。

「你是什麼東西？」

我本來以為自己在羽澤組、豐島開發、聖玉社這些池袋幫派當中還算小有名氣，真是失望。我不得已只好自我介紹：

「真島誠，水果店店員。我只是來還她送我的東西。」

我將名牌紙袋舉到眼睛的高度。

「你在鬼扯什麼？」

男子向我逼近。

「住手，邦男！」

坐在登山自行車座墊上的光頭男子大喝一聲。邦夫就像是被大狗吠了一聲的小狗，抖動著一張布滿雀斑的臉，立刻停止了動作。他的手距離我的臉只有二十公分。

「你要是不想惹上麻煩，最好不要接近那個腦袋不靈光的女人。快走吧！」

難得大哥願意網開一面，我們就乖乖準備離開。雷鬼頭起初還是不死心地直瞪著我，最後終於與光頭男子走進一家外賣酒店，店名叫做「佳氣多」。

「謝謝你。」

聽到廣子的道謝，我只是不發一語地朝賓館街反方向的要町大道上走。

❦

「揍妳的就是那兩個傢伙嗎？」

我對走在身後的廣子說。她若無其事地回答：

「是啊。」

「為什麼？」

「在那條外賣酒店巷，幾乎所有的店裡都是中國或韓國的小姐，只有我們店裡收日本女生。用同樣的金額就能玩到日本女人，很多客人都是衝著這點來的。」

我哭笑不得地轉頭看向廣子。她以瘀青未退的臉開朗笑著。

「所以別家店去告你們妨害營業？」

「對啊。我們店也是有繳保護費給多和田組的，可是其他店的媽媽桑一去哭訴，我們就倒楣了。為什麼那條街上只有我不能做外賣啊？你不覺得很不公平嗎？」

現在她又怒氣衝天了。一個坐在護欄上的俄羅斯女子，一見到我立刻抬起腰來。她穿著牛仔布材質的連身洋裝，短到不能再短。因為身高很高的緣故，膝蓋以下的部位非常修長漂亮。女子發現到我身後的廣子，便收起笑臉，又坐回凍得像冰的鐵棒上。不知道為什麼，在池袋，來自亞洲的風塵女子都會專屬於某間酒店；而俄國、保加利亞、哥倫比亞這些國家的淘金女，卻總是在街頭拉客。我對著與俄羅斯女人靠同樣方式維生的日本女人說：

「妳店裡的每一個小姐，都被那幫人教訓過嗎？」

廣子充滿了戰勝的優越感，朝著俄羅斯女人挺起她巨大的胸部。

「怎麼可能！我們店裡頭可以外帶的小姐，就只有我一個啊。」

我覺得頭開始痛起來了。

走出西一番街，我們走進二十四小時營業的Express Stand，在面對道路的吧台坐下。對於有點奇特的人展現出過剩的好奇心，是我的缺點之一。不過，這個世上沒有人能夠完全改掉缺點的（請花三秒鐘的時間，思考你自己是否能夠改正缺點。以上為心理測驗）。

廣子捧起裝著冰咖啡的玻璃杯，貼在自己傷痕猶存的顴骨上。

「就算只拿店裡的死薪水，其實也是可以養活我們母女倆的。但是，手頭會非常非常地緊。之後香緒繼續升學也需要錢，而且想到自己年紀大了以後的生活，不賣身怎麼活得下去啊！雖然我頭腦很笨，可是香緒很聰明，又喜歡看書，我當然希望送她去唸好學校。」

我沉默地聽她訴說。一群醉得東倒西歪的大學生，像團凝結物似的滑過路面。其中一個小鬼，不出聲地吐在路旁的樹叢裡。七彩繽紛的噴水池。廣子露出有點靦腆的神情。

「哈哈！我也許把話說得太好聽了。其實啊，與其說是為了香緒，是我自己真的很喜歡這份工作。因為我會挑客人，所以不能算是真正的『PRO』啦。我只跟坐在我旁邊、跟我聊些有的沒的，然後感覺還不錯的客人上床。不過我這個人不但笨又很容易愛上別人，所以覺得不錯的人一大堆就是了！」

我盯著空計程車的行列看。或許是因為寒冬中空氣清澈的緣故，車頂的紅燈看起來特別漂亮。

「我覺得妳一點都不笨啊。」

廣子露出有點吃驚的表情。她開始不明所以地晃動起雙肩，連帶著一對胸部也像鐘擺一樣搖了起來。

「小誠，你不會是想把我吧？我這個人很容易滿足的，你剛才那番話，就已經讓我春心蕩漾了喲！」

廣子眼睛四周的瘀青微微泛起了紅暈。

「我怎麼會不笨呢？我又看不懂報紙，所以很多客人講的話我都有聽沒有懂。我一直在想，雖然我很愛香緒，也希望能給她過好日子，不過我最寶貝的還是自己吧。就算被大家當成笨蛋耍，或是被醉醺醺的老頭上下其手，我還是想當一個自由自在的人，想在這個城市自由地生活。我不想再像以前一樣，住在福利機構裡了。我的腦袋不靈活，對於將來沒辦法訂出什麼計畫，可是我還是想把自己的自由擺在第一順位。為了得到自由，被揍算不了什麼啦！」

廣子拿掉吸管，直接以口就杯咕嘟咕嘟地灌下冰咖啡。杯底的水珠落在她雙峰之間。我對這個女人有點刮目相看了。就算染得一身腥，也想在這個城市自由地過活。這段話跟我和G少年的理念不約而同。儘管會在夜晚的購物商場閒晃，對於價值不菲的商品卻是不屑一顧。能夠在最下等的街頭出入的自由，比任何奢侈品都來得珍貴。我壓低聲音說：

「妳並不想離開那家店，也希望繼續做外賣，是這樣沒錯吧？」

廣子帶著納悶的表情點了點頭。我用大姆指指了指腳下那個名牌紙袋。

「既然如此，這東西我就不客氣地收下了。我會幫妳料理剛才那幫人，這個包包就當做報酬好了。我不會收妳一毛錢。」

廣子很顯然聽不懂我在說什麼，不過我並沒有多作解釋。因為像我這樣的小癟三，如果硬要裝成這個骯髒城市裡的善良騎士，可是會笑掉人家大牙的。

⚜

我進家門的時候，時針已經指著凌晨一點了。我並不想就這樣爬回房間，便靠在水果店拉起的鐵捲門上。因為身上疊了好幾件高科技材質的衣服，所以東京夜晚的寒冷還不算什麼。我從連帽外套的口袋取出新買的手機，雖然知道時間有點晚了，還是按下了快速鍵。

「幹嘛？」

變得氣宇軒昂的前受虐兒童、現在的冰高組之星的聲音傳來。

「猴子嗎？我阿誠啦。我想知道關於外賣酒店巷的事。」

「又來啦！這次又是怎樣？」

我簡短將廣子的遭遇描述了一遍。猴子聽到一半便開始放聲大笑。

「所以，你想捍衛她從事性交易的自由？」

這麼說來確實是如此。事情的發展似乎對我不利。

「不行嗎？」

「不是不行，只是我從來沒聽過這種蠢事。不過的確很像你的作風啦！」

「那條街是哪個組織的地盤？」

猴子這次低聲一笑：

「在今天夏天之前，是跟我們同屬羽澤組體系的岩谷組在管的。不過岩谷的老大之前被撂倒了，所以那邊現在是三不管地帶，人人都想去撈油水。」

接著猴子花了三分鐘左右的時間，向我解釋池袋排名第一的武鬥派岩谷組是如何走上窮途末路的。這段過程中猴子似乎也參了一腳，在賭場將老大漂亮地設計殺害。最後，他心情愉悅地說：

「現在，冰高的老大是關東贊和會下屆會長的第一候補人選。之前也曾經借重過崇仔的力量嘛！他最近過得怎樣？對了，我變成代理會長囉。」

我雖然不清楚這個職位是幹嘛的，還是姑且說了聲恭喜。我認識的人好像都已經飛黃騰達了，我說：

「你知道多和田組嗎？」

「喔，好像是在日外僑的第二代、第三代組成的組織，活躍得很呢。裡頭有中國、韓國、台灣各種血統的成員，聽說現在是黑社會的當紅辣子雞。」

「屬於什麼系統？」

「是關西派的第四級，不過整體來說算是第五級吧。」

「那就不是很龐大的組織囉？」

「對啊。可能是以公寓套房為根據地，悶著頭在打拚吧？」

我跟他約好第二天見面詳談，就掛斷了電話。

⚜

接下來要找的是崇仔。小弟先接起電話，很快就轉到他的手裡。國王的聲音比午夜的寒風還要刺骨。不過說話的內容就沒那麼冷淡了。

「今年第一次接到你的電話啊。有事快說。」

「連句『新年快樂』都沒有嗎？問候語可是人際關係的潤滑劑耶！」

崇仔好像輕蔑地用鼻子哼了一聲。這是他一年只出現兩次的感情表現。第一次這麼快就用上了，接下來的十一個月該如何是好？

「雖然總是冷到爆，不過敢跟我開玩笑的也只有你了。講正事，要不就掛斷。」

我停止逗弄池袋G少年的國王，帶入廣子的話題。因為是講第二次了，這次非常簡明扼要。默默聽完之後，崇仔說：

「這次沒錢拿啊。」

「對啊，我拿到了一件皮外套，還有一個我老媽的皮包。如果你想要的話，外套可以給你。」

崇仔又用鼻子嗤笑一聲。

「不必了。看這個情況，不必出動G少年，我自己出馬好了。」

對於總是同時調度數個小隊、不動如山地掌握這個城市灰色地帶的國王來說，這句話真是百年難得一見。崇仔又說了：

「這陣子的池袋風平浪靜，我也有點缺乏運動。偶爾跟猴子聚一聚也不壞。」

不知為何，我的身邊特別多這種充滿男子氣概（各位女性讀者，非常抱歉，我知道這是個毫無抗辯餘地的歧視用語）的傢伙。

該說是物以類聚嗎？這些人的名字同時也並列於池袋署的黑名單上，還真是不可思議的緣分呢。

◆

第二天晚上七點，為池袋未來憂心的三名青年集合在噴水廣場前的舞台。就是我、猴子和崇仔。

水果店店員（UNIQLO❼），代理會長（愛迪達）以及孩子王（裝模作樣的Old England白色雙排釦大衣）。這次是全員到齊了。香緒的流行性感冒已經痊癒，又坐在大理石板上看書。我對香緒打招呼：

「嗨！沒事了嗎？」

香緒很快地抬起頭來，環視我們三人。視線穿過我和猴子，最後停在崇仔身上。就算年僅十一歲，女人就是女人。不管到哪裡的ＰＵＢ跳舞，同樣的戲碼總會不斷上演。

「嗯，沒事了。阿誠，他們是你的朋友嗎？」

猴子和崇仔面面相覷。我則很明快地回答：

「對啊，我的狐群狗黨。我問妳，最近廣子小姐有沒有什麼異狀？」

香緒的臉色沉了下來。水柱變成了一片濛霧。藍色的霧壁高高聳立，幾乎與人同高。

「媽媽倒是滿正常的，只是有幾個奇怪的男人，對我說了奇怪的話。」

猴子和崇仔以清水般的眼神，低頭看著這個清瘦的女孩。

「他們是不是騎著亮晶晶的自行車？」

「對。然後，他們跟我說，說我媽媽……」

香緒的雙眼頓時泛紅，撲簌簌地滾落下噴水般的點點淚珠。我的嗓音變得比價值三十萬的義大利製皮衣還要柔軟：

「不要緊的，我們不會介意。妳說沒關係。」

香緒直勾勾地看著前方說：

「……他們說媽媽在做下流的買賣，賣的是不應該賣的東西。如果她一定要繼續下去的話，他們下次就會教訓我。」

崇仔以我前所未聞的溫柔聲音說：

「是誰這麼說的？」

香緒用力搖了搖頭後，放聲大哭。她似乎總算得到了慰藉。石臘紙做成的書套上，灑落了點點滴滴的暈漬。崇仔又說了：

「妳不敢跟媽媽，也不敢跟任何人講，對不對？忍耐這麼久，妳真是個乖孩子。」

香緒的兩個小拳頭在膝上握緊，禁不住地掉淚。崇仔跪下一邊膝蓋，輕輕把手放在她顫抖的肩頭。猴子賭氣似的看著別處。我在Alba前的「31冰淇淋」買了薄荷巧克力加草莓起司的雙球冰淇淋，交到香緒手裡。我們離開邊哭邊舔著冰淇淋的香緒，在舞台邊的階梯坐下。

「接下來該怎麼辦？」

聽我這麼一說，崇仔冷靜地回答：

「要不要把多和田組幹掉？」

坐在最下面一階的猴子，一臉受不了地回過頭來：

---

❼ UNIQLO：日本知名平價的休閒服飾品牌，於二〇一〇年才在台灣開設第一間分店。

「也拜託一下好不好！外行人辦事就是這樣。」

我低頭下望猴子的那顆光頭：

「哪裡外行了？」

「你們看太多黑道電影了啦！崇仔，你曉得整個池袋有幾個幫派嗎？」

崇仔用乾冰般的聲音說：

「一百五十到兩百。」

「這三年當中，發生過幾起幫派火拼事件？」

「兩、三起。」

猴子站了起來，轉向我和崇仔，揮舞著他缺了小指、戴著黑色手套的左手：

「一發生事情就想馬上幹架，不是看太多電影是什麼！那種賭上性命也要保衛地盤的情節，都是胡扯啦！在這個城市，幫派生存的原則就是共存。就算覺得對方很礙眼，就算妨礙到自己的幫派擴展勢力，也必須認同對方的存在。火拼這種吃力又不討好的事，除非迫不得已，沒人想去搞的啦！」

我激動了起來：

「這是奉行市場主義的黑道說的話嗎？猴子，你的口氣什麼時候變得像財務省的官員了？」

猴子露出苦笑說：

「那你想想看，你們利用G少年的力量毀了多和田組之後，情況會變成什麼樣？那麼小不拉嘰的幫派，要摧毀應該不費吹灰之力吧。不過，那塊區域現在一半是關西派在掌控。我們組裡是不碰色情行業的，其他幫派也不敢跟那麼硬的後台對抗。就算多和田掛了，很快就會有其他幫派來接手，沒完沒了的。」

崇仔的語氣變得十分謹慎：

「猴子說的確實沒錯。調整彼此的利害關係，謀求共存的空間的確是比較聰明的作法。況且我們想捍衛的也並不是正義，而是那個孩子的母親出賣肉體的自由。或許不必分出黑白，找出灰色的答案就可以了。」

崇仔一面這麼說著，一面朝遠方的香緒肉麻兮兮地揮揮手。香緒一手按著書本，抬高拿著冰淇淋的另一隻手。瘦巴巴的自由女神。我說道：

「既然這樣，我們既不能以暴制暴，也沒辦法交給警方來解決。要是她上班的那間外賣酒店被警方取締的話，就本末倒置了。那我到底該怎麼辦才好？」

崇仔看向猴子，點了點頭。猴子也跟著點頭。國王撇嘴一笑，對我說：

「想辦法是你的任務。如果想到了什麼好點子，再跟我聯絡。」

說完這句話，崇仔與猴子便朝不同的方向離開了噴水廣場。媽的，為什麼動腦筋的差事總是落在我頭上？我的智商可以說是普普通通（中下？），又缺乏知識和經驗，還每次都分到這種燙手山芋，實在是虧大了。我只是天性不服輸，既然開始就希望看到結果罷了。兩手將頭髮亂抓一陣後，我凝視了一會兒噴水，就回到香緒的身邊。

❦

我問連甜筒的尾巴都啃得乾乾淨淨的香緒：

「妳平常晚飯都吃什麼？」

香緒毫不為意地回答：

「麥當勞或家庭餐廳。回到家裡，也有一大堆微波就可以吃的冷凍食品。」

所以才會瘦成這樣嗎？我對回話時臉還埋在書本裡的女孩說：

「如果妳願意的話，今天晚上要不要來我家吃飯？」

香緒的神情一亮。她嘟著嘴巴高聲說：

「真的可以嗎？不會給你們添麻煩？」

「多妳一個人吃飯，沒什麼好麻煩的。我老媽煮菜的手藝不怎麼樣，妳不介意的話就來吧。」

就在這時候，舞台上的PA音響裡傳出迷你早安的新歌。又高又白的噴水直衝天際，幾乎快要碰到三樓的天花板。香緒一躍而起說：

「我已經把這首歌的舞步都學起來囉！」

我怔怔地注視露出毛線內褲、不停轉著圈圈的女孩。短短的一曲結束後，我報以熱烈的掌聲。香緒一手拿起書，一手挽住我的胳臂。

「剛才那個人是很帥沒錯，其實阿誠也不賴喲！」

沒關係，不必安慰我了。我曉得自己永遠穩坐第二名的寶座。

那天晚上餐桌上的菜色，是牛肉捲牛蒡、放了好多料的建長湯❽、燙水菜，以及山東菜的泡菜。我從來就分不清楚山東菜和白菜的差別，不過老媽說山東菜比較甜，而且久放也不容易壞。看菜色就知道是很純粹的日本料理，一道以quiche或poêler❾命名的西洋料理也沒有。香緒掃完一碗熱騰騰的建長湯和一碗白飯後，將抽去牛蒡的牛肉放在新盛的飯上弄碎，做成像牛丼一樣後再一掃而空。

要是我膽敢這樣做，肯定被老媽用筷子敲手背的，但是老媽卻笑瞇瞇地凝視著香緒吃得津津有味的模樣。還是女孩子好啊，還可以幫她打扮得漂漂亮亮的。說著說著還斜眼瞄我。面對老媽無庸置疑的性別歧視，我悶不吭聲。我已經學壞很久了，現在叛逆也無濟於事。我很快地解決了晚飯，下樓顧店。

接近十一點的時候，老媽從二樓下來了。

「香緒呢？」

「剛剛睡著。」

老媽叉起雙臂，一臉狐疑地瞪著我。

❽將白蘿蔔、紅蘿蔔、牛蒡、芋頭、蒟蒻、豆腐等食材用胡麻油炒過之後，加入昆布或香菇燉煮的湯汁，並以醬油或味噌調味而成的湯，一般來說是全素的。

❾二者皆為法文，分別為「烤派」與「煎」的意思。

「你是不是又蹚渾水了？」

我嘆了口氣，無奈地點頭。我簡單將香緒的母親與多和田組間的糾紛說了一遍。

「嗯，這樣啊。原來那個愛瑪仕包是這麼來的。那好吧！我也出一臂之力好了，畢竟我收了人家的謝禮。」

老媽想插手酒店小姐跟幫派的紛爭？我並不想祭出這種終極武器，只為了對付那個芝麻綠豆大的幫派。多和田組會在瞬間化成灰燼的。我連忙說：

「老媽，妳只要幫忙照顧香緒就夠了啦！」

她露出不服氣的表情。瞧她的氣勢，似乎是不肯退讓了。老媽的身上流著花都[10]巾幗不讓鬚眉的血液。

「你不是想不出辦法嗎？我這個媽可不是當假的。」

我雖然心想「撂什麼狠話啊」，嘴上卻不敢多說一句。我現在的心情是死馬也要當活馬醫。

「幫派最關心的事情，不就是錢嗎？所以我們要讓他們蒙受更大的損失，讓他們覺得廣子的事不過是小意思。如果他們不想虧錢的話，就只能容許廣子做外賣了。」

我難以置信地問：

「要怎麼做？」

「辦法由我來想。如果進行順利的話，跟多和田組的談判就交給你啦！」

當天晚上的一點半過後，廣子結束酒店的工作，來到我們家的水果店。應該是剛剛接過客人，她才一站在玄關，我就聞到了洗過澡的香味。香緒睡在老媽的房間裡。老媽以一副豪氣干雲的表情看著我說：

「我有話要跟廣子小姐說，你回自己房裡去。」

她頒布了戒嚴令。之後的一個小時，我待在房間裡屏氣凝神，連音樂也不敢放。將近三點時，老媽召喚了。我抱著熟睡的香緒走下樓梯。跟老媽談完的廣子，不知為何淚眼汪汪。臨上計程車之前，她不斷對我鞠躬道謝。我說：

「我們並沒有做什麼值得妳這麼感謝的事。」

廣子搖晃著胸脯，邊哭邊說：

「沒關係，就算之後事情不成功，我還是很感謝你。我不過是個妓女，你卻願意費心幫我解決困難，對不對？我第一次遇到這麼好心的人，謝謝你！」

我目送計程車消失在夜晚池袋的街頭。聽到這樣的話，讓我愈發感到這次的計畫非成功不可。我掛心的只有一件事，就是我家的終極武器葫蘆裡賣的究竟是什麼藥。

⚜

第二天下午，老媽打著一通又一通的電話，然後在傍晚時分打扮得漂漂亮亮出門去了。這段期間我

---

⑩過去鄉下人對於東京的稱呼。

一直在顧店。直到天色全暗才回家的老媽，一邊捏起外賣的壽司，一邊說：

「我今天晚上要去封鎖那條外賣酒店巷。你把店關了之後，也過來幫忙吧！」

我在十一點就結束了營業，比平常關門時間還早。跟上次一樣裹得像顆粽子，來到那條外賣酒店林立的街道。巷子的入口處打著刺眼的燈光，遠遠便可發現燈火通明。他們似乎向街坊會借來了探照燈。光源的所在圍了七、八個人，是以老先生、老太太為主的團體。每個人肩上都斜掛著布條，上面寫著「西一番街商店會」。在手提發電機巨大的引擎聲中，我扯開嗓子問：

「你們這是在做什麼？」

老媽正坐在露營用的折疊桌旁，好整以暇地泡著烘焙茶。

「我把附近的店家，還有演藝場認識的朋友都找來，用人海戰術把這條巷子給封住。剛才有幾個醉漢想進來，一看到我們就都嚇跑了。」

一個戴著時髦獵人帽的老人，將V8攝影機固定在三腳架上。好幾張折疊椅在人行道上一字排開，坐在上頭的街坊鄰居一邊喝茶，一邊眼神凶惡地盯著巷子看。這麼一來，外賣酒店的確就沒戲唱了。

那天晚上的十二點半，老人團宣告解散。手持行動電話的酒店小姐或媽媽桑們好幾次打開店門張望，不過卻沒有人出面抗議。不論是店家，或是多和田組。回家的路上，我對老媽說：

「妳接下來打算怎麼做？」

「我已經跟大家說過了，接下來的一個星期，我們會輪班去那邊picket⓫。你還年輕，大概沒聽過picket這個字眼吧？老媽感到熱血在沸騰啊！」

回到自己的房間之後，我分別打電話給崇仔和猴子。兩個人聽到老媽封鎖外賣酒店巷的作戰方式，都發出了爆笑聲。猴子說：

「我畢竟是幫派的一分子，不方便出面，但是下次我會偷偷跑去觀賞的。不過啊，阿誠，多和田組也不會坐視不管的。要是真的情況危急，你還是要站在最前面保護你媽啊！」

我回答了句「當然會的」，就掛斷了電話。崇仔的反應則是：

「我明天也會過去看。原來你媽搞過學運啊？」

我的回答是「不清楚」。我只聽說老媽跟我一樣高中畢業，對於她的過去卻一知半解。倒也不是我對她漠不關心，只是不想去挖掘她的祕密。這場和平、民主、完全沒有流血暴力的抗爭活動，之後又持續了兩天。

到了第四天，多和田組總算出面了。

⓫ 靜坐抗議：日本於六〇到七〇年代的學運浪潮期間曾經非常流行的抗爭方式。

那天從早上就烏雲密布，連東京也創下了前所未有的低溫。從傍晚六點起圍在巷口的人牆，到了晚上十點也跑了大概四個人。我接到老媽的支援命令就提早關了店，前往外賣酒店巷。

走到大路的中間點，我發現G少年的休旅車停在路邊。我心想一定是崇仔來看好戲，便朝著貼有黑色隔熱紙而一片黑漆漆的車窗點了點頭。老媽一見到我就說：

「竹森先生說，天氣這麼冷會讓他神經痛發作的，所以你就代替他掌鏡吧！」

一個素昧平生的老人，對我說「你媽媽真是豪邁啊」，便拖著一條腿回去了。三十分鐘後，除了一直扯開嗓門大喊的老媽之外，正當所有人的士氣開始低落時，常磐大道上突然出現一輛漆黑的凱迪拉克。它停在距離我們十公尺的地方，靜靜地將引擎熄火。

靜坐者們的視線集中在長長的黑色車身上，我則調整三腳架的位置，將鏡頭對準凱迪拉克。過了一會兒，駕駛下車打開後座車門，走出來的是上次對我張牙舞爪的雷鬼頭邦夫。

像恐龍般由黑色轎車緩緩走出的是三個男人。一個是之前制止邦夫的光頭大哥，另一個最矮小、看起來也最年長的男人身穿深藍色的西裝搭配黑色領帶，摻雜著零星白髮的頭髮則整個往後梳。

「你們在搞什麼鬼？」

小跑步到我們面前的邦夫使出他狂吠的招牌本領。雷鬼頭的髮梢抖動著。他擔任的似乎是先行部隊的角色。另一個跟邦夫差不多年紀、卻比他高大一截的褐髮小鬼，在一旁發出意義不明的吼叫聲。大哥和西裝男則稍後才慢慢地走上前來。

然而這裡可是池袋西一番街，隨便哪個良家中年婦女，對於亂叫亂嚷的醉漢或流氓打群架都已經司空見慣了。不管邦夫和褐髮小鬼怎樣努力叫囂，也是一樣效果不彰。老媽和那些老人家們，只是冷冷地瞪回去。

「別這樣、別這樣！」

大哥由後方出聲打圓場，卻制止不了邦夫的吠叫。

「你們這樣是想妨礙做生意啊！有沒有搞清楚……」

「叫你安靜一點，聽不懂嗎！」

大哥扳過邦夫的肩膀，賞了他一記在狹窄的巷道內形成迴聲的響亮耳光。其中一個靜坐的歐巴桑，見到這一幕真的整個人彈了起來。我看了老媽一眼。很冷靜。不方便對一般老百姓動手的黑道分子，會藉由修理自己的弟兄達到心理壓迫的效果。這是談判的第一步驟。

三個手下讓開一條路，讓西裝男走到最前方。年紀大概是四十五、六，端正的五官頗具有男人味。

「哪位是這裡的代表？」

老媽往前挺進一步。男人點點頭說：

「我姓多和田。請問各位聚集在這裡，到底有什麼目的呢？巷子裡的店家因為沒辦法做生意都很困擾呢。」

老媽兩手插著腰說：

「在這條死巷子的暗處，那些女人家是在做什麼生意，我們都很清楚！我們是這一帶商店會的成員，很擔心這裡會對街坊的風氣跟孩子的教育造成不好影響，所以我們才會自立自強，到這裡靜坐抗議。你們要是有意見，就去找池袋警察署啊！要是警方願意介入的話，我們自然會乖乖撤退。」

不知道什麼時候，酒店小姐們紛紛從外賣酒店巷的店門探出頭來，戰戰兢兢地直盯著我們看。我察覺到身後有人，回頭一看，是崇仔站在那裡。老媽剛才說的話，完全是按照當初討論好的腳本。我們的計畫，便是抬出風氣、教育這種冠冕堂皇的理由來壓制對方。池袋的流氓雖然很強，商店會和街坊會可也不是省油的燈。小幫派要是敢對當地商店會的人動手，保證很快就會死無葬身之地。西裝男咬牙切齒地說：

「在這條小巷子裡工作的大多是外國人，都是來到異鄉討生活的可憐人。你們說這種生意不好，可是池袋哪個地方都有人在靠這行賺錢！何必特別跑到這裡鬧事，柿子挑軟的吃呢？」

說得還真是頭頭是道。這種人才當組長太可惜了，不如到公家機關去上班還比較合適。不過話說回來，在這條巷子裡外國人反而是多數派，為了維護他們的利益，香緒的母親才會面臨生存的危機。跟這個世界的規則是一樣的。強者與弱者的關係總在不同的條件下相互對調，然後無限迴圈。

多和田組的這些人似乎事前就受過上頭指示，不能對老百姓動手，講話的口氣也要特別注意。根據新的暴力防治法，只要說出一句帶有威脅意味的話，馬上就是刑罰伺候。錄影機加上當地商店會的超強組合，對他們來說應該是不小的威脅。只有區區五、六人的幫派，哪敢跟整個池袋西口的商店會為敵？事實上，當晚他們也只逗留了十五分鐘，隨即就坐上凱迪拉克離去了。

第一戰大獲全勝。然而，他們卻在我們看不到的地方展開了行動。

⚜

第二天，就有人對我們的水果店惡意騷擾。不過，受害的不僅是我們。有人趁半夜把附近的垃圾集中處搞得天翻地覆，整條路上都撒滿了廚餘。幸好現在是冬天，如果是大熱天的話，情況一定更難以收拾。我跟左右兩側的店家一起將垃圾整理乾淨，還拿著水管沖了大概二十分鐘。

隔天，我們水果店的電捲門又被紅色的噴漆畫滿好多個大叉叉。另外還寫著一些「日帝」、「小日本」之類看不懂意思的漢字。老媽氣得橫眉豎眼，不過我想反正擦掉也一定會再被噴，所以就放著不管了。

雖然如此，多和田組的騷擾卻只帶來反效果。坐鎮在外賣酒店巷口的封鎖線，因此更加森嚴了。這是因為老媽動員了更多親朋好友的緣故。

廣子來到我們店裡，是在靜坐抗議開始的第六天傍晚。

◈

她甚至也沒有假裝挑選店頭商品，就這樣大搖大擺地走進店內。廣子一臉擔憂地說：

「小誠，我覺得香緒怪怪的耶！你能不能幫我跟她談一談？她都不肯跟我說話！」

我停下揮舞蒼蠅拍的動作，看向廣子。她穿著一件銀色的高叉洋裝。她到底有多少件這種活像脫衣舞孃脫到只剩內褲前的服裝？

「怎麼個怪法？」

「我發現她臉上有傷，可是不管我怎麼問，她都只說是在學校跌倒的。」

我想起香緒握緊拳頭、強忍淚水的哭泣模樣。她應該還沒有對母親坦承，自己受到多和田組威脅的事情吧。

「她現在在哪？」

「我想應該還是在那個噴水池吧！」

我向正在準備晚上靜坐事宜的老媽打了聲招呼，就立刻奔向太陽城Alba。

⚜

香緒將書攤在膝上，眼睛盯著的卻是變化多端的噴水。她一發現我，就立刻把臉別開。我的目光避開香緒，只是緩緩地走近她，然後在她旁邊坐下。

「我聽廣子小姐說了。妳還好吧？是他們打的對不對？」

香緒始終看著噴水，好像在描述別人遭遇似的說：

「我也沒有輸啊。我沒有在他們面前哭，也沒有告訴媽媽。」

周圍響著清涼的水聲。

「是嗎？妳真了不起。他們是怎麼對妳的？」

這個瘦巴巴的女孩將寫滿驚恐的臉龐轉向我。在她左邊的顴骨上，有一塊新月形狀的瘀青。才見香緒站起來，她就立刻從背後抱住了我。滾燙的眼淚下一秒便滴落在我的後頸。香緒一面壓低聲音哭泣，一面說：

「你不可以回頭。那個人說，妳媽媽是個沒藥救的女人，妳長大一定會變得跟她一樣，然後就打了我。他還……捏了我的胸部。他說，我是第一個摸妳胸部的男人，妳一定一輩子都不會忘記的，然後笑得好邪惡。我好不甘心喔！因為我可能真的會跟他講的一樣，永遠都忘不掉！」

香緒保持著這樣的姿勢，哭了十分鐘。這段時間裡，我一直靜靜地挺直背脊。

「阿誠，你不可以跟媽媽或是警察說喲！我已經在這裡哭過了，所以我會把它忘記。我不要緊的，我會像之前一樣，繼續忍耐下去。」

我轉過頭去，正想摸摸她的頭，她卻用恐懼的表情盯著我接近的手。我縮回了右手說：

「那個傢伙的髮型是什麼樣子？」

「好像毛毛蟲一樣，一條一條的。」

雷鬼頭。是邦夫沒錯。我好久沒像這樣，有種想痛扁人的衝動了。我一邊因為憤怒而全身顫抖，一邊像上次那樣走去買冰淇淋。

也該是分出高下的時候了。我不想再看到任何女人遭到暴力對待。我一面看著香緒吃薄荷巧克力冰淇淋的模樣，一面按下了手機的快速鍵。

⚜

當天晚上過了九點，我、崇仔和猴子站在外賣酒店巷的正中央。遠處的電線桿下，依然可見商店會那些披掛著布條的歐吉桑跟歐巴桑。多和田組的成員每天固定會在十點左右來到這裡，由皮條客手中收取當天的保護費（幾張千圓鈔票）後，便直接踏進外賣酒店。由於我每天負責錄影，對他們的生態已經瞭若指掌了。

登山自行車在巷口停下，三個人朝著我們走來。是大哥和兩個小弟。其中一個小弟就是邦夫。他以來福槍般的銳利眼神，從遠處朝我們狠狠瞪過來。最先開口說話的是大哥。

「你們幾個在這裡幹嘛？」

我回答：

「我有話想跟你們說。放心，對你們只有好處、沒有壞處。」

邦夫搖晃著他的雷鬼頭，又開始大聲叫囂。

「跟你們這種小鬼，沒什麼話好談啦！」

崇仔跟猴子叉著雙手，以看交通標幟般的眼神，冷冷注視著口沫橫飛的邦夫。大哥又開口了：

「如果對我們有好處的話，是關於那群靜坐的人嗎？」

他的腦袋似乎比我想像的靈光。我點點頭說：

「沒錯。憑我們的力量，絕對有辦法叫他們打退堂鼓。只不過，我有一個條件。」

「什麼條件？」

我將視線移向巷底。紫色的玻璃門、藍色的招牌，PUB Soirée。

「請你們不要對那家店裡的女人動手。不只她本人，也包括她的女兒。」大哥露出不解的表情。他搖了搖頭說：

「你的要求就只有這個？」

我點頭表示肯定。

「如果這是你的目的，一開始早說就好了嘛！我一定會幫忙想辦法。」

「少開玩笑了。你們除非看到苗頭不對，根本就不會去管別人的死活。要是我直接殺進你們的事務所，要求你們不准動Soirée小姐母女的一根汗毛，你們會照辦嗎？」

「小子，給你點顏色你就……」

邦夫好像又快發飆了。他的嘴角淌著口水，眼看著就要向我撲過來。大哥的一句話阻止了他：

「我明白了。我會跟我們老大商量。給我一點時間。」

於是，我跟光頭大哥交換了手機號碼。同樣一個動作，發生在這個場景跟聯誼的感覺可是大相逕庭。就像這樣，我的手機電話簿裡漸漸被男人的號碼給淹沒了。

⚜

正在看店的我聽見手機響起，是在第二天的日落時分。

「這裡是多和田。你是真島誠嗎？」

我給了他肯定的答覆。

「我們接受你開的條件。不過，那個女人到底對你有什麼意義？還有她的女兒又跟你何干？我們完全被搞糊塗。」

我自己也弄不清楚有什麼意義。我這個人做事一向是這樣。為了別人赴湯蹈火，並不需要特別的理由。我也不要求一毛錢的報酬。手下只有小貓兩、三隻的幫派大哥說：

「請你從今天晚上就讓靜坐的人解散。我們答應你不再碰Soirée的那個女人。」

「你能夠承諾讓那家店的小姐自由被帶出場嗎？你答應也不會威脅她的女兒？」

「沒問題，我答應你。」

「那我知道了。」

我說完後正想掛斷，多和田又說：

「等一下！除此之外，我們跟你們還有勝負未分。加上你，你們必須準備三個人。今天晚上十二點，到死巷子的停車場來！」

組長的聲音愈講愈有江湖味了。可怕。

「我們混道上的，最講究的就是面子兩個字。我們不能這麼簡簡單單就跟一般老百姓交換條件，總是要遵從道上的規矩辦事。我想是不至於鬧出人命，不過你們可別因此就大意了。別夾著尾巴逃跑囉！真島。」

應了一句「我知道了」，這次才真正掛斷電話。老媽正在店後面拆開太陽富士⑫的紙箱。

「他們說廣子的事情不用擔心了。所以你們今天晚上不需要再去靜坐啦！」

我家的終極武器沒有停下擦蘋果的手。

「是嗎？我難得的樂趣就這樣泡湯囉？」

「然後，他們要我半夜到停車場去，好像是要決鬥的樣子。」

老媽的雙眼一亮。

「阿誠，需不需要老媽幫你準備什麼傢伙啊？」

我開始對多和田組產生一股同情了。

差五分十二點時，猴子、崇仔和我已經站在死巷裡的停車場上。在我們的身後，還有廣子、老媽以及幾位商店會的成員坐鎮。

黑色凱迪拉克緩緩穿過外賣酒店巷，來到停車場。十二點整，多和田率領著三個小子走下車。凱迪拉克的車身後，是外賣酒店的媽媽桑們色彩鮮豔的行列。猴子靠在我的耳邊說：

「今天的觀眾真不少耶！」

崇仔狀甚愉快地回道：

「這情景會不會讓你回想起高中時代？阿誠。」

在我就讀的學校，打架是唯一尋求刺激和賭博的方式。崇仔可說是贏得最高榮耀的三冠馬。我的眼光直視著多和田組，點了一點頭對崇仔說：

「多和田組也是狗急跳牆了。他們收了這些媽媽桑的保護費，總不能在她們面前栽跟斗。他嘴上說的『面子』，無非就是想把我們當砲灰，好展現一下他們保衛地盤的本事嘛！」

多和田在距離我們五公尺處停下腳步，以低沉的聲音說：

「你們來得好。今天晚上誰都是赤手空拳，誰都必須拿出真本事。不管誰輸誰贏，都必須心服口

⑫蘋果的品種名。

服。明天開始，這條小巷會照常營業。這場決鬥，就當它是預祝重新出發的儀式吧！你們有異議嗎？」

我們三人點了點頭，對著將手交疊在下腹部、身穿黑色西裝的組長說：

「你們是想要一起上？還是來個一對一的單挑？」

他挑了挑眉，回答：

「一對一比較好。我們第一棒先派雄一。你們呢？」

褐髮的年輕人站在布滿碎石荒地上的腳，向前踏出一步。猴子說：

「那我就先上好了。阿誠，不需要顧忌什麼吧？」

「什麼意思？」

「我是說啊，如果下手太重的話，之後他們會不會向Soirée報復？」

崇仔用鼻子一笑。

「哼！要是他敢，我就派二十個G少年去抄了多和田組。儘管大顯身手吧！猴子。」

猴子鬥志高昂地脫去愛迪達的迷彩夾克。見到對方是個身高一百五十五公分的矮個兒，雄一露出邪惡的笑容。他舔了舔嘴唇，招手示意猴子放馬過來。那群外賣酒店的媽媽桑，見狀一齊發出我聽不太懂內容的加油聲。應該是廣東話或韓國話的「宰了他！」吧。

正當兩人以兩公尺的距離對峙著，一輛霧銀色的賓士堵住停車場的入口。是一輛好似銀色鯨魚般的十二氣缸轎車。車窗無聲地拉下，裡頭坐的是冰高組那位貌似銀行員的組長。多和田的五官雖然一動也不動，仍可看出變了臉色。冰高的老大應該是為了保障組織希望的安全，才會特地來此露臉。猴子矮歸矮，卻可是有將來的年輕人，也是代理會長。池袋三大幫派之一的老大親臨現場，讓停車場內的氣氛瞬間緊繃。

猴子朝賓士點了點頭，便以兩臂護住頭部，慢慢接近雄一。他蹉蹉蹉地兩腳交替踏步，同時也放低下盤。雄一首先就朝猴子的腹部來記擺幅很大的右拳。猴子的腹肌像巧克力一樣隆成數塊。那種中看不中用的勾拳，對他應該是不痛不癢吧。接著是一記左拳。猴子保持著同樣的姿勢，直接衝入對方的胸前。雄一張開雙臂雙腿，想以體重的優勢把猴子壓倒在地。我見到猴子倏地又放低了姿勢。沙粒在猴子穿著Converse的腳下發出摩擦聲。

「哼！」

隨著猴子一記發自丹田的哼聲，他的前額直線往前衝，目標是雄一尖削的下巴。雄一的下半臉扭曲變形的畫面，看在我眼裡像是慢動作播放一般。猴子抱住當場癱軟的雄一的腰部，不斷朝他施以頭鎚攻擊。

猴子將翻白眼的雄一丟在停車場上，就返回我們的隊伍。媽媽桑們發出失望的歎息。

「猴子，我們店裡的哈密瓜供你免費吃一年啦！」

老媽興奮地叫道。我和崇仔則對氣喘吁吁的猴子點點頭以示讚許。

⚜

多和田的表情又恢復了冷靜。他把邦夫叫過去，講了幾句悄悄話。邦夫露出不服氣的表情。

「接下來換邦夫上。你們呢？」

崇仔說：

「揍了香緒的就是他吧？要不要我去打碎他的顴骨？」

「不，我去。你就負責料理等下那個大隻的吧！」

我用下巴指了指對方身材高大的大哥。我脫掉UNIQLO的鋪棉外套。我對於其他兩個人並沒有憤怒的感覺，但是邦夫就不同了。我要在他身上留下永難忘懷的印記。我想起香緒說她沒有告訴任何人時的眼淚。

真要區分的話，我是屬於動腦派的，對於打架並不擅長。然而，這個時候我卻覺得非贏不可。況且，工作上必須對酒店媽媽桑有個交代，跟我發自內心的憤怒完全是兩種不同的動機。我決不能輸給邦夫這個腦袋空空的傢伙。

冷靜下來、冷靜下來。這樣我就能夠發揮所有潛力，能夠冷靜地觀察對方。我一面在嘴裡複誦著這些話，好幫助自己的腦袋降溫，一面走向夜半的停車場中央。

⚜

邦夫額頭上的雷鬼髮束晃動著，並對我咬牙切齒。他脫掉Fila的運動外套，同時也脫去了運動上衣和裡面的T恤，現在他的上半身是完全赤裸。年紀輕輕的，他的腰上卻堆積了一層薄薄的脂肪。他轉了轉頸子並開口說：

「我從一開始就看你不順眼！嘻皮笑臉的，講話也不看看自己有幾兩重！雖然多和田老大跟我說，不可以在冰高面前亂來，不過我會假裝成失手，讓你死得很難看啦！」

真是個愛搶戲的配角。我用低沉的聲音說：

「你記得香緒嗎？」

「誰啊？」

「一個瘦巴巴的小學生。聽說你不但打了她，還對她的胸部毛手毛腳？」

「你是說那個小鬼呀！她的胸部一點肉都沒有，摸得我很不過癮！」

我在無意識間露出淺淺的微笑。腎上腺素在我全身掀起一陣紅色的波瀾。我現在很想大啖邦夫的血肉。

「那個孩子，有一個禮物想送給你。」

我從牛仔褲口袋掏出薄薄的文庫本，只甩動手腕將它拋向雷鬼頭。邦夫舉起右手想擋。《莎樂美》飛上天空的速度，跟我跳向邦夫的速度完全同調。

只不過跳躍前用力一蹬，就拉近了五十公分左右的距離。邦夫急急忙忙想對我出拳，卻因為距離太近而失敗。我狠狠揮動手肘，目標是邦夫布滿雀斑的左臉。身體由高處墜落的重量加上揮動手肘的作用力，再結合我的憤怒，成了難以招架的一記攻擊。我知道擊中對方了，手肘卻沒有任何感覺。當我用左肘揮出第二記攻擊，才發現對手不見人影。原來他已經倒臥在我的腳邊。

我將攻擊的目標由邦夫的顴骨改成胸部。臉和胸，這是為了幫香緒報一箭之仇。我以穿著慢跑鞋的腳，不斷猛踹失去一半意識的邦夫的肋骨。只是毫無技巧可言的踢足球動作。

「阿誠！做掉他！」

老媽的叫聲讓我恢復了冷靜。我離開夜晚停車場的戰鬥區，回到崇仔和猴子身邊，分別跟他們擊掌。

「好，接下來換我了。我去去就回來。」

崇仔說完這句話，就穿著白色雙排釦大衣邁步向前。

❦

然而出乎我們的預料，拖得最長的反而是大哥和崇仔的一戰。大哥似乎學過拳擊，並不像他的小弟們胡亂揮拳，而是穩穩地護住要害，由內側不斷快速出拳。兩人落在停車場地面的影子，交纏成好幾條黑線。

崇仔大衣的衣襬翻飛，以與生俱來的平衡感與速度防禦著。他靈巧地律動著上半身，下半身則以最小限度的步伐閃躲暴風雨般的攻擊。大哥的集中攻擊持續了約有三分鐘，期間崇仔只是注視著對方的拳頭，完全沒有反擊。

看來大哥缺乏成為拳擊手的才能。他的拳路太過一成不變。基本動作的一、二、三倒是不錯，但是變換出拳軌道及時機的四、五就遜掉了。過了三分鐘，當崇仔加快防禦的步調，他就很明顯居於下風。在他眼前的三十公分處，總有崇仔那張掛著淺笑的臉。好像跟幽靈戰鬥一樣。大哥漸漸慌了起來。

他的出拳愈來愈紊亂，防禦力也不如之前。崇仔當晚首次抬高雙手，幾乎左右兩邊同時出拳。猛擊與直拳帶出一道光帶。右邊的拳頭掃過下巴表面，發出「劈嘰」一聲。大哥當場雙膝一跪。他的雙拳擱在大腿上，擺出跪坐的姿勢，頭則低低地垂在胸前，一動也不動。就像是坐棺⓭中的屍體一樣沉默。阿崇頭也不回地走向我們，說：

「好久沒流汗了。你覺得怎樣？阿誠。我的右手肘有沒有伸直？」

我根本就沒看見他的拳頭。為了不漏氣，我硬著頭皮說：

「這麼多觀眾在看，你的右臂卻彎了一點點。而且，幅度也拉得太大了。」

我看向呼吸已經恢復平順的猴子。他也順著我的話說：

「沒錯。你應該偏內側一點，盡量縮短揮拳距離才對啊。」

我們三個一起笑了。揍人之後能這樣爽快地發出笑聲，對我來說是頭一次的體驗。

⚜

比數是三比〇。不過，之後的發展卻超乎我的預料。對於戰勝的我們，只有我老媽、商店會的歐巴桑以及廣子給予掌聲。反觀癱在停車場上的多和田組三人幫，卻被外賣酒店的媽媽桑和小姐團團圍住，可說是享盡了豔福。

我環視身邊這群不再盛開的花朵，對猴子說：

「我有種感覺，好像我們是壞人，他們才是正義使者似的。」

猴子苦笑著說：

「事實上就是這樣啊！我們忽然搞什麼靜坐抗議，讓她們沒生意做，還痛打她們親愛的祖國同胞呢。

---

⑬一種桶狀的棺木，死者以抱膝而坐的方式放置其中。

我們就是那種討人厭又有錢的日本壞蛋啦！」

崇仔一面將大衣拉平，一面說：

「站在不同立場的人，都有著不同的故事。正義還是邪惡根本無所謂，重要的是誰活得比較風光。你看看他們。」

他用下巴指指倒在地上的兄弟們。

「我們今晚獲勝了，他們則會從明天開始捲土重來，把這條外賣酒店巷統治得更加有聲有色。」

我轉過頭看停車場的入口，發現冰高組的賓士已經連影子都沒了。噴太多香水的廣子依序給我們三人一個大大的擁抱，接著便走向昏暗的巷弄。

❦

午夜的決鬥結束三天後，廣子晃動著她西瓜似的雙乳，來到我們家的水果店。池袋也進入了嚴冬。寒風刺骨的傍晚，吐出的氣息幾乎能在空中結成霜柱。廣子跟我訂了兩顆五千圓的哈密瓜，將一萬圓鈔票跟一個信封同時遞給我。她沒有看我的眼睛，反而撇過頭說：

「這是香緒給你的信。等下再看喔！」

我回答說「好」，廣子便一路發出高跟鞋蹬地的聲響，走進了西一番街的小巷。在外賣酒店巷裡，今晚依然有工作等著她忙吧。我走出店外，目送她華麗的背影離去後，打開信封。裡面放著兩張信紙。

真島誠先生：

這一次，我家的廣子和我真的給你添了很多麻煩，非常感謝。請向你母親和那些狐群狗黨傳達我的感謝之意。從很久以前，我就知道廣子的工作性質了。有一段時間我很煩惱，不過現在已經想開了。我還是個小學生，沒有辦法賺錢養家。所以，我要努力唸書，長大之後找個不會受人批評的工作，讓廣子可以安心享福。

廣子這個人反應很遲鈍，出門逛街老愛搭計程車，每次說「會胖、會胖」，還是一口氣吃掉三塊奶油蛋糕，不過，她還是我無可取代的好媽媽。廣子臉上帶著傷回家的那天，我比自己被打的時候哭得還傷心。不管別人怎麼說，我都最喜歡廣子了。

我改天一定會再去店裡玩的。你如果發現有趣的書，一定要告訴我喔。我今天也會在Alba的噴水池前面等你。

櫻田香緒

真是一封真情流露的信。文筆甚至比我的專欄文章都來得好。看完信後心情大好的我，繼續拿起第二張信紙。跟第一張工整的鉛筆字很不一樣，這張則是用簽字筆潦草寫成的。

香緒叫我不准看她的信，所以我沒有看。我只要一寫長的句子就會恍神，所以我長話短說。真的很謝謝你。香緒和我都很感激。

我這個人生來就這副德性，所以之後我還會努力工作，當個不生鏽的女人。如果在Donna Karan發現好看的棒球外套，下一次我會帶去給你的。

香緒這個孩子對我來說太乖也太聰明了。請你成為她的朋友。

廣子

看完之後，我將兩張信紙放回信封。回到水果店的店面，我用雞毛撢子撢去草莓包裝盒上的灰塵，自然而然地哼起了流行歌曲。就算商品賣不出去，就算專欄文章孵不出來，再加上沒錢又沒女人，我在這四重煎熬中能夠感受一股幸福，就是在這種時刻。

在這個骯髒的城市裡，永遠當一個貧窮的顧客倒也不壞。我們藉由一個個麻煩與人產生聯繫，綻放出難以忘卻的光輝，也從別人身上獲取光輝。

我透過店門前褪色的遮陽棚，抬頭仰望池袋的天空。星星的數目少得可憐。然而凝神一看，便會發現它們永遠閃耀著玻璃碎片般澄淨的光芒。不管是多深沉的黑暗，都無法將這道光芒掩沒。

我向二樓的老媽報備之後，走出了西一番街，去跟坐在噴水池前等我的那個瘦巴巴、愛看書的女孩約會。偶爾從手也不能握的清純交往開始，倒也挺不錯的。

池袋ウエスト
ゲート
パーク

黃綠色的神明

在某個地方，有某些人在印製非常精細的小小紙張。將印有浮水印的紙刷上七色油墨，然後重疊上十種顏色，再打上流水號。最後使用最先進的精密技術，印上只有透過放大鏡才看得到的文字，並使用磁性粉末留下電子刻印。即使經過如此多道步驟，一張的成本也只有區區幾十日圓。然而這張紙一旦流通到市面上，立刻產生出一萬圓的價值。數百倍的利潤就這樣誕生了。瞬間膨脹的速度，簡直就像變魔術一樣。當中的九千九百圓差額，就專屬於我國偉大政府的貨幣發行利益。

然而，讓這枚紙張搖身一變成為貨幣的並不是日本國政府，也不是日本銀行，而是你我這樣普普通通的人。因為，我們就是如此單純地深信著一萬圓鈔票有著一萬圓的價值。跟宗教信仰一樣。若是人人都相信，神明便永遠是神明。因此，只要人們一旦對金錢的價值產生了質疑，對於這些紙幣的幻想便會像果凍般融化瓦解，回到它原本作為精緻工藝品的身分。

唉，到時候，政府和日銀的信用也會像紐約雙子星大廈一樣化成灰燼吧。至於我們這些老百姓，從此就只能手握一堆廢紙片，活在一個沒有神明的世界了。現在日本政府的聲望已經嚴重下滑，貨幣的信用也可以說是岌岌可危。不論在哪個國家，瞬間變為紙片的危機都持續威脅著金錢。

說到這裡，我想問大家一個問題。

要是我們每天賴以維生的日圓失去了原本的功能，你會怎麼做呢？去辦理外幣存款或買金條存起來似乎是不錯的點子。不過你雖然會因此而得救，其他人卻會像石頭丟入水中般沒頂。我並不在乎日本這個島國沉沒。不過，我卻不希望見到跟自己住在同一個城市的人，像貨幣危機後的東南亞，或是財政虧空的阿根廷人民一樣活在水深火熱之中。薪金遲發，銀行的融資騷動，金價如同火箭般向上直竄，失業人口泛濫的程度比起行動電話有過之而無不及。暴動與恐慌，距離所有人類彼此敵視只剩咫尺。

於是乎，有人想到了一個點子。

如果日圓有朝一日不敷使用，我們何不來自己發行貨幣？如此一來，就能夠填補金錢功能不彰的空缺了。屬於我們城市、我們市民的貨幣。在池袋，這樣的貨幣叫做「POND」。這次我要講的故事，就是關於一個叫做泰坦的年輕人，如何在這個城市發行自己製造的貨幣。他是我唯一認識的名人，有許多人都寫過關於他的文章。「新世代之星」這個稱號，他應該是當之無愧。

由於大家的信任與善意，嶄新的金錢誕生了。我親眼目睹它日漸成長、最後在整個城市擴散開來的過程。這齣戲碼當然很精彩。

只不過金錢在帶來好處的同時，也會有許多壞事伴隨而來。對於金錢的欲求，原本就位於道德良知的外圍。而在印刷金錢的人身邊，也會在不知不覺間聚集了不少敗類。不管在永田町❶或是池袋，同樣的定律都難以撼動。

❦

我第一次見到這種貨幣，是在乍暖還寒的三月。落在大廈間隙的日光開始產生角度，布滿霉味的街道也明亮、乾燥了起來。在池袋西口公園裡，性急的染井吉野櫻的花蕾已經綻放了一半，像是百貨公司洗手間般的花香緩緩鋪滿石階。在杉樹花粉與汽油化合物漫天飛舞的城市公園，春天的腳步接近了。

當時我在我家的水果店裡，接過附近的老婆婆連同一張皺巴巴的千圓紙鈔一起遞給我的那張紙片。她想用這個來交換她最愛的伊予柑。那是一張比千圓紙鈔的長寬略小、印刷成鮮豔黃綠色的紙片。上面印製著無數個像是石頭投進水面激起的同心圓，不同的圓形彼此交錯，構成一幅繁複而美麗的斑紋。這是以電腦繪圖軟體做成的精密圖案。中央印著電子時鐘般的字體「100 POND」。

「這是什麼？兒童銀行的鈔票喔？」

我將多餘的紙鈔交還，老婆婆便珍重地收進LV的錢包內。

「小誠，你不知道哇？這是一種很方便的新錢喲！池袋的咖啡廳幾乎都可以用呢。你等一下！」

穿著邊緣裝飾著毛皮的長外套，老婆婆從同樣印著LV圖案的小包裡拿出行動電話。她打開蓋子，以我望塵莫及的高速度，用大拇指按下幾個按鍵。她將液晶螢幕轉向我說：

「你看，按摩一小時100 POND。帶狗散步三十分鐘100 POND。幫忙到超市買東西100 POND。」

小小的畫面上，確實密密麻麻地排列著服務及其對應的金額。我一面用眼睛追逐著文字，一面傻乎乎地問：

「原來這種錢可以購買服務啊！可是，為什麼不用普通的錢就好了呢？」

老婆婆歪了歪頭說：

「我也不太清楚，不過可能是為了避免麻煩吧！真錢的流通不是需要繳稅之類的嗎？」

老婆婆彷彿在說世上最邪惡的字眼般皺起了眉頭。我說著「是這樣的嗎」，並將零錢找給她。我還是疑惑未解，於是說：

「婆婆，我再多給妳一袋伊予柑，妳把那張鈔票給我好不好？」

---

❶東京地名，日本國會所在地。

老婆婆瞄了一眼伊予柑的標價。四粒一袋五百圓。

「這樣我有點吃虧耶！再補上那邊的蘋果，我就跟你換。」

她指的是一顆兩百圓的太陽富士。我完全搞不清那種鈔票的面額要怎麼計算。雖然之後一定會被老媽罵，不過管它的呢！我以四粒伊予柑跟一顆蘋果的代價，換來了那張池袋100 POND。

我接過鈔票，一面胡思亂想：把這玩意兒收進櫃子裡，該不會過了三年就增值成五千圓吧？這麼一來，你應該也看得出來，我對地區貨幣這種東西有多一竅不通了？

⚜

傍晚卸下差事後，我前往池袋西口公園，坐在圓形廣場的長椅上，仰望西方的天空。別看我平常吊兒郎當，我也是個多愁善感的城市人。為春天的大氣添上幾許溫柔色彩的落日，漸漸沉入僅有一角燃燒著橘色火燄的雲朵。一段以超慢速度播放的落日景象。像這樣腦袋放空地望著夕陽，是否只有我會興起一股大喊放送禁止用語❷的衝動？正當我感到坐也不是、站也不是，想站起來繞著人行道跑一圈的時候，放在連帽T恤前面口袋的手機響了。

「喂？」

一個帶著笑意的男人聲音說：

「這是真島誠的號碼嗎？」

這聲音聽起來活像飾演出身豪門、家教良好、長得又帥的高薪階級的演員，既開朗又流露出一股慧詰。

「我就是。你哪位？」

「喔，我們從來沒見過面。我叫小此木克郎。」

沒聽過的名字。我很自然地歪了歪頭。

「別擺出那麼奇怪的表情嘛！我是聽我們中心裡的年輕人提到你的。」

我環視了一圈西口公園。這個聽起來像是高薪族的男人，說不定正在某處監視著我。我的腦海一一浮現最近發生過的事件。雖然不至於出其不意遭到攻擊，不過那些腦袋有問題的傢伙，誰曉得他們會幹出什麼事。我從長椅上站起，電話裡的男人立刻說：

「不好意思，阿誠，麻煩你抬頭看一下東京藝術劇場旁邊的大樓。一樓的商店賣的是環保商品。」

呈現斜角的光線反射出街頭的塵埃，使公園的另一側看來混濁而迷濛。男人的聲音再次響起：

「我就在那棟大樓的七樓。站在窗邊揮手的人就是我。」

我一面慢慢數著樓層，一面升高視線。那棟大樓的百分之二十六是白色夾板和銀色鋁窗框，其餘部分則鋪滿了沉沒在淡淡藍色中的玻璃帷幕。似乎還很新。五、六、七。我見到一個身穿淺色西裝的人，站在七樓的窗邊。他將手機貼在耳旁，朝我揮手。位於男人旁邊的窗上，貼著巨大的「前進！創造美好城市的NPO❸中心」字樣。好俗的命名。我也從遙遠的人界朝他揮揮手。他的聲音還是一派清新：

「雖然這好像是壞人的老台詞，不過我絕對不是你所想像的那種人。我有一件事，想委託池袋最高

---

❷由媒體自行訂立標準，不允許在媒體播出的歧視用語、不雅言詞等等。

❸Non-profit Organization：非營利組織的縮寫。

明的偵探。距離下一個採訪，我只有三十分鐘的空檔。能不能麻煩你上來找我呢？」

面對這突然的發展，我一時之間答不上話。自稱姓小此木的男人，狀甚疲憊地將額頭貼在窗上，壓低聲音說：

「我拜託你。這不僅是我個人和這個中心的問題，也攸關生活在這個城市所有居民的福祉。我聽說你願意為了這個城市的青少年，不計報酬地賣命，所以才會找你的。」

雖然是事實沒錯，可是被當著面這麼一說，還真是不好意思。該說是英雄惜英雄嗎？我驕傲得鼻孔放大了一倍，仰望著他說：

「我懂了，正如你所說。可是，你是從誰那邊聽來的？」

我必須確認這個令人高興的情報來源。員工喊了男人一聲，他在淺藍色的玻璃窗後回頭瞄了一眼。

「是常在我們中心出入的安藤。他對你的評價很高。」

「安藤？是崇仔嗎？」

「沒錯。他說他是池袋一個少年親睦團體的代表。」

我全身都沒了力道。原來不是因為年輕女孩或街坊鄰居的傳聞，而是G少年的國王的一句話。雖然帶著幾近於黑的色彩，不過仔細想想，G少年的確算得上是一個非合法的NPO。

既然是他介紹，一定又是件讓我人仰馬翻的案子。我拖著雙腳穿越圓形廣場。

閒適的春天黃昏啊，再見了。

電梯門一打開，便突然響起充滿活力的喧鬧聲。好像走進哪家正在急速成長的連鎖居酒屋一樣。一群穿著淺藍色上衣的年輕男女，匆忙地進進出出。我走近設有兩台附液晶螢幕電話的櫃檯，向最靠近我的工作人員說：

「對不起，是一位小此木先生叫我來的。」

這個胸前口袋別著綠色青蛙徽章的小姐，一聽到他的名字，雙眼立刻發出神往的光彩。可能是他的粉絲吧。她擺出最上乘的笑容說：

「您跟他約好了嗎？」

我點了點頭。櫃檯小姐走在我前方帶路。樓層裡有六座被薄薄的隔板切割成的辦公室島嶼，每一張桌上都放著嶄新的電腦，而五顏六色的絨毛娃娃甚至比辦公文具還來得多。腳下不知為何有隻史奴比狗在奔跑。這裡的男男女女都像迪士尼的員工（他們好像是用「CAST」這個稱呼？）一樣開朗而笑臉迎人，工作情緒非常高昂。雖然這份熱情感覺有點假假的。

我被帶到一扇敞開的門前。沒有化妝的櫃檯小姐敲了敲門：

「小此木先生，有您的訪客。」

門裡是一間放著橢圓形長桌的大會議室。房間的一角，一組電視台人員正在收拾燈光線以及攝影機等器材。雖然我沒聽過小此木這號人物，不過他似乎是個連電視台都會專程來採訪的名人。身穿米黃色西裝的男子，對著剛才正與他談話的員工說：

「芳川，我有事要跟真島小弟談，能不能讓我們獨處一下？」

被稱做芳川的長髮男子，跟電視台的工作人員講了幾句悄悄話。下一瞬間，所有電視台的人以及少數幾個留下的員工，立刻秋風掃落葉似的離開了會議室。小此木依然帶著颯爽的笑容，從旁邊的小型冰箱裡取出一瓶礦泉水，放在我面前。「請用。這台冰箱是用電子式降溫晶片來達到冷卻的效果，完全沒有使用氟氯甲烷喔！」小此木背對著玻璃窗外的綠意坐下，交叉起看似纖細的十指。

「好吧，我想想該從何說起……」

他收起爽朗的微笑，換上一副疲憊的表情。他低垂的頭上，富有光澤的黑髮形成了一個天使的光圈。應該將近三十的年紀，卻擁有孩童般閃閃發亮的烏黑頭髮。他平常是用哪個牌子的洗髮精啊？

❦

小此木在桌上擺了兩張紙鈔。跟我剛剛從老婆婆手中得來的黃綠色紙片一模一樣。他將兩張紙鈔推到我的面前。

「我希望你能拿起來仔細端詳。這其中的一張，是由我們NPO發行的池袋地區貨幣『POND』。」

我拿起兩張幾乎看起來沒有兩樣的紙片。兩張都沒有浮水印，複雜的漣漪花紋也看不出任何差異。只有觸感稍稍有所不同，其中一張比較光滑。

「你分辨得出來嗎？」

年輕的NPO代表咬著指甲，抬起眼睛看我。

「完全分不出來。」

「表面平滑的那張是假的，另外一張則是真的。而且，你再仔細看看左下角的波紋。」

他話一說完，便將放大鏡推向我。我放大假100 POND紙鈔的一角。在同心圓的中央，畫著一個只有半粒芝麻大小的青蛙跳水圖。仔細一看，才發現青蛙的嘴裡長滿了密密麻麻的尖牙。

「這青蛙看起來好邪惡。」

「大概是故意加進這張惡搞圖的。我想，你應該已經猜到我要拜託你調查什麼了吧？」

我點了點頭說：

「印假鈔的犯人。」

他用食指抵住太陽穴。這樣看起來，他長得有點像SMAP的稻垣吾郎。不至於討人厭的做作男。

「沒錯。然後，我希望你能夠暗地裡阻止對方繼續印製假鈔。」

「為什麼？不希望警察介入？」

小此木加深了眉間的皺紋。他一面玩弄著跟POND同樣是黃綠色的領帶，一面說：

「我們的地區貨幣才剛剛起步。你知道錢是如何從區區一張紙，變成具有價值的貨幣嗎？」

經濟學並非我的專長。見到我沉默不語，他說：

「因為只要有人拿同樣價值的物品交換那張紙，大家就會開始相信它的功用。眾人的信任叫做公信力，而我們的POND還不具有足夠的公信力。地區貨幣就像是剛剛冒出的嫩芽，只要一點點強風和寒冷，就會不支倒地。POND和日圓不同，沒有強大的日本政府當靠山，所以我希望偽POND事件能夠私底下解決，不讓池袋的居民知道。此外，你見到那張圖畫，有沒有任何感覺？」

有感覺。這就像美軍在轟炸機上畫的那種咧齒而笑的炸彈塗鴉。明朗爽快的惡意。我回答：

「我想，應該是哪個得意忘形的小鬼畫的吧！」

我省略了「像我這樣」幾個字。小此木重重地點了點頭：

「沒錯。而且，我們NPO事務所是以這個年齡層為主力的，所以犯人說不定就是自己人。」

他嘆了一口氣，我則在一旁窮點頭。

「我明白你想保密的原因了。不過，我還想知道一件事。」

小此木朝我攤了攤手，示意我往下說。

「到底為了什麼目的，你會想要自己發行紙鈔呢？」

NPO代表做作、冷靜、帶點疲倦的眼睛燃起一團火球。他的聲音又恢復了年輕的張力。小此木保持坐著的姿勢，挺直了背脊。

❦

「阿誠，同樣的問題，我已經被媒體問過幾十遍了。不過，我對於回答它卻還沒習慣。每次從自己口中說出關於它的話題，我還是會很激動。」

小此木說完這句話，直視著我的雙眼繼續說：

「你對於日本現今的狀況有什麼看法？」

我知道日本社會很不景氣。但是，日本的不景氣從我懂事以來就持續至今，我早就習慣成自然了。不過在我周遭的小鬼們，有三分之一找不到工作也是不爭的事實。最不可思議的是，他們每個月居然還有辦法支付龐大的手機電話費。

「我不明白日本整體的狀況。我只曉得池袋的居民是愈來愈窮了。」

小此木用力點了點頭。

「現在發生在這個國家的是全面性的不平衡，需要與供給、勞動與對價、服務與受益者。貨幣原本是非常強而有力的推土機，應該具有鏟平這種不平衡的機能。但是現在的日本，貨幣已經步上窮途末路了。不管經過多少年，它對社會造成的傷害都沒有辦法痊癒。斷層只會不斷擴張而已。所以，我們才想到自己來製造OK繃。我們實在不忍心看到有人在面前受傷，卻棄之不顧。」

我還是不了解他這番話的重點。應該是我自己腦筋太差的關係吧！我連NGO❹跟NPO的差別都搞不清楚了。

「改造社區、環境問題還有公益活動等等，跟現在的貨幣原本就有某部分是背道而馳的。在金錢的世界裡，以創造更多的利潤為最高原則，精神上的滿足和社會貢獻則在其次。在池袋，許多年輕人的力量無處發揮。倘若用日圓對價支付勞力，付出與得到的人都會陷入僵化的窘境。因此，我才想到發明這樣的地區貨幣。」

小此木從西裝外套的口袋抽出一張全新的POND，左右晃動著。以公園的樹木為背景，紙鈔宛如旗幟般地飄揚。

「剛開始每個人都嘲笑我，說這個構想不可能會成功。不過，等到加入我們事務所的志工超過一千人以上的時候，就沒有一個人敢說話了。接下來蜂擁而至的是爭相採訪我們的媒體。你應該也看過我們

---

❹Non-Governmental Organization：非政府組織的縮寫。

NPO的網站吧？」

我回想起剛剛老婆婆給我看的價目表。帶狗散步100 POND。

「現在我們的網站會員已經超過六千人，而且還在持續成長。利用自己的空閒時間，去幫助需要幫助的人，同時也會獲得報酬。你了解這種互動的意義嗎？阿誠。」

我雖然常被說很冷酷，不過對於小此木這種積極造福社會的人，倒也不會有反感。他的聲音變得像玻璃一樣澄透而銳利：

「有些人雖然有能力、也有意願工作，卻苦於沒有工作機會，這全都是因為貨幣不足的緣故。如果每個人都列出自己能夠提供的服務，就可以藉由POND這種紙鈔，在池袋的社區內建立起無限擴大的交易圈。接下來誕生的，是一種新的雇用制度。如果國家辦不到，我們就自己發行新的錢，讓年輕人遠離失業的惡夢。這張紙不只是雷射印刷的成品，也代表了一種新的生活方式，是這個城市的新象徵。」

小此木的臉頰微微泛紅。不愧是大型NPO的代表。他說的話有一股牽動人心的魅力，就連頭腦駑鈍的我也都慢慢聽懂他話裡的含意了，開始了解地區貨幣這種東西究竟有什麼作用。

如果能讓池袋的一千個小鬼找到頭路，要我一整年免費工作也無所謂。理由還用說嗎？因為創造新的工作機會，就等於創造新的希望。

這是這個國家的大人們，長久以來視若無睹的一個大問題。

「你最早是在哪裡發現偽鈔的？」

小此木低聲回答：

「就是在這裡。池袋有六成的餐飲店都可以使用POND，店家則可以拿累積的POND到我們事務所來換取現金。上個月底的星期五，我們從四家店送來的POND紙鈔當中，發現了二十張像這樣的偽鈔。」

他將寫著店名、所在地與電話號碼的MEMO紙交給我。我粗略地一瞄。Ordinaire、Natural Kitchen、Sumio Café、Mangrove。全都是近來在池袋如雨後春筍般出現的新型態店面。

「我明白了，這種偽鈔最早應該是在某間咖啡廳裡使用的。愈新的店尤其可疑。對了，100 POND到底價值多少錢？」

小此木聳了聳肩。

「在我們的事務所，100 POND大約等於五百日圓，不過在街上卻以不同的匯率在流通。至於在金券行❺之類的地方，因為使用的是流動匯率，所以現在應該是六百到七百圓吧。我可以用POND支付你的報酬嗎？」

我雖然並非為了錢才想接下這份工作，可是如果能有咖啡喝到爽的招待券，自然沒有不收的道理。見到我點了點頭，小此木便從西裝的內袋拿出某樣東西。是一個用綠色再生紙做成的厚厚信封。

「裡面放的是預付金兩萬POND，是一半的金額。如果進行得順利，除了剩餘的一半之外，我還願

❺金券ショップ（shop）：以折扣價格販賣各種有價票券的商店，通常開設在車站附近。

意另外追加獎金。希望你能夠為了這個城市的所有居民，保護我們共有的貨幣。阿誠，拜託你了。」

說完之後，年輕的NPO代表看了看手錶。似乎差不多到了採訪時間。小此木的聲音透著疲倦。

「接下來是今天的第四場採訪。不斷重複講相同的話，真的很傷神啊。」

背後的門傳來敲門聲。我與日經ＢＰ社的記者錯肩離開會議室。最後一眼見到的小此木，因為背光而看不清表情。我只看到在已經暗下的公園樹木襯托下，他的身影像古早科幻漫畫中的火星人一樣，呈現出渾沌的綠色。

❦

我離開了NPO事務所。心情爽快，好像剛在森林深處做完深呼吸。下了電梯，我在漫無目的晃向西口公園途中，按下了手機的快速鍵。

「喂？」

又是個陌生聲音的總機小弟。我報上自己的名字後，電話很快就轉給了崇仔。

「關於偽鈔的事情怎樣了？你接受了嗎？」

國王很期待聽到我的反應。閒來無事的時候，他似乎專以捉弄我這種平民百姓為樂。

「是啊。不過，你不要有事沒事就搬出我的名字啦！」

崇仔似乎不認為自己有必要反省。

「是這樣嗎？不過這個案子，我覺得很適合你的風格啊。你不是也挺帶勁的？」

雖然他說得沒錯，我卻因不甘心而沒有答腔。池袋的國王又說了：

「其他地方的外國人製造再多假鈔，我都覺得不痛不癢。不過POND就不同了，它是屬於我們這個城市的錢。G少年加上G少女，總共有兩百人都是那間NPO的會員。」

這事我倒是第一次聽到。白天摩挲著牛仔褲腳流過太陽通，夜晚則在PUB淌著唾沫狂舞的小鬼們，居然會去當志工？交錯著雜音透過手機傳來的聲音十分嚴肅。

「你聽好了，阿誠，千萬不能讓POND毀於一旦。我手下的人你愛怎麼調度都無所謂，一定要把製造偽鈔的傢伙給揪出來！」

不用他提醒，我也正有此意。我可不允許這個才剛剛建立起的信用圈被輕易破壞。必須要有一個人挺身而出守護池袋的貨幣才行。

我興起好久不曾有過的幹勁。反正時間還早，我決定回家前先繞到金券行去探一探風聲。那是一種將各種票券兌換成其他紙張的商店。仔細想想，還真是一門叫人費解的生意。

❦

那間店就位在JR池袋站西口的派出所附近，與立食蕎麥麵、舊書店等店面比肩雜亂地佇立在東武百貨公司的周邊。面向大路的玻璃窗上，貼滿了無數張黃色的便利貼，不論是音樂會入場券、電影票、高速公路回數券還是機票，都以亂無章法的折扣在此販賣。我拉開還殘留著《神隱少女》、《哈利波特》電影海報的玻璃門。

店內跟店外同樣貼滿了便利貼。幾個客人動作一致地盯著玻璃展示櫃看。在上層中央最顯眼的位置，就放著以扇形排列的黃綠色紙鈔。旁邊還放著寫著當天匯率的紙板。收購價是100 POND六百一十日圓，賣價則是六百七十圓。照這樣算起來，我的口袋裡就有相當於十二萬日圓的POND幣了。好久沒有這種口袋麥克麥克❻的感覺。我朝戴著WWF棒球帽的店員說：

「我想請問一下，這種POND紙鈔現在行情怎麼樣啊？」

將長髮在腦後紮成一束的男子，看了看玻璃櫃說：

「什麼行情？你是說匯率嗎？」

我點了點頭說：

「沒錯。另外，我也想知道是什麼樣的人會來兌換這種紙鈔？」

男子似乎不太想搭理看上去是個窮小子的我。

「比起去年年底，匯率已經上漲了一成以上。」

「這麼說來，有POND的話還是暫時留在手邊比較好囉？」

我從連帽T恤的口袋取出NPO的信封，男子立刻以銳利的眼神細細端詳。

「是啊，要是我的話就會這麼做。有很多人會拿POND來這裡換錢，比較多的是餐飲業者，另外就是一些志工了。因為與其到NPO中心去換，這裡給的匯率還比較高。」

「不過，又是誰在換購這些紙鈔呢？POND不是只能在池袋周邊使用嗎？」

男子咧嘴一笑：

「不管是錢或演唱會的入場券，意義都是一樣的。熱門的入場券就能夠賣得高價，也能讓拿著它的人憑白多出一股時尚感。你去看看那個NPO的祕密網站！也有女人在那裡以3000 POND的代價賣身。她們覺得雖然價錢比拿日圓便宜，可是感覺就很酷！」

我回想起行動電話剛開始風行的時候。一旦街上的女性同胞們開始將手機當成流行服飾的一部分，它就開始迅速竄紅了。如果同樣是援助交際，拿POND就比拿日圓來得拉風的話（儘管這是一個錯誤到極點的觀念），這樣的新現象一旦出現在社會上，一定會帶來另一股歪風。

我在玻璃櫃前蹲下，仔細觀察孔雀開屏的紙鈔。儘管仔細地看，我還是分辨不出真鈔和偽鈔的差異，也沒有發現到那隻芝麻粒大小的青蛙。

店員開始用狐疑的眼光看我，我於是趕緊走出店面。回到人行道上，氣溫宜人的春夜立刻將我整個包圍。吹過池袋車站前的風，就像是棉花糖一樣撫面柔軟。

第二天，我開始清查池袋每一間時髦的咖啡廳。我避開中午擁擠的用餐時刻，一天慢慢地泡兩間店。其實比起咖啡廳，比較合我脾胃的應該是居酒屋，不過為了工作也只好忍耐了。我最先去的一家，就是寫在便條紙的第一行、位於立教大道的池袋廚師專門學校旁的Ordinaire。

這家咖啡廳位處老舊大樓的一樓，地板是用臘塗得閃閃發光的木材。天花板是故意拆去建材、露

---

❻麥克麥克：指荷包滿滿，這是以上海話誤讀英文much的口語化用法。

出管線的設計。廣大店面的各處角落，放置著好像鄉村旅舍般的中古家具。店裡放的音樂是Caetano Veloso❼新出的Live專輯。基本上是走摩登的巴西風格。我點了玄米派和花草茶之後，便請侍者幫我找一下店長。由於NPO中心事先以電話聯絡過，因此調查進行得非常順利。要是每次都這麼容易解決就好了。

店長身穿咖啡廳自行印製的T恤，年紀大約三十來歲。他在我對面的Eames黃色椅子上坐下。彼此自我介紹後，我說：

「跟日圓比起來，POND的使用率是幾比幾呢？」

時髦的店長時髦地一笑：

「因為我們的店是在學生街❽上，所以比較多的時候會達到兩成吧？」

「使用的人還是以年輕人居多囉？」

這次他則時髦地點了點頭。他摸了摸左手腕上的卡地亞錶。看起來好像很受女人歡迎。我要不要也到咖啡廳打工算了？

「是啊。會使用POND買單的客人，大多都是熟客。為了報稅的問題，我們都會把收日圓跟收POND的收據分開統計。這種新錢去年夏天剛出現的時候，除了很熟的客人之外，我們根本就不敢收呢！」

即便是發展如此蓬勃的地區貨幣，最初也曾遭遇到障礙。我儘量模仿著那種時髦的點頭方式，說道：

「那麼最近情況如何呢？比方說在上個月底用POND結過帳的顧客，你還能記得他們的長相嗎？」

店長皺起修整過的眉毛，思考了半晌。

「嗯……這個不容易。我可以提供支付POND的帳單給你參考，不過說到客人的長相，我就完全沒把握了。」

再追問下去，似乎也不會有什麼成果。我跟店長交換了手機號碼，同時道了謝。店長離席去換CD。音樂由BOSSA NOVA換成了愛爾蘭的民謠。品味真好。我吃了味道清淡的玄米派，又喝了好像稀釋的紅茶般的花草茶。我時髦地走下時髦咖啡廳的台階。城市男孩——阿誠。

回到大街上後，我突然超想吃燉的東西，而且是用味噌調味、又濃又鹹的那種。

❦

第二間咖啡廳是位在東池袋二丁目、駿台補習班旁邊的Natural Kitchen。這家店的內部裝潢很明顯走庶民風格，裡頭的家具是北歐名家的仿製品。似乎從拉麵店轉業過來的店長，是一個童山濯濯、為人豪爽的大叔。因為看起來很好吃，於是我點了白湯圓椰汁紅豆冰。

我提出之前問Ordinaire的同樣問題。回答很簡單，就是使用POND的顧客約占一成，而偶爾才光顧的客人的臉當然是不復記憶，不過要是熟客的話一定認得出來。不知是否由於大叔的個人品味，這家店裡放的是八〇年代的迪斯可音樂。是在敲擊樂流行之前，人類史上最強的舞蹈音樂。我一面將白湯圓放進口裡，手指一面不由自主地敲打起節拍。我不但像微服出巡似的跑遍池袋的咖啡廳，還玩得不亦樂

---

❼巴西詩人歌手。

❽立教大道除了因私立立教大學、高校的所在地而得名，該街上還有前面提到的池袋廚師專門學校、以及創形美術學校。

乎。這樣子真的逮得到印偽鈔的犯人嗎？

我用POND付了紅豆冰的錢，回到傍晚的街道上。我感覺自己好像變成了十九世紀的偵探。巡訪咖啡廳以解開謎團，多麼優雅的殺人事件。雖然並沒有斬獲，我還是按下了小此木的手機號碼。NPO代表是個做事一絲不苟的人。他要求我每天都必須向他報備進度。

「喂，您好，我是小此木。」

「我是阿誠。我這邊沒有任何進展。我跑了兩家便條紙上寫的咖啡廳，不過收穫只有一碗白湯圓椰汁紅豆冰。」

小此木沒有笑，只回了一句「是嗎」，接著便壓低聲音，一口氣說完下面的話：

「你等下有沒有辦法來這裡一趟？」

「發生什麼事了嗎？」

「對，我們找到了新的偽鈔。這次上面沒有那隻開玩笑的青蛙。」

「我馬上過去。」

我轉向東大道，開始奔跑，同時攔下一輛計程車。

❦

進入跟前一天相同的會議室，小此木將其他人支開，又將兩張POND鈔並排在會議桌上。其中一張的觸感與之前的相同，另一張則像塑膠製的撲克牌一樣堅硬。我自信滿滿地說：

「這張硬梆梆的是新偽鈔吧？」

小此木搖了搖頭。

「你試著折折看好嗎？」

我將據說是真鈔的POND對折後放回桌上。手才剛離開，鈔票立刻就恢復了原狀。

「我們這次是利用另外一種紙張來印製新鈔。這種特殊用紙也用在選票上，不容易起皺或折損。在日本，只有兩家紙廠生產這種紙。雖然成本很高，不過為了防止偽鈔流通，改變紙鈔設計是最有效的方法了。」

我拿起攤得平平的POND鈔。這種新鈔的角落，印有NPO的吉祥物青蛙。我閉上眼睛撫摸它，能夠感受到些微的凹凸。我將新鈔放回桌上，又拿起另一張折折看，黃綠色的紙鈔並沒有恢復原狀。我將它攤開，仔細檢查右下角與左上角，發現同樣也印有青蛙圖案。

「這就是新款的偽鈔嗎？」

這麼一來，任誰都會被騙的。再也沒有芝麻粒大小的惡搞青蛙。這是否代表著玩笑已經結束了呢？

小此木緊緊閉著嘴。他將偽鈔從我手上取回，目不轉睛地瞪著說：

「新的POND上市還不到一星期。數位印刷部在進行測試的時候，也同時集合了其他部門，目的是要建立起用紙、數量上的嚴格控管體制。雖然製造偽鈔的人沒辦法取得特殊紙張，卻把逗點刻印很完整地重現了。我很介意的是……」

我看著小此木頭上的天使光圈說：

「敵方的反應太快了。」

「沒錯。為什麼我們的每一個動作，都逃不過他們的耳目？」

NPO代表的身後，西口公園的黃毛櫸正在春天的南風中搖曳生姿。剛冒出的新芽迎風搖擺著。我說出內心的話：

「照這個情況看來，你們中心裡面應該是有人內神通外鬼吧？不好意思，你能不能把數位印刷部門所有人的大頭照跟地址、姓名都交給我？可能的話，希望這些資料能讓其他部門的人來準備。」

小此木嘆了口氣，點點頭，便用內線電話交待了下去。

⚜

過了二十分鐘左右，送到我手中的是一份志工登記表的彩色影印。黃綠色的表格上貼著正面大頭照，並且記載著姓名。住址和電話號碼是手寫的。我翻了一遍之後點了點數目，總共十六人。

「光數位印刷部門就有這麼多志工，真了不起。」

小此木聳了聳肩。

「發行地區雜誌和更新網站，是我們NPO中心最主要的工作。另外，印刷部門還必須掌管印製各種手冊和傳單，數量都很龐大。只要是印刷部門的人，都能夠進入紙鈔設計的檔案。你打算怎麼做呢？」

我沒有追查電腦犯罪的本事。我的偵查範圍，也只限於池袋的街頭。真是個地區集中型兼低空飛行的麻煩終結者。

「我打算拿著這些相片，繼續到可疑的咖啡廳進行調查。在那之前，能不能先帶我參觀一下數位印刷部門？」

❦

小此木先站了起來，在同一樓層中帶路。他將我領到一處由隔板隔開的靠窗座位。一名員工分配到一張長桌以及兩台以上的電腦，搭配的螢幕是DTP❾專用的二十一吋高精密度機種。小此木向一個轉動著滑鼠、看上去像大學生的男人說：

「組長不在嗎？」

雖然待在室內、頸子上卻用薄圍巾繞了三圈的男人，晃動著左耳的耳環回答：

「遠藤組長現在外出中。」

小此木回了句「是嗎」，便開始環顧四周。他抬起手來招呼了某個人，吩咐說：

「淺野，打斷你工作了，請你過來一下。你能不能把這個部門的工作，介紹給這位真島誠聽呢？」

從隔著兩塊隔板的彼方，叫做淺野的男人走了過來。他穿著各處開有裂縫的設計師牛仔褲，上衣則是黑色的襯衫。十根指頭當中，有三根戴著粗獷的銀戒指。在剛才彩色影印的檔案上，這個人的照片旁確實寫著副組長的職位。

淺野的皮膚非常白。蓄了三天左右的鬍渣，再加上半閉的無神雙眼，裝扮透著一股精心設計的野

---

❾ Desktop prepress：是指包括原稿、膠片、製版等數位印前作業的統稱。

性。他用楞頭楞腦的語調說：

「小此木先生，他是新的戰力嗎？我們部門一直有人手不足的問題，請多補幾個人員好不好！阿誠，你會用MAC嗎？」

小此木把我引介給淺野之後，就回去會議室了。

「一竅不通。除了打字和收發伊媚兒之外，完全沒用過。」

「摸個半年就能上手了。要不要試試看？」

我回答「我要考慮看看」之後，淺野便在各桌之間遊走，開始為我解說工作的內容。

「我們在這裡準備了電腦，只要會員有心想幫忙，隨時都可以過來使用。在十六個成員裡面，只有四個人是NPO的職員，其餘全部都是志工。」

我將視線掃向約有十名男女正在埋頭工作的辦公區。有人戴著耳機，也有人盤腿坐在椅子上，不過都各自以自己的方式專心面對著電腦。我看向放在中央的一台機器。

「那是最新型的多功能印表機，是市售的雷射彩色印表機中最高等級的，每分鐘能夠印出三十張，連A3大小的紙張也沒問題。」

那是一具有小型冰箱大小的白色箱型機器。我將手伸向靜靜發出低吟聲的印表機。

「你們就是用它來印POND的啊。」

淺野沒什麼大不了似的點點頭。

「沒錯。有什麼不對的嗎？」

我直直注視著設計師的雙眼回答：

「就在最近，你們才剛更換過POND的用紙。在NPO裡面，有多少人知道這件事情？」

淺野的眼睛浮現出愉快的神情。他看起來不像是會印製偽鈔的人。面對我的態度泰然自若。

「有幾位理事，還有數位設計部門的所有人。當然，小此木代表也知道。」

當他提到小此木的名字，嘴角略帶嘲諷地揚起。見我陷入沉默，他又說：

「關於POND偽鈔的傳聞，大家早就聽說了啦。只不過一走進這個中心，就不方便談論而已。不過你想想看，只要坐在這裡操縱滑鼠，按兩、三個鍵，就能夠印出一籮筐花花綠綠的鈔票，還有什麼發財方法比這更容易？」

接著他抬起手指著周圍。

「基本上，任何人都可以走進這個辦公區。現在雖然是十六人，不過之前曾經待過的人是這個數目的好幾倍。所有會員的朋友，也都可以自由在這裡進進出出。」

我的目光從印表機移開，凝視這間彷彿加州某個新興ＩＴ企業般的辦公室。即使在這樣的樂園裡，似乎還是有不滿的聲音。

「有那麼多人辭職不幹嗎？」

「對啊。剛開始大家都會對中心遠大的目標心生嚮往，就算薪水很低也無所謂。但是很多人做了一陣子就會想跳槽，尤其是工作能力強的人。」

「為什麼？」

「因為低薪和人際關係。組織不就是這樣的環境嗎？只要能得某個理事歡心，就算再無能的職員也可以當上幹部。我們的工作性質又跟金錢利益無關，所以上面的幹部就會自行形成一個小團體。你知道嗎？我們這個部門的組長是理事夫人，她每次只會用兩根食指打字，還以為Quark和Photoshop是哪間照相館的名字呢！」

淺野似乎在職場上累積了許多不滿。或許一個組織的缺點，只有在你身處其中的時候才看得見。我對忿忿不平的設計師說：

「所以，你也有辭職的打算囉？」

淺野搖了搖頭。

「那樣確實是一勞永逸的方法，不過這份工作還是帶給我很大的成就感。」

有人喊了一聲「副組長」，淺野就走開去忙了。他蹲下看著螢幕，似乎正在確認設計的細節。他的技巧和品味應該相當不錯吧。當我看向稍遠處的辦公區，正好與隔板後面一個身材福態、坐著的男人四目相接。他留著像諧星三瓶❿一樣的光頭。我輕輕朝他點頭示意。

「那個叫做淺野的人，跟上司一直有爭執嗎？」

男人揩了把汗，點點頭。他在嘴巴裡支支吾吾地說：

「我，我經常都被他罵。雖然他是好人，可是很兇。」

他畏畏縮縮地避開我的目光。這裡還是日本。就算把公司名稱改成NPO，還是解決不了組織內部的諸多問題。

第二天，我又重新展開了時髦咖啡廳巡禮。第三間是位在東池袋綜合體育場附近的Sumio Café。到了一看，才發現財務省造幣局的東京分局就在旁邊一點。沿著造幣局灰色的水泥圍牆走，就見到了這間露天咖啡廳。

木頭結構配上白色的鐵製椅與桌子。每張桌旁都有兩張椅子是面對大路放置的。這是所謂的情人雅座。因為我曾經在雜誌上研究過咖啡廳的擺設，立刻就看出椅子屬於哪個品牌。是設計師Harry Bertoia⓫的作品。老是經手這樣的工作，萬一我不小心變成走在時代尖端的空間規劃師該怎麼辦？

店長是一個四十出頭的男人，身穿粗呢西裝外套、套頭毛衣配上羊毛褲，全身都是咖啡牛奶的色調。他不像池袋的店長，反而比較適合白金⓬的氣質。我接過以留有篩紙痕跡的和紙印成的名片。

北原幸治郎／Sumio集團的代表。我由名片抬起頭來，朝著桌子對面說：

「請問，店名的Sumio是什麼意思？」

「這是芬蘭話，意思是湖之國，是芬蘭的別名。雖然常常聽到，可是大多數人都不曉得它的意思。這名字取得不錯吧？」

我在深綠色的遮陽傘下，取出兩張偽鈔，放在白色的桌上。

「我想你應該已經聽過傳聞了。這就是POND的偽鈔。有沒有印象看過？」

⓾三瓶：本名為三瓶友敬，認識他的台灣觀眾主要都是透過電視節目《黃金傳說》。他唸過廚師學校並考取證照，料理功夫有兩把刷子。

⓫Harry Bertoia, 1925-1978：義大利金屬雕刻家與家具設計師。

⓬白金：東京的高級住宅區。

北原拿起偽鈔，透過陽光瞧了瞧，便放回桌上說：

「沒有。」

「那麼在這份名單裡，有沒有貴店的常客呢？」

我從腰包裡抽出數位印刷部門所有成員資料的彩色影印紙。北原蹙起他形狀高雅的眉毛，啪啦啪啦地翻著資料。這個世上的人似乎約略分為兩種：一種是咖啡廳型的人，一種是居酒屋型的人。

「嗯……看不出所以然。畢竟店裡客人很多。」

這個時候，淺野與那個胖胖的部下穿過木屋旁，走進了店內。淺野一見到我們，立刻微微抬起手來招呼。

「你好！北原先生。咦？你就是昨天來我們中心的那位嘛！」

淺野直截了當地喊著我。胖胖的男子穿著匹茲堡鋼人隊的短袖T恤，兩側腋下滲出汗漬。北原轉頭一見到淺野，肩膀立刻為之繃緊。

「喔，是淺野啊！這位小哥是來調查POND偽鈔的。」

當他將臉轉回向我時，已經掛上了原本興趣缺缺的表情。我站了起來，向剛走進店裡的兩人問候。

「昨天謝謝你幫我介紹，淺野先生。那邊那位姓什麼呢？我們昨天只有稍微講一下話，忘了請教貴姓。」

空氣好像頓時升溫了幾度。胖胖的男子用毛巾抹了抹臉，回答道：

「你好，我姓堀井。」

此時我的目光並非朝著堀井，而是時髦咖啡廳的店長。當堀井報上自己的姓氏時，他雖然維持著優雅的表情，卻是僵硬而不自然的。池袋這個區域同時颳起了熱風與寒風。三人莫名地熱情。就連不習慣身處時尚空間的我，也看得出來其中有人隱瞞了不可告人的祕密。

NPO二人組一離開，北原又拿起登記表格來看。他好像突然想起似的說：

「對了，那兩個人就經常到這裡光顧。」

「喔？那還有其他人嗎？」

北原抬起頭來凝視著我的雙眼，歪嘴一笑說：

「不清楚耶。我這個人最不會記別人的臉了，只要你走出門外，我也很快就會忘記你的。」

他似乎老神在在。我本來想酸回去，想想還是作罷。我決定將北原納入繼續調查的對象。在這個時間點，裝傻應該是比較好的策略。幸好我不需要特地去裝，只要表現出自己原原本本的樣子就好了。真是輕鬆啊。

◈

最後第四家，是位於明治通上、目白二丁目的Deli Mangrove。這家是由一對二十歲後半的姊妹經營的中國茶店。牆壁上掛著毛筆字寫成的產品名牌。

包括尊品翠峰高山茶、安溪特級鐵觀音等名稱，提供的茶葉總共有一百二十種。店內家具充滿了異國風情，都是由印尼進口的。我點了一杯要價一千五百圓、不曉得是精選還是特選的茶，完全分辨不出它的香氣和味道是好是壞。身穿越南裝、長得比較漂亮的姊姊負責接待我。聽到我提起偽鈔的話題，她露出憂慮的神情。

「是嗎？我朋友的弟弟也在NPO裡頭上班呢。居然有人這麼沒良心，為了自己的利益，玷汙了大家的錢。」

我乾了盛在小酒杯般的瓷杯中的茶，並且點了點頭。像我這樣喝中國茶，程序有沒有問題啊？我拿出員工資料的影本給她看。在她一張一張仔細翻閱的期間，我一直盯著她編成麻花辮後盤起的頭髮看。好久沒見到黑髮的女性了。畢竟現在走在池袋街頭的女孩們個個都染髮，不是金光閃閃的金色，就是淺淺的褐色，打著燈籠也找不到一個黑髮的。仔細想想，這還真是個奇怪的現象。店長放下影本，扭動緊緊包裹在越南裝下的上半身：

「我覺得上個月好像見過這個叫堀井的人呢。小優，過來一下好不好？」

她轉頭呼喚站在櫃檯後的妹妹。同樣身穿水藍色越南服、胸部較雄偉的妹妹走了過來。真完美的一對姊妹花。姊姊將堀井的照片拿給妹妹看。

「妳記不記得這個人？就是那個弄翻茶器，還被茶壺把手刮傷的那個人啊！」

妹妹似乎也想起來了。

「喔，就是那個怯生生、胖胖的人嘛！原來他是『前進！創造美好城市的NPO中心』的員工啊。」

我對著特別凸顯出身材線條的越南服說：

「他也是用POND結帳的嗎？」

妹妹充滿自信地點頭說：

「我們店裡會特別招待用POND付帳的客人一份抹茶餡的芝麻球。這個人吃完還追加了一份，所以我有印象。」

「是嗎？謝謝兩位。」

堀井顯得愈來愈可疑了。膽小怕事的偽鈔犯。會是另有主嫌在背後操控他嗎？我解決掉「殺必司」的芝麻球之後，就回到了明治通上。

⚜

穿過「嚇一跳鐵道橋」⑬，我信步晃回池袋站西口。反正回家也順路，於是我再次走進了金券行。店門口的海報，已經換成了《魔戒》以及「東映漫畫祭」。站在玻璃櫃另一側的店員頭上戴的棒球帽，也由WWF變成了全日本摔角聯盟。

我從NPO的信封裡抽出十張紙鈔，請店員兌換成日圓。短短兩天的時間，匯率就升高為100 POND六百二十五圓了。日圓不但在美金和歐元面前抬不起頭來，甚至連面對POND這種地區貨幣都只能甘拜下風。我將彩色影印紙放在玻璃櫃上。

「能不能麻煩你看一下這份資料？」

長髮的店員似乎正閒得發慌，立刻興致昂然地湊過頭來。

「這份名單裡頭，有沒有曾經在你們店裡露過臉的？」

⑬びっくりガード（girder）：正式名稱為「都道池袋架道橋」，位於池袋ＪＲ站西口附近，一座穿過鐵軌下的小隧道。

店員將棒球帽的帽緣轉到後腦勺，彎下腰以看清楚那份影本。他聚精會神地翻過每一頁。

「這個人、這個人、這個人。」

他將手指夾住的部分依序翻給我看。

「看你的舉動，應該是在追查偽鈔的事吧！你看起來不像警察，是不是私家偵探之類的？下次我休假的時候，讓我當你的助手嘛！」

他指出的三個人當中，毫無意外地出現了堀井那顆大光頭。看這個情況，偽鈔疑雲似乎已經傳遍池袋。我的時間愈來愈緊迫了。我道了謝之後，走出金券行，立刻前往西口公園。

我一面走著，一面按下快速鍵。下次要不要請G少年的國王開放一條熱線給我呢？每次都要透過總機小弟，真是麻煩。

⚜

三十分鐘後，我已經坐在圓形廣場的長椅上跟崇仔交談。在這個春天的黃昏，經過的路人個個看起來都掛著柔和的神情。我簡短地將四間咖啡廳、四位店長，以及懦弱嫌犯堀井的事整理給他聽。

我在說話的時候，小此木由「前進！創造美好城市的NPO中心」的窗戶朝我招手。雖然崇仔佯裝不見，我還是揮了揮手示意。單獨行動真是痛苦。我可是只靠著善體人意在這個世界混飯吃的，對人不理不睬是不可能的事。崇仔以國王特有的漠不關心說：

「接下來你要怎麼做？」

「這個嘛……雖然我還沒有具體的證據，不過接下來我想對堀井採取緊迫盯人的戰術，所以輪到你們出場了。」

我從影印資料裡抽出一張紙，遞給崇仔。堀井的住址在北邊的板橋區，是一棟由快樂大道一路走到底、位在巷內的公寓。崇仔點了點頭，接下影本。

「我知道了。我會派三個小隊輪班監視他的動向。問題是，就算我們能夠證明他是犯人，之後又應該怎麼處置？你有什麼打算？」

我什麼打算也沒有。至於如何解決，池袋的新希望——小此木應該會有辦法吧？

「交給那個代表不就成了？」

我將視線移往整面玻璃的建築物。我又向他揮了一次手。小此木只是迅速地抬起手來，很快就走到別的房間去了。

⚜

之後幾天，我持續拜訪NPO、街上的餐飲店與金券行，變成了一種枯燥乏味的例行公事。根據我的第六感，我認為堀井一定脫不了干係。但是我雖然每天都跟小此木聯絡，卻不想在掌握確切證據前說出對堀井的疑慮。萬一他是清白的，我豈不是毀了他在小此木面前的形象和事業？

安穩的春日已經度過。從三月到五月，即便身在東京、也會感到生氣蓬勃的季節。舒適的風與溫煦的日照，走在街上的腳步也格外輕盈。隨著櫻花盛開，街頭各個角落也陸陸續續出現各種不知名的花朵。東京的自然景觀少得可憐。就像拿到一點零錢的窮人一樣，對於不足的東西總是感到格外珍貴。

我的手機響起，是在跟蹤堀井後的第四天。

❦

在我跟老媽交班後的下午五點，我正待在二樓四疊半的房間裡聽著韓德爾。韓德爾雖然經常被巴哈掩蓋住光芒，畢竟不愧是巴洛克巨匠的其中一人。是不是類似松井和清原⓮呢？《水上音樂》是他受邀為英國夏季野外慶典量身打造的組曲，氣勢宏偉的號角聲在全曲中獨領風騷。涼爽清新的音符，最適合在春夏交界欣賞。

正當我將全副神經專注在古樂器Voilin粗嘎而質樸的音觸當中，放在充電器上的手機響了。

「阿誠嗎？是我。」

國王的聲音與汽車行駛聲同時傳來。我還來不及回答，崇仔便接著說：

「堀井有動作了。這次很可疑。地點在東池袋的Sumio Café。」

我的腦袋總算由巴洛克時代的倫敦飛回現代東京。

「他在Sumio Café裡，為什麼會可疑？」

崇仔似乎又好氣又好笑地笑了。

「你馬上過來就對了。今天是那家店的公休日，堀井是從後門進去，還是北原幫他開的門。」

我說了聲「知道了」，便立刻飛奔出家門。為什麼只要我聽音樂正聽到精采處，就會有人來搗亂呢？借錄影帶在家看的時候也一樣。現代的社會，似乎不容許人們氣定神閒地欣賞藝術。

我決定不開我的Datsun，搭計程車前往。反正現場一定停著好幾輛G少年的座車。黃色計程車在綠色大道左轉，在造幣局的水泥牆邊停下。我一走下人行道，交叉雙臂靠在牆上的崇仔立刻伸腳一蹬，挺直了身體。他任何時候都是儀態端正。稍遠的地方，三個穿著鬆垮垮運動褲的G少年正在待命。我無言地朝他們比了比大拇指代替招呼。國王說：

「那傢伙已經在店裡待了二十分鐘。」

見我點頭，崇仔隨即對那三個人說：

「Dirt，錐子準備好了嗎？」

Dirt是泥巴的意思。G少年幾乎所有人都不用本名，彼此之間以代號相稱。這是為了進行非法活動時的安全措施。頭戴貝雷帽、叫做Dirt的男人從腰帶取出像是錢包的物體。

「隨時都準備得好好的，國王。」

我們穿過雙線道的馬路，往Sumio Café的小木屋移動。崇仔、我以及兩名G少年站在木框的玻璃門

---

⑭ 松井秀喜、清原和博：日本職棒選手，清原比松井早八年進入職棒，兩人曾一度在讀賣巨人隊共組夢幻打線，是同時期經常被拿來比較的強打者。

前。Dirt在鑰匙口的正面坐下。他發出叭哩叭哩的聲音，打開了工具箱蓋口的魔鬼粘，從裡面取出兩根像是耳扒子的金屬工具。他先用左手將其中一根插進鑰匙孔，似乎藉此固定住了鎖頭內的某樣物體。接著把第二根金屬也插進了鑰匙孔，這次則是動作粗魯地反覆進出了兩、三次。Dirt以右手同時固定住兩根工具，然後以左手緩緩地轉動門把。鎖已經打開了。

他蹲下身去，對門板底部的輔助鎖進行了相同的步驟。在兩個鎖分別只花十幾秒、加起來不超過三十秒的時間內，時髦咖啡廳緊閉的門就這樣被攻破了。

「這套功夫一定讓警察很頭痛哪！」

用這麼短暫的時間就能開鎖，警察要追查想必也莫可奈何。真是個人人自危的時代。聽我這麼說，崇仔面無表情地點了點頭。我們將兩個人留在門外把風，走進了屋內。

◆

除去燈光的咖啡廳，看上去好像高級公寓的一室。Eames、Reno Peter Bertoia、Arne Jacobsen。世界知名的設計師椅子分別搭配著散落各處的大理石桌，散發出一種漫不經心的美麗。

我們穿過房間，小心翼翼躡足走過通往廚房的走道。右手邊並排著兩扇門。其中一扇貼著「員工專用」的塑膠板。應該不是這一間。崇仔打頭陣，朝靠裡面的另一扇門移動。走到這裡，我聽見了某種聲音。數位印刷部門那台白色機器的低鳴。我悄聲說：

「應該就是這裡沒錯。我跟崇仔先進去，你們在外面留守。」

蹲在門前的G少年們點了點頭。國王站起身來，拍拍駝色麂皮褲上的灰塵。

「你打這種算盤？不是想一舉攻破，而想採和談方式？」

他並沒有壓低聲音。我無奈地點點頭，立刻推開辦公室的門。這扇門並沒有上鎖。不過就算鎖起來了，面對某位專家也是徒勞。

⚜

「不好意思，打擾你們了。」

我說完這句話，將室內打量了一遍。這是一間八疊左右的細長型房間。靠裡面的窗邊並排著兩張桌子，堀井和北原店長就坐在桌旁。抬頭看著我們的四隻眼睛睜得老大。

然而，這間房間的主角既不是崇仔也不是我，而是坐鎮在中央的最新型雷射印表機。在我們踏入房間之後，它依然以每分鐘三十張的速度，持續吐出彩色的POND紙鈔。這台跟在NPO中心所看到的，似乎是同一款機種。我說：

「現在，你的造幣局要宣布停業了。」

堀井似乎又冒出了一身大汗。他身上那件新英格蘭愛國者隊的T恤，濕透到簡直可以擰出水來。北原不虧是個見過世面的中年人，很快就從衝擊中重新站了起來，臉上又掛回了無畏的笑容。

「你說什麼要停業了？」

他穿著優雅的紫色套頭衫。西裝外套則仔細地用衣架掛在牆上。我回答：

「當然是你們的偽鈔製造。」

「真的是如此嗎？」

崇仔冷笑著問：

「什麼意思？」

北原表現出從容的態度。穿著靴子的雙腿交疊，雙手還撐在腦後，仰望著天花板。

「你倒是說說看，小此木代表能把我們怎麼樣呢？」

這個男人似乎掌握著什麼把柄。想必是張強而有力的王牌。即使被當場逮到印製偽鈔，他還能這樣輕鬆自在。見到我們沉默不語，他又說：

「要是你們把我交給警方或在這裡對我動粗，我就把一切都告訴警方。小此木那間冠冕堂皇的NPO私底下在搞什麼勾當，他一定不願意被公諸於世。這條搶手新聞，就連那間中心裡面知道的人也寥寥無幾啊！」

英勇的偵探受到犯人威脅。雲朵的走勢驟轉，暗示著一場春天的風暴即將來臨。

⚜

時髦咖啡店的店長嘲諷地說：

「你們也是聽了NPO的什麼遠大理想，才會幫忙追查偽鈔的吧？不過呢，在那間中心的背後支持著它的可不是這些黃綠色的玩具，而是一筆龐大的黑金。你聽過深尾Enterprise這間高利貸公司嗎？」

我曾經聽人提起過，那是一間以流氓為主要客戶的黑道融資公司。據說它的辦公室就位在太陽通的巷內。由於它無可匹敵的資金力量與嚴峻的催款方式，連暴力組織也不敢輕易造次。尤其對於無法拿到銀行融資的地下社會而言，這樣的金融業者可是比一般都市銀行要珍貴得多了。國王的聲音倏地冷卻下來：

「深尾又怎麼樣了？」

我以眼神制止崇仔。要是他真的動了氣，搞不好會當場綁走北原也說不定。北原完全沒發覺自己正處於生死存亡的關頭，還滔滔不絕地說：

「小此木是從深尾老大那裡獲得資金援助，才有辦法成立『前進！創造美好的城市NPO中心』。他現在也乖乖地幫他們做『清潔』的工作呢！」

洩露只有自己才知道的情報，他一定樂不可支吧。北原抬手撩撥他有點波浪捲的頭髮。

「NPO當然也需要給付員工薪水。不將剩餘的利益回歸企業，而是拿來運用於公益，這就是他們跟一般營利組織不同的地方。小此木的公司多得是人頭員工，領的全是不需要繳稅的低薪。深尾Enterprise創造出來的黑心錢，就流進了NPO接受洗淨，最後仍然以支付善心員工薪金的名義流回深尾的戶頭。這真是完美無缺的洗錢策略啊！」

我無言以對。北尾的話中蘊藏著一股真相才擁有的力量。

「是這樣的嗎？」

我喃喃地說完，崇仔便離開他原本靠著的門板，邁步走向印表機，拿起尚未裁切的偽鈔，先從中撕成兩半，再對半撕成四片。他將黃綠色的紙屑撒在辦公室的地板上，以像冰般透澈的聲音說：

「我不在乎小此木是正是邪。你給我聽清楚了，我不允許任何人染指池袋的POND。你如果想要錢，就直接去勒索小此木！」

說完這段話，他掄起右拳，往全新雷射印表機的觸控板上一敲。

「嘎」的一聲，液晶畫面頓時漆黑一片。他打開印表機旁邊的門，穿著靴子的大腳一踹，將裡面的滾輪與紙匣踢得稀巴爛。經過這一陣內臟的翻攪，印表機的低鳴終於停止了。國王呼吸平順地說：

「你以後想怎麼做，就隨便你吧。我會交給阿誠跟小此木決定。不過北原，千萬別給我抓到你又在印偽鈔。再有下次的話，就別怪我……」

崇仔微笑著豎起大拇指，比出割喉的動作。簡單易懂的一個肢體語言。北原的笑容凍結在臉上。堀井好像剛沖完澡似的，瀑布般的汗水從光頭直淌而下。我們走出房間。崇仔小聲地對等在門外的G少年說：

「結束了，撤退。」

我走在一行人的最後面，一邊思考著。我跟崇仔的情況不同，我的任務還沒有落幕。心情真是沉重。我還必須向我的委託人報告調查結果。

❦

當天晚上，我用手機叫出了小此木。我認為距離NPO中心較遠的場所比較妥當，因此選擇約在連接JR東口與西口的池袋大橋上。這是一座橫跨鐵路上方的長長天橋，即使人由遠方走近也能提早察覺。

晚上十點，我注視著清潔工廠矗立在春天夜空的煙囪。從不同角度，它有時看起來是四角形，有時又變成六角形，是池袋知名的一處景點。小此木獨自由西口方向慢慢走過來。掃過天橋的風，像是只可遠觀、不可褻玩的美人指尖一般，無情地滑過臉頰。

小此木站在我的身邊，將手支在護欄上。

「你應該找到犯人了吧？」

我望著橋下無數條縱走的銀線，回答道：

「沒錯。主謀是Sumio Café的店長北原，共謀則是數位印刷部的堀井。」

我將咖啡廳辦公室地上拾來的黃綠紙張碎片交給他。

「你做得很好，阿誠，非常感謝你。」

小此木露出高興的爽朗笑容。我壓低聲音說：

「北原知道你跟深尾Enterprise之間的關係。」

我凝視著小此木的側臉。年輕的NPO代表，注視著鐵路兩旁一座座彷彿光線組成、如斷崖般的高樓大廈，似乎露出了淺淺的笑容。他長長地吐出一口氣。

「是嗎？原來被他知道了。也難怪，他跟我們理事可是吃喝玩樂的好哥兒們。」

代表像是事不關己似的說：

「為什麼事情會變成這樣呢？」

他原本恍恍惚惚的表情，像是突然想起什麼而染上了色彩。

「萬事起頭難，不管什麼事情，一開始都是艱辛的。就算我懷抱著改造這個城市的理想，可是沒有錢又沒有知名度，根本沒有人搭理我。我在大學畢業的同時，就成立了這間NPO。見到在一般公司上班的同學一個個飛黃騰達，我想我是有點心急了吧。這個時候出現在我面前的，就是深尾。」

小此木一個人失笑了。貨櫃列車通過橋下。

「他最初給我的提案是提供匿名資金。我當時正苦於周轉不靈，不得不向他借錢來應急。我本來以為，只要連本帶利歸還就行了，沒想到一旦跟黑道交上手，就沒有辦法抽身了。碰過一次黑錢，雙手的髒汙就怎樣也洗不乾淨。雖然我把欠深尾的錢都還清了，他卻擅自將巨額的黑金匯進我戶頭，要我幫他洗錢。跟高利貸業者搭上線，就成了我的致命傷。」

就這樣，NPO中心漸漸淪落為骯髒錢的清潔中心。小此木一面以右手開發出創造新就業機會的地區貨幣，一面卻以左手嘩啦啦地為黑道洗滌黑錢。我想我的聲音應該不帶任何同情或憤怒。因為我刻意控制著自己的情緒。

「我懂了。你不必對我辯解什麼。我已經揪出了犯人，要怎麼處置他們是你的問題。我並不想責備你，畢竟你的行為還是幫助了這個城市的小鬼。」

小此木瞥了我一眼，嘟囔了一句「謝謝」。

「我常常感到很奇妙。像這樣觀察池袋的街道，就會發現它跟我剛成立NPO的時候並沒有什麼不同。我雖然因此有了點名氣，卻也同時招來了惡果。我一直抱持著某種理念，不過曾幾何時，它說不定只是變成了一種口號。我相信我的內心深處還燃燒著那股熱情，然而我卻必須每天同時接納著好的與壞的事物，就這樣一直走下去。這樣也算是一種公益事業嗎？」

帶點暖意的風吹過天橋。經過這陣春天晚風的吹拂，被束縛在這個骯髒世界的體重似乎也輕了一半。小此木的白色外套後頭襯著深藍色的夜空，外套背部像氣球一般被風吹脹起來。把它形容成天使的羽翼也許過分了點。但是，我一瞬間真的有這種錯覺。

「這次我的工作量並不大，剩下的一半酬勞我就不拿了。不過，小此木先生，如果你遇到什麼麻煩，儘管打電話找我沒關係。只有你心裡還有一絲絲為這個城市著想的念頭，我都會傾全力幫你的。之前是，之後也是。」

我說完這些話，沒有道別就離開了。夜還沒深。我家的水果店也還不到打烊時間。我選擇了路燈不多的暗巷，慢慢走進春天的池袋。

事情就這樣告了一個段落。第二天，為了彌補之前調查偽鈔時告假的時數，我一整天都在西一番街的水果店看店。春天的主力商品當然少不了草莓。橘子跟蘋果的產季差不多要落幕，至於西瓜則還需要一段時間。溫室栽培的哈密瓜、進口的香蕉、芒果、楊桃這些水果雖然一整年都買得到，不過最暢銷的還是首推當季鮮果了。

傍晚，我在店裡頭聽著《水上音樂》時，手機突然響了。

「阿誠嗎？是我。」

昨天徒手毀掉一台最新型雷射印表機的池袋國王。

「怎樣？邀我去賞花喔？」

崇仔像喉嚨被東西卡到似的喘了幾口氣。或許是在笑吧。

「北原住院了。」

「什麼？」

「我怕他真的蠢到聽不懂人話，所以派G少年日夜監視。他是昨天深夜回家的途中，在白金高輪的站前被襲擊的。」

他又從喉頭發出笑聲。

「聽說，他在醫院裡堅持自己是從地下道的樓梯摔下來才受傷的。真是笑死人。他被三個人打得遍體鱗傷，而且臉上還有刀傷，居然有臉說是跌倒。這下他應該會學乖了。」

「那三個人應該不是G少年吧？」

「喂喂喂，我哪會搞這麼迂迴的伎倆？想教訓他的話，我早在咖啡廳裡就下手了。」

「我知道了。謝謝你告訴我。」

說完之後，我掛斷電話，立刻撥出另一支號碼。那個爽朗的NPO代表，對這件事是否知情呢？

❦

電話那頭的小此木，聽到這個消息後整個人定住了。

「他真的住院了？」

崇仔不可能打電話給我開這種玩笑，他沒閒到這種地步。國王的領土可是非常廣闊的。

「聽說他被圍毆，臉上還被劃了一道，應該不會錯。對了，你有向深尾透露北原的事嗎？」

小此木的聲音一沉：

「有。深尾對於偽鈔事件也很緊張，命令我有動靜一定要向他報告。」

真是夠了。NPO代表依舊是這麼一板一眼。

「這麼說來，你是在我離開後馬上打電話跟深尾報告的。」

小此木在電話那頭陷入了沉默。

「我沒有想到事情會變成這樣。我現在馬上就去深尾Enterprise一趟。」

我差點就慘叫出聲。

「不要吧！你到底想去幹嘛？北原是自作自受耶！」

「不，我要去向他提出嚴正抗議。我晚點會跟你聯絡。」

通話瞬間中斷了。我被放逐在西一番街的店面。附近的主婦手拿一盒豐之香草莓盯著我看。我心不在焉地賣了草莓，然後收下了POND鈔而非日圓。

◆

那天晚上，我焦急萬分地等待著小此木來電。手機在晚上十一點過後響起。NPO代表的語調像雨過天青般的明朗。

「喔，是阿誠啊！我剛剛才把傳真傳給各大媒體。」

我不懂他的意思。走出店外，來到人行道上。我遮住一邊的耳朵，阻斷醉漢的叫囂聲。

「你人在哪裡？」

「在我們NPO中心。我在傳真上寫有重要的事情要宣布，明天下午一點召開記者會。一定會聚集很多記者。阿誠，我沒想到下決心這麼簡單！」

我心急如焚。小此木錯估了深尾Enterprise的能耐。他這是在太歲頭上動土。

「你對深尾說了什麼？」

「也沒什麼，只是說我從此要跟你們一刀兩斷，並且公開我們之間的交易，辭去代表的職務，如此而已。」

「他知道你明天要開記者會嗎？」

小此木似乎想了一下。

「這個嘛……我們中心裡有個員工是深尾的爪牙，而我接下來要召開緊急會議，所以明天的事遲早會傳進他耳裡。」

我雖然沒有見過深尾，也知道他的神通廣大。只要他一施壓，尋常老百姓只有乖乖被捏扁的份。他是那種視人命如螻蟻的人。認為暴力與金錢擁有控制所有人的能力，是黑社會公認的常識。我對著手機說：

「在我們今天晚上抵達之前，你千萬不要離開事務所。我會借重G少年的力量，保護你明天平安召開記者會。」

小此木發出不明就裡的聲音：

「我很快就不再是NPO的代表，對你們而言應該毫無價值了才對，為什麼你要這麼拚命幫我？」

我的語氣在不知不覺當中嚴厲了起來：

「我怎麼能坐視你這樣的大少爺，被扔進池袋叢林任憑宰割？況且，我幫你的原因本來就不是因為你是某個組織的代表。你獨自一個人想為這個城市做點什麼，卻因此生命受到威脅，我當然沒有見死不救的道理。你聽好了，雖然你也幹了一些無聊的事，不過還是做了不少好事。這個城市的小鬼都看在眼底。我相信其中也有不少人，願意為了你兩肋插刀。你不是非營利組織的代表嗎？你應該要相信群眾的眼光！」

媽的，我幹嘛這麼焦慮？緩緩地吸了一口氣之後，小此木斷斷續續地開口了。那是拚命忍住眼淚的聲音。

「謝謝你，就拜託你們了。仔細想想，我能夠成功也全靠街坊鄰居的推波助瀾。我等你。」

電話掛斷了。我隨即按下崇仔的快速鍵。是小弟接的。背景音樂是雷鬼的Back Beat。

「幹嘛？」

國王的語調悠哉。

「你人在哪裡？」

「Rasta Love。」

那裡是被「派對終結者」⓯縱火之後，使用火災保險金重新裝修過的G少年專屬PUB。我說：

「你已經茫了嗎？」

「喝是有喝，不過沒茫。有話快說。」

⓯請見《計數器少年》第四章〈水中之眼〉。

「我想跟你借兩輛車、八個人。」

國王的聲音像頭驚醒的睡獅。我可以想像他從ＶＩＰ室的紅色天鵝絨沙發上坐直的情景。

「用來幹什麼？」

「當保鑣。到明天中午為止，我想保護小此木的安全。他想公布一切，然後跟深尾一刀兩斷。要是我們不伸出援手，他的下場會跟北原一樣。幫我這個忙吧！」

崇仔從鼻腔發出一聲「好吧」，然後傳來似乎是站了起來的聲音。

「給我二十分鐘。在你的店裡等我。我會派最精銳的部隊過去，也包括我自己。」

「真是如虎添翼啊，兄弟！」

我說完便掛了電話。你瞧，這個城市的街頭國王夠嗆吧？

❦

二十分鐘後，三輛車停在西一番街的大馬路上。賓士ＲＶ、愛快羅密歐加上三菱Airtrek。ＲＶ的車窗搖下，露出崇仔戴著平光眼鏡的臉孔。

「上車吧。」

我滑進ＲＶ的座椅。抵達NPO中心前的五分鐘當中，我們簡短地計畫研商。隨著末班車發車的時間逼近，西口的歡樂街今晚將會掀起空前的喧鬧。

我、崇仔以及據說是精銳隊員的兩個人，搭乘電梯來到NPO中心。走近NPO的櫃檯時，立刻感受到建築物內一種異樣的氣氛。時間這麼晚了，所有的職員卻幾乎都留在辦公室。我又向最靠近我的工作人員出聲。之前那個素顏女孩用一雙哭紅的眼睛看著我。

「小此木先生怎麼樣了？」

「他在開會。請幾位坐在那邊的沙發稍待，我幫您傳字條給他。」

回了句「知道了」，我便和崇仔雙雙坐下。身穿縫有許多口袋的美軍黑色野戰背心的G少年則雙手交叉在前，立在沙發兩側。

我並不曉得野戰背心裡放了什麼東西，不過據我推測應該是特殊警棍和藍波刀吧。我雖然認為不至於藏著手槍，不過世事難料啊。

我們沉默無語地在那裡等了四十分鐘。當有事情必須完成的時候，一點都不會感覺等待是痛苦的。

走出會議室的小此木，臉頰因亢奮而泛紅。他舉起鋁製的公事包，筆直地朝著我們走來。

「讓你們久等了。事情總算全部搞定了。沒想到你們真的來了。」

他雙眼圓睜，凝視著不苟言笑的保鑣。崇仔說：

「你家住哪？」

「目白二丁目。是從明治通巷子走進去一點的公寓。」

崇仔像是保養萬全的機器人般俐落站起。站在電梯中央的是小此木，我們四人則各占住四個角落。在一樓的大廳裡，接獲電話指令的G少年們已經戒備在各個重要位置。我和崇仔將小此木夾在中間，坐進賓士RV內。

「感覺好像真正的VIP一樣。」

我望著窗外午夜時分的西口公園說：

「我是不清楚你怎麼想的，不過你確實是這個城市的VIP沒錯。」

崇仔頭也不回地朝著助手席說：

「一點也沒錯。我就讓你當G少年的榮譽會員好了。」

「那真是我的光榮。謝謝！」

聽到小此木煞有其事的回答，我發出了笑聲，不過包括崇仔在內的G少年成員卻連一個微笑都沒有。

那天晚上，我們迅速在公寓周邊巡邏了一圈，並且派四個人護送小此木到家門口。將一台Airtrek留在入口後，另外兩台車便原地解散了。對於坐進三菱車的G少年們來說，這應該是非常漫長的一夜。不過我還是說了聲「拜託你們了」，便讓RV載我回家了。

第二天早上九點半，RV和愛快羅密歐跟Airtrek交換了勤務。我和崇仔一樣屬於RV組。晴朗的春天早晨，我跟保鑣一同前往迎接小此木出門。

門鈴一響，代表立刻打開鐵門探出頭來。他似乎沒有睡好，一雙眼睛紅通通的，不過表情卻相當有活力。

下了電梯、坐進RV後，小此木說：

「大家早！再過幾個小時，我就不再是那個NPO的一分子了。」

車子駛進車滿為患的明治通。我從窗口看著外面的花正連鎖肉品店說：

「你還年輕，應該想過下一步要怎麼走吧？」

小此木瀟灑地點了點頭。

「對啊。雖然不敢確定會不會成功，不過我希望能建立一個從事電腦回收的NPO，從企業低價收購中古電腦，然後再發送給學校或是貧困的家庭。」

才剛經手過利用新貨幣創造青少年就業機會的工作，這下子又想跑去解決數位落差⑯了。說小此木是這個城市的VIP，果然當之無愧。

而襲擊這位VIP的事件，就發生在西口公園與NPO中心所在建築物的交界處，一條種滿杜鵑、鋪著方形石磚的步道上。

---

⑯ Digital Divide：人類社會中的不平等現象藉由資訊科技發展而更加擴大或惡化。

最先從停在西口公園旁車道上的兩輛車奔下來的，是愛快羅密歐組的四名成員。他們的視線四處遊走，檢查早晨的公園是否有異狀。接著RV上的兩個人也下了車，總共六人的保鑣團隊緊密護住從車上走到NPO間的通路。他們的視線交錯，以點頭代替語言。崇仔對小此木說：

「你千萬不要離開我們身邊！」

我先下了車，以手抵住門。小此木由RV中伸出的腳甫落地，一個吶喊聲響起：

「王八蛋！我宰了你！」

男人的聲音從右手邊傳來。我立刻看向右側，只見一個男人手裡揮舞著棒狀物，正朝這邊直衝而來。

「小此木先生，快跑！」

正當我催促著NPO代表避難，從剛剛男人所在方向的另一側，傳來一聲低沉的呻吟。我轉頭一看，一個G少年已經倒臥在地。兩個像得了花粉症般、戴著遮住半張臉的口罩的男人，提著特殊警棍朝我們挺進。崇仔叫道：

「那邊的是誘餌！Dirt、Rock、Sand，制住那兩個傢伙！」

說完之後，崇仔推了我和小此木的背部一把，自己則徒手應付揮舞著警棍的男人。他上半身後仰，躲過狠勁十足的一記攻擊，然後踏穩腳步，揮出如教科書般標準的右直拳。男人腰部以下完全癱軟。

我用眼角確認著崇仔的戰況，同時走進了大樓的大廳。NPO的職員按住電梯門的開關，高聲叫著說：

「代表，快一點！請往這邊！」

電梯裡有三名職員。我推了一把小此木的背。

「記者會要加油喔！」

NPO鐵青著一張臉點了點頭。我跑回大樓前的人行道上。最先發動攻擊的人，已經被兩名G少年壓倒在柏油路面上。吃了崇仔一記右勾拳的傢伙，以奇怪的姿勢曲著一條腿躺在地上。最後一個狙擊者，則被三名G少年團團包圍住。他從懷裡拔出一柄短刀。在春天的朝陽照射下，刀尖閃過一道駭人的光芒。崇仔在三個同伴的身後喊道：

「不必趕盡殺絕！因為這樣受傷就太蠢了！小子，你可以滾了！我們已經平安護送小此木到記者會現場。你就跟你的雇主說，是G少年妨礙你辦事吧！我們不會逃，隨時在這裡候教！」

戴口罩的男人視線數度交互看我們的臉，然後倉惶逃離了池袋公園。我向崇仔道謝：

「真是千鈞一髮，感謝你救我一命。」

他抬起一隻手制止我繼續說下去，然後按下了手機快速鍵。連招呼也不打一聲，他就對著電話發號施令：

「在下午記者會開始之前，集合二十個人到西口公園來。我要保護小此木到散場為止。」

切斷電話後，他發現我的視線，便報以一個笑容。他用下巴指了指倒在地上的男人。

「好，接下來該怎麼處理這傢伙？」

G少年們用塑膠電線將攻擊犯五花大綁。我說：

「要不要叫北原來指認？就說攻擊他的就是這傢伙，這樣才可以加重深尾的罪。」

回答了一句「或許不錯喔」，崇仔便將兩個男人放進了RV的行李箱。

「那你呢？阿誠。」

我搖了搖頭說：

「我只參與到這裡為止，剩下的就有勞你了。再過不久，就到我家水果店開門的時間了！」

我婉拒了國王用RV送我回家的提議，穿過西口公園，一路走回家。多麼晴朗的春天早晨啊！搭車豈不糟蹋了這幅景致？

⚜

我在十一點開店。跟老媽輪流吃完午飯，差不多是下午一點。小此木已經開始在那間會議室裡召開記者會。他計畫公開組織成立當時與深尾Enterprise所有的往來文件，並在詳細解說之後，宣布辭去NPO代表的職務。

因為我必須顧店，所以沒有親眼目睹這段過程。不過，我倒是透過Wide Show和新聞看到了不少小此木的畫面。

在表情嚴肅的NPO代表身後，有兩組G少年貼身保鑣也被攝入了鏡頭。現場有二十多名穿著黑色尼龍布料運動服的男人，雖然讓畫面看起來像黑幫電影，不過為了保障他的安全，這也是莫可奈何的事。成功發行地區貨幣的NPO代表的少數醜聞，被各大媒體爭相報導。失足的英雄。在他風光的時候，記者無不寫得天花亂墜，如今卻對誠實表白罪狀的小此木大加撻伐。若說媒體的報導總反映著觀眾愛看的東西，那我也無話可說。只不過，內心還是難以釋懷——對於正義凜然的媒體，以及正義凜然的讀者。

隔了一個星期，池袋警察署與東京國稅局便對深尾Enterprise展開了調查。最讓深尾害怕的應該要算是被追討逃漏稅吧，而襲擊北原和小此木的犯人沒有半點骨氣，兩、三下就供出了深尾的名字，因此他教唆傷害的罪狀也難逃了。

⚜

一到春天，太陽的軌跡開始高高地橫跨天際，能感受到地表正在一點一滴地儲存熱能。在大都市裡，柏油路面反射熱能的效應非常驚人。四月初，我正在顧店的時候，打扮怪異的小此木出現在店頭向我招呼。

「喲！兄弟！」

「你幹嘛穿成那樣？」

我對全身上下黑抹抹的前NPO代表說。他不像之前總穿著白西裝，今天穿的是上下一套的黑色尼龍運動服。腳下的米色繫帶皮鞋也消失無蹤，取而代之的是一雙全新的NIKE。是Vince Carter代言的籃球鞋。這樣的裝扮，跟記者會當天站在他身後的G少年如出一轍。小此木有點不好意思地說：

「阿誠，你不是叫我要相信這個城市的居民嗎？這一陣子我是無業遊民，反正閒著沒事幹，就跟G少年一起玩囉。」

我差點爆笑出聲，好不容易才勉強忍住。我拿起店裡的一顆太陽富士，朝小此木的胸口一扔。

「你的家教還是太好了啦！」

小此木低頭看著自己身上的運動服。

「我的打扮哪裡出錯了嗎？」

「對，看起來不夠壞。你的褲腰要穿低一點，幾乎拖到地上。」

我唰唰唰地動手扯低他的運動褲，也將原先紮進褲腰裡的灰色T恤拉了出來。

「這樣就ＯＫ了。還有，那些在街頭混的小鬼都會這樣……」

我擺出G少年的手勢，舌頭伸得長長地要屌說：

「嘿，留點銀子下來幫我們成立新的NPO，好唄?就當成是你捐的怎樣？MAN？」

小此木在西一番街的路上笑彎了腰。我也跟著笑了。我們一起啃著季節快要結束的蘋果。在他口裡擴散的芳香是成功的滋味，還是失去名聲的苦澀呢?不管如何，我想這應該都不會是他吃到的最後一顆蘋果。

春天畢竟才剛剛降臨，日照強度與氣溫正節節攀升。一度失足的泰坦以新的名號重新抽芽，在這個城市生長出茂密枝葉的一天，相信指日可待了。

池袋ウエストゲートパーク

西口仲夏狂亂

那是一種帶著清新薄荷綠色的藥錠。正面是一條蛇咬住自己的尾巴、形成圓圈的浮雕圖案，背面則有時印著意義不明的數字或英文字，有時卻是空白。大家都叫它蛇丸、綠將軍或蛇吻。沒有固定的名稱，是因為它並非在藥局買得到的合法藥品。

雖然買的時候不附說明書，不過功效非常簡單。服用方法有兩種，可以就著礦泉水一次吞服一粒，也可以用臼齒喀哩喀哩地咬碎，只不過味道非常苦。如此一來，就可以應和著BGM超過一百的高速音樂，節奏完美無瑕地狂舞一整晚。只要你願意，挑戰從深夜十二點到隔天正午的十二小時熱舞馬拉松也不是難事。所有感覺會像未使用的剃刀般鋒利無比，於是你便可以在舞蹈中飛抵世界的頂端，然後微笑下望這個世界一切的悲慘與不幸。

你可以原諒打工處或公司的上司，可以原諒汗流浹背到後頸冒出鹽粒的警察，當然也可以原諒財產上兆的新聞主播，甚至是專上偶像明星的搞笑藝人。你的情緒會愈來愈High，無論對於恐怖活動、報復性的投彈攻擊、死去的小嬰兒，或是打高爾夫的總統全都能夠笑著釋懷。套句某人說過的話：「神就是速度。」因此在與速度同調的時間裡，任何人都能夠是神明。

就像世上所有的藥錠一樣（不論是市售的或黑市的），蛇吻也具有副作用。據說若是跳得太過出神忘我，血壓和體溫便會過高，導致腦部沸騰而死；或是太過潛入自己的內心深處，成為終身癱瘓的植物人。不過根據街頭巷尾的傳聞，這種倒楣鬼也只不過是千分之一罷了，而且還可能是由於同時混服不同種類藥物與雞尾酒的結果。

因此，毒癮深重的毒蟲或是即將成癮的後備軍自然不在話下，今年夏天，更有一大票小鬼對這種蛇吻趨之若鶩。閃耀著綠色光輝的夢幻蛇神。只要逮住了這條蛇的尾巴，就能夠找到宇宙七彩的祕密。這也是受到經過三十年又捲土重來的新嬉皮運動影響。

雖然蛇吻一顆要價一萬圓，不過能夠當一個晚上的神明，也算是值回票價了。

♆

在進入爆熱的八月之前，我一度對於毒品及Rave派對❶都興趣缺缺。想聽快板音樂，有莫札特的Allegro就綽綽有餘了（三十六號交響曲的第一樂章 Allegro spiritoso）。至於藥物，我這兩、三年來可是一次都沒吃過藥（我是個連肩膀痠痛、感冒這種毛病都沒有的健康寶寶型麻煩終結者）。

跟這幾年的氣候相較，今年東京的夏天實在很不尋常。連續兩個星期，都是最高溫高達三十六度的超熱天氣。在我小時候，東京的高溫只有在夏天三個月當中可能出現，而且屈指可數。至於如今的三十度氣溫，甚至會讓人覺得不過爾爾。相信出不了幾年，東京的最高氣溫便會突破四十度了。這是足以使走在路上的人當場暴斃的高溫。

然而，池袋有一個完全不在乎這種致命高溫的人。他總是倚著P' Parco旁的樹叢席地而坐，只要是晴天，便會一整天從早到晚待在同樣的地點，望著走過眼前的小鬼。一見到打扮時髦、看上去口袋飽飽的小鬼，他就會喊道：

「先生，要不要來我們店裡看看？我們上禮拜才從紐約進口最新的T恤喔！我們店裡的衣服，每件都超酷的！」

只要有哪個上當的小鬼被引進店裡，接下來就只能任他擺布了。在零用錢被榨光之後，變得乾乾癟癟的小鬼再次被扔回赤日炎炎的街頭。

這是一種嘻哈時尚風的蟻獅地獄。

我穿越橫跨ＪＲ軌道的Weroad❷，由池袋的西口來到東口。我看著左手邊擠爆一間新開大頭貼店的國中女生，爬上平緩的坡道。那個星期六，他也依然在刺得睜不開眼的大太陽下，叉著手臂審視著來往行人。他的胸前戴著大麻葉形狀的銀製鍊墜。

「喲！艾迪，生意好不好？」

他回了我一個G少年的手勢，說道：

「完全不行耶，誠哥。雖然是暑假，走在路上的卻都是些窮小鬼。」

他的名字叫山口英臣．Williams，是日本籍酒店小姐和美軍維修兵所生的混血兒，只是不會講半句英文。他的皮膚是像拿鐵般的牛奶咖啡色。

「在這種大熱天拉客，一定很辛苦吧！喂，你是不是又吃了什麼怪東西？」

---

❶Rave Party：中文通常翻成「銳舞派對」，一九六〇年代開始盛行於歐美青少年間、延續嬉皮運動的一種次文化，為一種通宵達旦、甚至橫跨多日的電音舞會（幾乎不會出現其他類型的音樂），由多名DJ輪番上陣（在Rave Party裡，DJ才是舞台上的主角，幾乎不會出現歌手或樂團）。

❷Weroad：連結池袋站東口和西口的地下道名，為「We」＋「Road」的複合字。

我望著他在烈日下卻呈現放大狀態的瞳孔。他露出做夢般的笑容：

「不會啊，我覺得好涼快喔……誠哥要不要也嗑一下？Piracetam加Vinpocetine。」

艾迪將手伸向掛在髖骨旁的腰包。我苦笑著說：

「不用，我心領了。那種藥到底有什麼作用啊？」

他是我周遭為數不少的藥迷之一。他們的興趣橫跨黑白兩道，只要是藥品，對他們而言就具有無窮的吸引力。就像小孩對色彩鮮豔的糖果難以招架一樣，他們也是只要見到新藥，就非得親身體會一番不可。艾迪賊賊地笑著說：

「Piracetam能使右半腦與左半腦的傳導速度加快，促進記憶力跟發想力。Vinpocetine則會促進腦部的血液循環。這些都是美國藥廠公開上市的產品，也得到FDA[3]的認證，很安全的啦！像誠哥是作家，如果吃了這兩種藥，搞不好寫出的專欄會大紅特紅喔！」

每逢截稿總是心力交瘁的我，聽到這番話不禁有點心動。能讓腦袋變聰明，那就是聰明藥了。往後搞不好還會出現吃下去就變成億萬富翁的富翁藥呢！不過，我那天才剛剛校對完編輯潤過的稿子，距離下一次截稿還有像永恆一樣長的三星期。

「今天就不用了，下次有需要再來找你吧！」

這個時候，從P' Parco入口旁的音箱傳出懾人的高速電子鼓聲。強烈的節奏好像液壓打樁機般敲擊著腹部。如鋼鐵般強韌的女高音穿梭在節奏間，不斷拔尖竄高。

「是永遠子的新歌！」

艾迪說完這句話，便在百貨公司前的路上開始跳舞。他穿著直條紋的POLO衫，以及相同圖案的運動褲。上下兩件都寬鬆到可以用剪刀裁開，做成雙人床單。艾迪以緩慢的節奏，扭動裝在鬆垮衣物裡的全身關節。活像一條被丟進袋裡的蛇，正以一定的節拍掙扎蠕動。排隊等著照大頭貼的行列見到艾迪的舞蹈，開始指指點點、又笑又叫。艾迪朝我眨了眨眼，轉頭對那群國中女生微笑揮手。他邊跳邊說：

「好音樂配上好藥，今天真是Cool Day……」

就連放置在陰暗處的百葉箱，都能測量到三十六度以上的高溫。至於我們所在的白色磚道，推測溫度可能要再高上十度。無言以對的我望向他的胸前。BBQ的標誌隨著舞步扭曲搖擺。那是他工作的嘻哈服飾店名，而BBQ三個字是紐約布魯克林、布朗士、皇后區的縮寫。以東京來說，這三地的地位就形同池袋、大塚、巢鴨吧？

我朝繼續跳舞的艾迪揮揮手便離開了。我既不擅長跳舞，對於當配角也沒什麼興致。更糟糕的是，我的手腳幾乎要跟隨著旋律舞動起來了。音樂的力量就像是靜脈注射的藥物，立即見效且強烈無比。

我邊挑選著太陽曬不到的路，邊往西口的Libro連鎖書店移動。在今天早報的廣告欄，我發現我感興趣的作家出了新書。想嘲笑我是書呆子，就請便吧！我的興趣可不侷限於解決街頭的大小事。雖然我自己運用文字的功力很破，但是我向來樂於接觸美好的事物。這個道理再平凡也不過——

❸ U.S. Food and Drug Administration：美國食品藥品監督管理局。

人總會受到與自己背道而馳的特質吸引。

走在通往位於地下室的書店的樓梯上，我的手機響了。我停在樓梯間，豎起耳朵接聽。

「阿誠嗎？是我。」

是崇仔無論何時都冷颼颼的聲音。池袋的國王說：

「今晚有沒有空？」

語氣聽來有點壓抑。國王似乎難得帶著緊張。

「不行耶，我晚上有約會。」

聽到我的笑話，他不當一回事地說：

「我知道你沒馬子很久了。我有工作要委託你。」

國王居然連欣賞玩笑的心情都沒有。我只好不得已回答：

「知道了啦。我該怎麼做？」

「今晚十二點，到幕張來找我。」

半夜十二點約在幕張？我忍不住朝崇仔大吼：

「這算什麼啊！你說的幕張，是千葉縣的那個幕張？」

這次崇仔總算以竊笑的語氣說：

「沒錯。」

「你要我從池袋搭電車慢吞吞晃到千葉？你要拜託我的事，非得跑到那麼遠去辦不可嗎？」

國王的語氣嚴肅了起來：

「沒錯。我想讓你看一個東西，可是它要到十二點才會正式開始。阿誠，你知道Rave嗎？」

Rave？雖然我自己並沒有去過，不過透過艾迪的描述，多少能夠想像是什麼樣的活動。

「只聽過名字。就是徹夜跳舞、好像『盂蘭盆會舞』的西洋版那種聚會吧？」

「差不多就是這樣。」

崇仔最後對我說：

「我會把你的門票寄放在幕張Messe❹的入口。你一個人來或許會很無聊喔。要是有什麼對象的話，就一起帶來吧！我會幫你留兩張票。」

崇仔由鼻腔哼笑一聲後，不等我回話就掛斷了。他早就認定我一定沒有女伴。為了展現我身為平民老百姓的實力，我立刻撥電話給五個美眉。五個答案都是相同的。

Rave？我好想去耶……不過今天沒空，下次再約我吧！小誠誠。

是不是有哪本雜誌，上面刊載著拒絕邀約的標準做法？我也知道，在星期六下午突然邀對方當天見面，執行上的確有困難。不過，真的單獨前往可是會被崇仔看得更扁的。

我帶著一肚子莫名的鳥氣，走下書店，將放在平台的書山一腳踢飛。出版社幹嘛沒事印這麼多書啊！反正又沒人看！印刷精美的封面只是擺出不可一世的態度，沒有回答我這個問題。

❹幕張メッセ：位於千葉市的大型會展中心，Messe取自德文中的「貿易展」。

那天晚上，我收了水果店，立刻轉搭接近末班發車時刻的京葉線前往幕張。結果對於我的邀約回答YES的唯一對象，居然是艾迪。他說他是第一次搭京葉線，像個小孩一樣，興奮不已地趴在全新車廂的車窗上。黑漆漆的水平線，以及沿海住家的燈光，我看著艾迪削瘦的背影，想起跟他的邂逅。

那是今年春天的事嗎？在池袋知名的黑人拉客軍團裡，出現了唯一面露不安神色的艾迪。由於他認真勤奮，不管什麼樣的路人都拉，於是有天踩到了地雷。要町OD（Over Drive）是G少年中小有名氣的武鬥派小隊。光憑看不順眼這個理由，就能在五秒鐘內掀起一場戰鬥。連在小鬼頭上的導火線是非常短的。艾迪當時以一敵四。那是在艾迪被帶往軌道旁的狹長站前公園的途中，就在P' Parco的前面，我與他們不期而遇。我聽了整件事情的經過。起初擺著一張臭臉的艾迪，一聽說我比他年長兩歲，立刻就改用敬語跟我應對。他這個人其實個性不錯。我向要町的頭目求情，很快地擺平了這場紛爭。艾迪從此就用「誠哥」來稱呼我，並且在街頭又為我散布了新的傳說。他的故事是很適合寫進專欄的材料。

認識他的這六個月以來，他的生活就是一面嘗試不同的聰明藥組合，一面站在街頭拉客。雖然工作非常辛苦，他卻總是帶著滿臉笑容。

❦

我朝著貼在窗邊的艾迪背影說：

「你幹嘛老是嗑藥？」

「純粹就是因為很爽而已啊。不過……」

艾迪搔了搔他的天生捲髮。在他身後的窗外，廣告招牌的霓彩像流水般劃過。

「……或許也跟我老爸有關。他拋棄了我跟我老媽回到祖國，到現在音訊全無。那我家又窮得要命，我沒有辦法改變世界，就只好改變自己囉！只要一顆藥，我就可以很容易改變自己了。」

「是嗎？」

聽到他的表白，我無言反駁。我家的老爸在我還小的時候就過世了。不過看到艾迪的例子，讓我重新思考死掉的老爸跟活著的老爸，究竟哪種比較好？

我們在海濱幕張站下了車。這座完工不久的新車站像是科幻電影中的交通運輸中心一樣炫，非常適合讓犯下殺人案的人型機器人與刑警追逐、槍戰。走出車站，眼前又是宛如電影布景般的大樓群。建築物與建築物之間可窺見黑藍色的夜空，並且吹著如同熱帶的晚風。這些是泡沫經濟破滅後，所遺留下來的都市計畫碎片。我們隨著人潮的流動，沿著好像遊樂園步道般的道路走向幕張Messe。

「我這裡有票喔……要不要買票……」

穿著原色系的棒球外套，脖子上掛著粗粗的金鍊，打扮得很黃牛的黃牛壓低聲音向我們兜售。艾迪說：

「我們運氣很好耶！企劃今天晚上Rave的人是Heaven的御廚宗明，而且永遠子也會上台唱歌。」

我無視於黃牛的搭訕，回應艾迪的話：

「『Heaven』是什麼？」

「就是這五、六年在日本各地成功舉辦大型Rave的一個組織啊！御廚宗明是那個組織的代表。誠哥，你現在還不曉得Rave的厲害，等你到了現場，一定會High翻天的啦！Heaven的Rave每次都酷得不得了喔！」

我只回了一句「是這樣嗎」。黃牛似乎也各有各的地盤，每個人規規矩矩地占據著一盞路燈，朝過往的小鬼們兜售。愈接近幕張Messe，就看到愈多目的地跟我們相同的行人。有人是牛仔褲配T恤的一般打扮，有人穿著稍呈透明的印度棉罩衫或洋裝，有些男男女女的打扮則跟泳裝沒什麼兩樣。

愈往前走氣氛愈輕快，到後來簡直像是通往夏季廟會的參道❺一樣熱鬧非凡。我的情緒也莫名隨之亢奮起來。儘管是兩男同行這種寂寥的組合，也是有可能碰上豔遇的。我對艾迪說：

「你擅長把妹嗎？」

「別鬧了，誠哥！說服別人買東西可是我的工作耶。這種事我當然很拿手囉！」

我在內心擺出握拳的姿勢。帶這個小子來真是帶對了。腦筋運轉很慢的我，居然在此時感謝起那些拒絕邀約的女孩。

⚜

我在幕張Messe的售票口領到兩人份的入場券，然後走向充作主要會場的大展覽廳。連走廊都聽得見的吉他聲撼動著水泥壁，彷彿一頭巨大野獸的心跳聲。艾迪的腳步自然地加快了。

「我受不了了啦！誠哥，等我一下喔！」

艾迪藏身在柱子後面，拿起瓶裝礦泉水不知吞下了什麼。

「喂喂喂！你又在吃什麼了？」

艾迪揚起一邊嘴角，笑著說：

「嘿嘿，這是我在網路上買的『藍海豚』啦。聽說效果很讚喲！」

我哭笑不得地問：

「成分是什麼？」

艾迪攤開掌心的藍色藥錠給我看。上面以雜亂的色彩染著一隻從水面躍起的海豚，也算是名實相符了。

「我也搞不太清楚，不過大概是MDMA❻吧？這類的藥大多是混和成的。誠哥要不要也來一顆？」

我搖了搖頭。MDMA是一種作用類似安非他命的中樞神經興奮劑，與Rave的流行同步蔓延整個世界。就連在日本，也早就將這種藥物列為非法管制品了。

「不必了，我等下還跟別人有約。」

他帶著迷迷濛濛的眼神說：

「那如果你之後想試試看的話，再跟我說吧！不過，動作要快喔！否則我很快就會把最後一顆給嗑掉了。」

艾迪用幾乎淌下口水的渙散表情說。走在八成是這場Rave的贊助商的香菸和啤酒公司貼滿海報的走廊，我們在這樣的對話中往會場移動。

---

❺參道：通往廟宇或神社的筆直道路。

❻MDMA：製作搖頭丸的主成分。

推開高約三公尺的厚重大門，在眼前展開的是一座圓形天花板的大廳。面積可能比足球場略小一些。遠處的牆壁看起來霧茫茫的。音樂的聲量跟坐在煙火正下方欣賞時不相上下，連肺裡的空氣都「砰砰」地震動著。想跟艾迪講話，必須在他耳邊扯開嗓子大吼才行。

正面有一個用鋼架組成的舞台，似乎有兩名DJ正在台上車拚擦唱片的功力。現場播放的不是AVEX❼風格的Eurobeat❽音樂，而是吵雜得活像建築工地、隸屬於噪音音樂的電子舞曲。配合著音域很廣的混凝土鑽聲音，四散在沒有座椅的會場內的賓客盡情亂舞。壁邊陳列著許多香菸和啤酒，以及一些輕食小攤子。艾迪在我的耳邊大喊道：

「那邊那個咖哩攤的蠶豆咖哩超讚的！好像是一對羅馬尼亞父子開的喔！」

一個小學左右年紀、頭髮是栗子色的男孩從海灘傘下奔了出來，手上還提著一個白色塑膠袋。艾迪大聲說：

「我們下場跳舞吧！來參加Rave卻站在旁邊看，太無聊了啦！」

於是，我們加入顫動著無數根觸手的五千隻阿米巴原蟲的行列。你想知道我的舞技如何？浸淫西方古典音樂及二十世紀交響樂的我，節奏感可是一等一的。我的舞蹈當然是出神入化。沒能讓我的書迷們見識到我的舞姿實在非常遺憾。

到了午夜十二點出頭，我跟艾迪說要上洗手間，便離開了舞池。這個地方的廁所貼滿雪白磁磚，讓人聯想到無菌實驗室。要是在地板鋪上一塊塑膠布，就地坐下來野餐應該也沒有問題。我一邊聽著遠遠傳來有如地鳴的低音鼓聲，一邊解決了生理問題。事畢，我在洗手台沖了一下臉。在夏夜裡連跳二十分鐘的舞，不全身大汗才奇怪。

我正拿著小手巾揩臉，突然一個男子站到我的身邊。他確認著四下是否有旁人在。牛仔喇叭褲配上黑色皮製背心，微捲的頭髮束在腦後。

「喲！兄弟，有好貨色要不要啊？」

他映在鏡中的目光牢牢盯住我的雙眼。是想釣弟弟的Gay哥哥嗎？

「好貨色是什麼？」

男子用右手將背心拉開一角。裡面的景象好像小雜貨店的抽獎獎品，許多個小塑膠袋垂掛在背心的內側。男子睜著跟艾迪一樣瞳孔放大的眼睛說：

❼ Avex Trax：是一間日本唱片公司，在包括台灣的亞洲多國都設有子公司。
❽ 歐陸節拍：是一種源自一九七〇年代末、義大利迪斯可舞曲的音樂類型，主要以快速的電子音樂為主。該曲風傳至日本後意外地流行開來，並演變成自一九八〇年代末開始、從日本紅到韓國、香港和台灣等地的Para Para舞曲。

「粉紅勞力士、藍海豚、橘色印度人、黃色妖怪、白色666……當然，只要你口袋裡錢夠多，最上等的綠色我也有。」

我聽得一頭霧水，反射性地問：

「綠色是什麼？」

男子的乳暈上長著幾根三公分左右的胸毛。只有這種怪事我才會記得特別清楚。

「你怎麼會不知道呢？就是蛇吻啊！」

我當然不曉得這種東西的存在。正在疑惑不知該怎麼回答，最裡面一間的廁所門打開了。撞擊聲之猛烈，讓我擔心卡榫會不會就這樣飛了出來。我和男子透過鏡子有志一同地看向那扇門。兩個男人面無表情地朝我們走來。他們穿著黑色光澤布料的T恤，以及濺滿紅色油漆印的牛仔褲。一個像座小山，一個則像根竹竿。竹竿男對藥頭說：

「你好像有蛇吻是不是？拿出來看看！」

竹竿男伸出像軟皮般平滑的手，手背上有個一條綠蛇咬住自己尾巴的刺青。藥頭一見到便開始發抖。小山男用令人意外的敏捷速度堵住廁所出口，將手臂交疊在胸前。那兩條物體看似豬腿肉做成的生火腿，不過確實是手臂沒錯。這個傢伙的手背上也有綠蛇刺青，面積大概比竹竿男的大上百分之三十六。

竹竿男燙著像年輕時的「傑克森五人組」的小捲頭。眼角擠出許多深深的笑紋，左手則撫摸著藥頭冷汗涔涔的臉頰。

「你想要賣什麼貨，我們並不想管。不過呢，我們就是見不得別人賣假的蛇吻，這樣可是會傷害到我們公司的企業利益和商譽的。做生意的人，怎麼能夠讓客人失望呢？你說對不對？」

長髮的藥頭抖得像風中的落葉，慢慢地點點頭。竹竿男發出哄小孩般的溫柔嗓音：

「了解了嗎？乖孩子，知道就好了。」

下一瞬間，竹竿男探進牛仔褲口袋的右手朝空一揮。當握拳的右手緩緩離開藥頭的臉頰，一把刀刃也隨之抽出。血珠滾落在黑色的皮背心上。竹竿男說：

「插手別人的生意，就是這種下場。明白了嗎？」

見到藥頭點了點頭，他大喝一聲：

「你沒長嘴巴啊！」

「我……明白了。」

短短的一句話當中，藥頭漏風的臉頰吹出數顆血泡。竹竿男這才笑著點頭說：

「這把戲挺有意思的嘛！用臉吹紅色氣球，厲害哦！」

竹竿男看向我，又點了點頭說：

「打攪你們交易了，不好意思。不過，你最好也別碰假蛇吻，吃進肚子裡可是會失明的。告辭。」

說完便不疾不徐地準備離開廁所。我連忙說：

「那你們能夠賣真正的蛇吻給我嗎？」

竹竿男露出有點驚訝的表情，回過頭來。

「這就要看情況了。總之，今天晚上帶來的份已經半顆都不剩了。想要的話，下場Rave如果碰到，再跟我訂吧！」

兩個人走出門後，鋼製的門無聲地闔上。我跟悶著頭哭泣的藥頭單獨被留在這間設計前衛的廁所裡。我對著鏡子問：

「那兩個人是誰？」

藥頭抓起一把牆上掛的紙巾，捂住臉頰說：

「『噬尾蛇』❾，是蛇吻的經銷商。」

我打開手機掀蓋，問道：

「要不要幫你叫救護車？」

「很煩耶！滾開啦！」

我留下哭泣的藥頭，離開了廁所。滴落在他腳下的血痕，毀了地磚原本的潔白無瑕。好心可不見得每次都有好報的。

⚜

當我走回會場，艾迪遠遠地朝我揮手。我點了點頭，立刻走向他所在的地方。艾迪指著他旁邊的女孩大喊：

「這兩個美眉，說是從浦安來的大學生啦！」

她們分別是穿著一件牛仔布胸罩，下半身則用暈染的頭巾充當一片裙的雷鬼頭女生；以及T恤的胸前挖了一塊貼上塑膠片圓窗的羽毛剪女生。我傻傻地笑著向她們點頭示意。這兩個女孩似乎很清楚自己的優點何在。雷鬼頭女生的背部肌肉緊實，羽毛剪女生胸前滲出的汗珠則為塑膠片蒙上了一層霧氣。艾迪一面叫著「帥呆了！帥呆了！」一面不間斷地舞動。兩個女生的笑容像是黏在臉上的面具，夜市在賣的那種性感卡通人物面具。眼睛是沒有靈魂的兩個洞穴。不論是剛才廁所裡的騷動，還是這兩個女孩的表情，都讓我漸漸感到這裡並非是我適合待的地方。比起幕張時髦的Rave派對，跟街友在西口公園裡喝個爛醉才符合我的本色。

穿開洞T恤的女孩指著我大呼小叫：

「這個人怪怪的！跳舞的時候表情好可怕喲！」

我對兩個女孩親切地露齒一笑，便轉過身去繼續默默跳舞。崇仔想讓我看的東西，就是指這些嗎？在幾千名情緒高漲的舞客當中，我獨自跳著只有自己能懂的幻滅之舞。

❦

在充滿製造業氣息的噪音音樂結束後，會場流瀉出似曾相識的旋律。舒伯特的十四號弦樂四重奏。這是一首標題聳動、名叫《死與少女》的曲子的第四樂章。奔馳的音速輕快而銳利，讓人不禁懷疑速度記號是否出了問題。在四個弦樂器的背後，由電吉他與電子鼓構成的簡單和弦無窮止盡地綿延。不知為何，我腦海裡浮現一個將逼近的死神一腳踢開、拔腿狂奔的少女。雖然不曉得是誰重編了這首曲子，能夠確定的是那人很有兩把刷子。我奪走艾迪手中的礦泉水，灌了幾口後喘了口氣。

---

❾噬尾蛇：即希臘神話的「Uroboros」，意指蛇咬住自己的尾巴成環狀，表示生滅復始的輪迴。

十二點過了很久之後，我牛仔褲口袋裡的手機總算發出了低鳴。我塞住另一邊耳朵，用力對著電話大聲嘶吼：

「我是阿誠！」

在PA的懾人噪音中，國王如針般又尖又冷的聲音斷斷續續傳來：

「怎樣？Rave還對你的胃口嗎？」

我大喊了一聲「NO」。我覺得自己聽到了笑聲，卻不敢斷定。我將手機貼緊耳殼，離開群魔亂舞的舞池。崇仔的聲調與舞池的狂熱完全背道而馳。

「差不多該談工作的事了。麻煩你到後台休息室來一下，是上面寫著『Conference Room』、最大的那一間。」

「知道了。」

崇仔先以「啊，對了」做為開場白，丟出了一個問題：

「你帶來的那個黑人混血小鬼，就是你的新馬子啊？」

我悶不吭聲地切斷了電話，接著飛踹開通往後台的沉重金屬門。

⚜

向工作人員詢問後，我找到了崇仔所說的地點。Conference Room確實是其中最大的一間，零零星星的沙發椅像小島似的浮在房間裡，沿著貼滿鏡子的牆壁放置著上面堆滿瓶裝礦泉水的折疊長桌，少說也有十公尺長。整張桌子被可動式的屏風分割成一個個寬闊的區塊，一些脖子上掛著工作證的男女七嘴八舌地進進出出。

正當我在門口東張西望，崇仔從最內側的隔間板上伸出纖細的手腕朝我招了招。

「我在這裡！」

遠離家鄉的新工作。這種陌生感讓我有點緊張。我慢慢走向休息室深處。白色的屏風後面，是三張排成ㄈ字型的黑色三人座沙發。最先映入眼簾的是一道帶著黃色的金屬光芒，而光芒來自面無表情仰望著我的女子腳下。另外還有三個陌生的男人，神態悠閒地坐在沙發上。獨自霸占一張沙發的崇仔，用視線指了指他旁邊的座位。我聽話坐下。

女子就坐在我正對面。冷靜下來一看，才發覺金屬光芒的真相。在女人原本應該是右腳的部位，我卻見到了一條鈦金屬製義肢。由她筆直的大腿中段以下，全被冷冰冰的金屬棒取代。在義肢的膝蓋部位設有可彎曲的關節，以及不曉得什麼作用的小型鑄件。女子聳了聳肩說：

「你第一次看到義肢？」

我給了她肯定的答覆。我是真的第一次在這麼近的距離看到義肢。坐在女子旁邊的鬍鬚男，這個時候開口說話了。他看上去年近四十，戴著黑框眼鏡，在炎炎夏日卻身穿高領針織衫，外面還加上一件全新的牛仔外套。

「我來介紹一下好了。我是Heaven的代表御廚宗明。這一位小姐你好像不認識，她是歌手兼模特兒的永遠子，今晚會在Rave上演出。不過，她同時也是我們公司的企劃人員。然後，他們是我們公司的年輕員工。」

兩個背脊挺得筆直、祕書氣息濃厚的男子向我輕輕鞠了個躬。崇仔終於開了尊口：

「他就是我們剛剛談論的真島誠，是池袋G少年的軍師。他解決事件的速度雖然慢如龜速，結果卻總是出乎意料地圓滿。或許是他的第六感異於常人，不過也有可能只是走狗屎運而已。」

崇仔看向我，揚唇一笑。

「別看他一臉呆相，穿著品味也有待加強，不過頭腦倒是比外表出色。」

我的穿著品味到底是哪裡不對了？我當天晚上穿的是白色背心配上Overall的牛仔褲，外套則斜掛在一邊的肩上。這些全是在艾迪店裡用友情價買來的最新嘻哈行頭。我自己雖然搞不清楚這樣的打扮酷不酷，不過永遠子將我從頭打量到腳後的評語是：

「這個人真的不要緊嗎？」

她看我的眼神像在看一隻會算數的狗。國王好整以暇地將背靠在沙發上，笑著對永遠子說：

「G少年願意為他擔保。就連我，都曾經好幾次在危急的時候被他搭救。要是連他都束手無策的話，不管是你們還是警察，只有任憑那群傢伙擺布的份了。」

我雖然很感激他的信賴，對自己的能力卻是自信缺缺。要是她問我三六七減一九四加二六八四二等於多少的話，那該怎麼辦？用剛剛吼過頭而沙啞的聲音，我說：

「那群傢伙是指誰？」

御廚環視著四周。雖然彼此目光對望，那幾個看起來像祕書的男人們表情依然沒有變化。嘆了口氣之後，Heaven的代表彷彿死了心似的開口說道：

「噬尾蛇。」

這是我當天晚上第二次聽到這個名詞。

「嗯。你提到的這個名字的傢伙，我剛剛在洗手間見過了。」

永遠子那對藏在剪成一直線劉海底下的細長眼睛瞇得更細了。她手壓著絨毛外套底下的胸口說：

「真的假的？那群傢伙說了什麼嗎？」

「也沒什麼。其實他們不是跟我，而是跟一個藥頭說話。不准他賣假的蛇吻，說那會傷害他們的信譽。然後拿刀子在藥頭的臉上開了個洞。」

御廚露出苦笑，搖了搖頭。

「一成是可能做出那種事。」

永遠子定定地看著我的眼睛。我的注意力剛剛一直都集中在義肢上，現在才發現她有一張端整且看似個性堅強的臉孔。

「手背上有沒有什麼圖案？」

「有啊。盤著一條綠色的蛇。」

御廚往我傾過身來：

「那些都無所謂。我把他們的事情和要請你幫忙的內容做個說明吧！這些事情絕對不能漏半點口風給警察，因為事關在場所有人的安危。」

號稱日本第一的Rave始祖對著我眨眨眼，盈盈地笑著。

「Rave在英文中是狂亂的意思。大約在十年前於西班牙的離島和倫敦的小俱樂部發跡時，Rave跟藥物就是秤不離鉈，鉈不離秤了。就像嬰兒跟奶嘴的關係一樣。任何一個國家，如果沒有藥物助興，客人一定很不爽快。剛開始，一種被稱為『快樂丸』的MDMA藥錠幾乎獨占了市場。嗑這種藥會讓你沒有疲累的感覺，可以連續狂舞八個小時，把這個世界的所有憂鬱和不快都一掃而空。你會忘記失業或無聊的痛苦而盡情狂舞。既沒有任何政治的意圖，也沒有一絲絲哲學的意味存在。Rave的本質就是讓一個人以真面目盡情狂亂。但是，新型的藥錠似乎開始游走在法律邊緣了。日本也不知從什麼時候起，大家開始接受跟興奮劑一樣偏向違法的藥物。」

御廚就像NHK的新聞播報員一樣，用熟練的語氣說道。

「阿誠，你來這個會場之後，沒有看到什麼奇怪的現象嗎？」

那還用說嗎？當然看到了多到不能再多的胸部和賣弄風情的視線。我滿腦子都是那些拚命想將性刺激和購買慾串連在一起的女人影像。

「香菸和啤酒的促銷海報。」

始祖覺得無趣似的笑了笑。

「早期Rave是年輕人之間自然發生的流行現象。音樂、流行時尚，以及人的互動就是一切。雖然不帶任何思想色彩，不過畢竟還是有點文化的氣息。因為那是一種全新的事物。」

御廚的眼神似乎飄到了遠方。十年前歐洲掀起這股運動風潮時，他一定躬逢其盛吧？

「但是這幾年來，不論哪個國家，商業主義似乎都入侵到Rave當中。會場或PA的規模一次比一次大，客人的數量也大幅成長。因此，籌辦這種聚會也就不得不砸下大筆銀子。這種改變也引起了廣告受限制的香菸和啤酒公司覬覦。我想他們大概把Rave當成具有龐大吸客力的華麗時尚音樂會吧。」

我本來想吐他槽，告訴他有某些觀點似乎有問題，不過最後還是決定閉嘴不說。

「今天晚上的Rave對我們而言，不過是一場商業性的Rave罷了。千方百計只為了賺取一些利益。既然什麼事情都跟金錢扯上關係，那麼我們就盡量提供高品質的招待，從客人或資本家手上挖些錢過來。這也不是什麼壞事。我看得出你似乎不怎麼喜歡這種聚會。不過，真正的Rave並不是這個樣子。下次有機會我招待你來參加Heaven真正花心思籌辦的祕密Rave吧！你就拭目以待囉。」

我點點頭說：

「我已經了解你們的工作。這跟叫什麼噬尾蛇的藥頭有啥關係？」

御廚不急不徐地啜了一口桌上的冰茶。

「長夜漫漫，就讓我慢慢說給你聽吧。我得搶在噬尾蛇之前，把Heaven成員所謂的藥物道德問題解釋給你聽。」

始祖從上衣口袋裡拿出一個閃著鉻金屬光芒的藥盒。盒子發出喀的精密聲音後打了開來，御廚從裡頭拿起一粒藍色的藥錠給我看。上頭有X字記號。藥錠足足有一般感冒藥的兩倍大。丟進口中咬嚼會發出喀吱喀吱的聲音。

「這是純度很高的MDMA，比我剛剛提到的快樂丸純度還要高。我記得有一本書上這樣記載：一九九〇年到九五年這五年當中，因為快樂丸而死亡的人數有五十四人。相對的，因為香菸而死亡的人數高達五十五萬人，因為酒精而死亡的則有十二萬五千人。你懂嗎？Heaven對藥物的見解跟厚生勞動省是有差異的。我認為，快樂丸或大麻之類藥性輕微的藥物應該是使用者可自行負起責任來自由享用的。所以，在我們的Rave會場裡，藥頭想做什麼完全悉聽尊便。我們會這麼做，是Rave的樂趣所在，也是一種文化。」

談話內容似乎愈來愈複雜了。我斜眼看著一臉漠然傾聽御廚發表言論的崇仔，插嘴道：

「可是，噬尾蛇就做不到這一點吧？」

坐在御廚正對面的我清楚看到他的瞳孔放大。彷彿告訴我什麼問題都沒有的虛假笑容融化在知識分子的面具底下。不過，要是真沒什麼問題，我就不應該坐在這裡了。

「沒錯，噬尾蛇就不一樣了。藥物具有強大的指向性。舉例來說，興奮劑和嚴苛的勞動及性愛直接扯上關係，是非常具有日本味道的國民藥物。而快樂丸從它誕生之際就跟舞蹈建立起良好的關係。」

我說：

「蛇吻呢？」

御廚緩緩搖著頭。

「那是過去的亡靈。會將人們的知覺擴大到極限，將意義和存在的地平線擴展到極限之外。是一種回歸到恐龍時代的藥物，企圖利用麻藥撬開宇宙和精神之門。雖然沒有特別使用新開發出來的藥物，但是雞尾酒的方法和組成似乎有某種特殊的Know How。有不亞於興奮劑的強大成癮性，至於效果……」

坐在一旁的永遠子說：

「說穿了，就是讓你飛起來。」

我不是很懂藥物，說出來的話自然很可笑。

「飛到哪裡？」

永遠子帶著難以置信的眼神看著我，用右手撫摸著義肢的旋轉軸。大概是她的習慣。只有那個部分的金屬散發出新品的光芒。

「想像力的內側、世界的頂端、黎明的王國。只有令人驚異的事物才能存在的地方。不過，萬一運氣不好，也可能被拖到地獄的底部。」

永遠子用她纖細的大姆指做出割斷脖子的動作。

「就這麼前往那個世界了。」

我是不太清楚，不過我想這個女人一定是個詩人。鈦金屬的光芒比她的話語更吸引我的目光。御廚接著說道：

「所以，在Heaven舉辦的Rave當中是禁止服用興奮劑或古柯鹼，還有蛇吻之類的重劑藥物。我這樣說，你大概就知道我們想請你幫忙的事情是什麼了。」

我漸漸可以抓到委託工作的梗概。就跟我們家水果店做的工作一樣：趁重要商品沒有全部壞掉之前，把瓦楞紙箱裡已經腐爛的蘋果撿選、淘汰掉。我說：

「你是說讓輕型藥物的藥頭過關，只排除噬尾蛇？當然不能透過警察之手，一切都是暗地裡進行？」

「安藤說得沒錯，真島的理解力真好。」

御廚迷濛地笑著。搞不懂是藥物的效力使然，還是出自他個人心志。這時候一個女性工作人員走過來，站在隔間的一頭說：

「永遠子小姐，時間到了。」

永遠子動作俐落地站了起來，完全感受不到那隻義肢會造成任何不便。外套一脫，底下是一件白色的麻質女用背心。緊實的腹部緊緊吸住大家的目光。她的身高大概略略超過一百七十公分。雙腿無比修長。或許因為有條腿是金屬棒，所以剩下那條腿的長度反而更被強調出來。低腰牛仔褲幾乎露出大腿根部，褲襠淺得恥骨都快掉出來。我的目光很自然被那刺在平緩下腹部的刺青給吸引住。上頭刺著藍色數字：

1998/5/25

我吃了一驚，抬頭看著這個女人，這幅彷彿用三次元ＣＧ製造出來的圖案。

「那是什麼日期？」

永遠子快速離開沙發。走到白色塑膠屏風的地方回頭看著我。

「我的生日。」

這個女人不可能才四歲。見我默不作聲，永遠子又說道：

「御廚很忙，所以我負責Heaven的聯絡事宜。我已經有你的手機號碼，過幾天再聯絡了。阿誠先生，享受一下舞台的樂趣吧！」

永遠子留下一道掠過我眼角的金屬光芒，消失在屏風後頭。

❦

永遠子離開之後，房間裡彷彿突然整個陰暗下來。藝術表演者果然有他們一套，身上都會散發出一種難以理解的氣息。我對御廚說：

「噬尾蛇的一成是誰啊？」

始祖心神不定地看著手錶。

「這件事你可以等下次見面時問她。倒是我們現在也要去看表演了。今天是永遠子推出新歌的第一次現場演唱。」

御廚跟祕書站了起來。其中一個給了我一張掛在脖子上的工作證。我看看坐在旁邊的崇仔。他穿著一件乳頭清晰可見、像魚網一樣的黑色夏季短袖運動衫。對池袋那些女人來說，這身打扮鐵定會造成像骨牌那樣的連續昏倒效應。不巧對我一點用都沒有。始祖離開沙發之後，我立刻低聲對國王說：

「那些傢伙老是這副德性嗎？好像總是心神不定，要不就是心浮氣躁的。」

崇仔哼笑著點了點頭。

「他們就像住在天國一樣遠離塵世。」

「G少年接受這種工作有什麼好處可拿？」

崇仔斜眼瞄了我一眼。

「Heaven擁有全國聯絡網路，國外的勢力也很廣。有時候G少年也必須跟池袋以外的世界建立關係。你懂經營學的基本理念嗎？」

我說我不知道，他竟然用出乎我意料的清晰口齒說：

「Act local, Think global.」

池袋的國王笑著對我聳了聳肩。我並沒有告訴他，我喜歡自己居住的地方，管它其他什麼世界，好壞都無所謂。但崇仔的想法應該才是正確的。

「喂！真島，你最好也來看看。走了！」

天國使者的叫聲從遠處柔柔地傳過來。

⚜

我穿過除了工作人員之外禁止進入的通道，被帶到舞台正面的ＶＩＰ座位上。後面的普通席都是工作人員的座位。當中也擺了幾張鐵管椅，我看到幾個曾經在電視廣告上露臉的明星。都是一些我不感興趣的臉孔。在前面算來第三排的座位上坐定後，大廳的燈光就整個變暗了。

站在舞台下方的五千名支持者響起「永遠子、永遠子」的唱和聲，一波又一波地湧向舞台。Rave的基本四拍低音大鼓開始響起。一小節響起四拍彷彿巨人沉重腳步聲般的節奏。舞台中央射出藍色的雷射光束，掃過整個會場。煙霧製造機中吐出來的煙霧宛如黎明時分的雲彩，帶著透明的藍色繚繞升起。

下一瞬間，一道投射燈光落在舞台中央。有著一隻義肢的模特兒兩腳穩穩地踩在光柱底部，閉著眼睛哼唱起來。永遠子的聲音雖然纖細，卻像她右腳的鈦金屬旋轉軸一般強韌。巨大的喝采聲彷彿位相一致的光束般撕裂，盈滿整個會場。沒有歌詞。聲音自由自在隨著樂器的鳴響晃動，不可思議地串成一長串東洋風的旋律。真是了不起的表演。永遠子的樂音讓我想起剛才的舒伯特。她營造出排除一切、朝著自己也不知道的未來飛奔而去的女人形象。

永遠子的聲音從足足堆有三層樓高的ＰＡ中如洪水般流瀉而出。BGM大概是多重錄音製作出來的音樂。大廳的巨大圓形天花板被數百人呼叫「永遠子」的聲音所淹沒。那是一個宛如從天而降、澄澈而乾淨的聲音瀑布。她迎著風聲模擬機，全身沐浴在風當中，卯足全力唱著歌。

永遠子乘著無形的歌聲翅膀，彷彿要飛向某個不知名的地方去。

⚜

這陣子在現場表演的場子裡，不但有擦轉著唱片的節目主持人，連ＶＪ似乎都是必備人物，負責操控影像變化，介紹新樂曲。舞台後方設置了有網球場那麼大的螢幕，無數的影像隨著四拍的旋律時而浮顯，時而消失。

彷彿圓片狀鸚鵡螺階梯似的分隔空間；映在蜻蜓的複眼當中、澄澈無比的秋季天空；呈立體構造的微晶片如迷宮般的管線圖；有著七色虹彩的水泡泡；對著清真寺低頭膜拜的阿拉伯人白色的背影；中心部位綻放出藍色光芒互相衝撞的兩道銀河。用世界各地的影像記錄匯集而成的影片，以每數分之一秒的速度時而盈滿整個螢幕，時而只留下彷彿被切碎似的空虛悲哀，在下一瞬間就消失得無影無蹤。就像現場演奏出來的音樂。

我沒有嗑藥。然而永遠子的舞台張力實在太強，光喝礦泉水就讓我完全陷入酩酊狀態。坐在一旁的御廚站了起來，開始舞動身體。他跟艾迪一樣，拉開嗓門大叫太棒了！太棒了！

永遠子站在崩落的十二級颶風的最頂點，朝著在ＶＩＰ座位上的我們揮手。下一瞬間，背景變換成空無一人的夏季平原。天空散布著飄浮其間的片片純白雲彩。視線在透鏡的角落被分光開來，散成菱形。永遠子就站在當中揮著手。她彷彿在我耳邊低語著「拉住我的手，請到這裡來抓住永遠」。

我感到茫然。跟所有在場的人一樣，我就像安裝了彈簧的人偶般從椅子上彈了起來，以紊亂不一的速度開始踩著舞步，就算整個人因此毀壞了也無所謂。一顆心以紊亂的速度狂亂地跳著。

似乎隱約可以了解御廚所說的話了。

存在於這個世界本身就是一件瘋狂的事情。生命是一股任何道德理念都無法束縛的狂暴力量，無法規範也無法限制，甚至更不能控制。是一股無所不在、不斷增殖、持續打著拍子的力量。

生存是一種沒有任何人可以整合的速度。

從深夜兩點開始，永遠子的表演持續一個小時之久，是當天的高潮。DJ和VJ不斷輪替，Rave的聲音和影像也依然持續播放。但是我卻再也沒有出現剛剛那樣的激情瞬間。

在沒有嗑任何藥物的情況下，要持續舞動一整個晚上，其實超過人體負荷。我在看完永遠子的舞台表演之後，便和坐在一般觀眾席上的艾迪會合。凌晨五點，我跟豐滿得有點離譜的浦安女大學生及艾迪打了聲招呼，便跑到通道上的長板凳上睡覺。四周的景象哪像個舞廳？簡直就像間野戰醫院。放眼所及，到處躺著精疲力盡、渾身汗水的男男女女呼呼大睡著；在有點窒息又淺短的睡夢中，我彷彿聽到好幾次警笛響起的聲音。

Heaven所舉辦的幕張Rave在星期天上午十點結束。只靠著短暫睡眠就恢復活力的客人發出巨大的歡呼聲用力鼓掌，長達十二個小時的祭典於焉落幕。我四處找不到崇仔的身影。一定是摸黑回池袋去了。這是他慣有的正確選擇。

我們在海濱幕張車站前面和女大學生分道揚鑣。艾迪似乎拿到了他想要的手機號碼。不過，以我們現在的體力，想做什麼似乎都是奢望。盛夏的陽光像毫不留情的鞭子打在我們沉重的肩膀上。海邊特別毒辣的太陽似乎對艾迪起不了什麼作用。一定又嗑了藍海豚。他茫然地站在直射下來的陽光當中，明亮而洞開的瞳孔眺望著所謂未來都市的車站前方。手臂像十字架一般大大地伸展開來。

「今天真是太酷了！誠哥！」

我幫這個興奮得忘我的傢伙買來了車票，遞給他。

「我已經累得像隻狗。這陣子我不想再聽到任何合成音樂了。」

我還是覺得原聲的樂音才是最美的。艾迪露出一臉意外的表情。

「我看到了永遠子的現場表演，也認識了可愛的女孩子。誠哥不在的那段時間，也拿到了不錯的藥喔。今天的Rave真是最近參加過的最棒的一場了！」

可能已經陷入茫然的狀態，或者聽覺已經被太過強烈的ＰＡ音壓給磨得鈍化，艾迪的話從我左耳進右耳出。後來我多次回想起他當時的模樣。想起他那彷彿在夏日陽光中綻放著光芒的白色棒球襯衫。真是太酷了，誠哥。艾迪的笑容從此沒有再回到池袋。

◆

走向自動剪票口的途中，手機響起。我一邊後悔著早知道就把它切換成語音信箱，一邊拿起電話。沙啞的女人聲音。

「阿誠，我是永遠子，現在可以見你嗎？」

我把車票放進機器當中。車票彷彿被吸進去似的消失，隨即又從剪票口的另一端滑出來。我低垂著眼睛說道：

「我很累。有事情的話能不能請妳今天晚上再打來？」

永遠子不死心，用力吸了一口大氣說：

「我也一樣累。可是，我希望你在事情被報導出來之前，先來現場看看。」

報導？我完全聽不懂永遠子在說什麼。

「什麼意思？」

「蛇咬人了。我現在在幕張中央醫院。凌晨時救護車送來了十二個人，其中有三個意識模糊，情況很嚴重。Heaven的工作人員已經亂成一團。御廚現在又去接受警察的偵訊。阿誠，你能不能馬上來一趟？」

我說了一聲「知道了」，立刻切斷電話。艾迪帶著狐疑的表情問道：

「車票怎麼辦？」

我一邊朝著車站廣場往回走，一邊說：

「你幫我拿著。我突然有急事，去看看就來。」

我把仍然一臉茫然笑容的艾迪留在剪票口的另一端，朝計程車招呼站跑過去。

中央醫院美侖美奐，就像一棟坐落在小山丘上的美術館或音樂廳。拿著相機或攝影機的媒體在醫院前面的停車場徘徊，如一群飢餓的野狼迫切地想要獲得一些採訪題材，枝微末節也不想放過。連我下計程車的過程也整個拍了下來。

穿過設有雙層自動門的大門，便是鑲著玻璃天花板的大廳。白色的長椅排成半圓形，將櫃檯圍了起來。一個女人站在椅子的一端。她頭上深深地戴著寬緣帽，臉上一副淚滴型的太陽眼鏡，穩健的步伐中閃著金屬光芒。很遺憾這一次我沒能看到那刺在恥骨上的數字。永遠子說道：

「現在不能進病房。不過，要不要去看看？」

我點點頭。開始有點擔心。

「Heaven不是跟蛇吻完全扯不上關係嗎？」

永遠子的眼睛在太陽眼鏡底下定定地看著我。

「別擔心。只是發生這種不幸的事情，代理商可能會打退堂鼓。」

永遠子一邊回頭說著，一邊走向電梯。我對著她的背影說道：

「也許我多管閒事。借問一下，妳這樣走，腳沒問題嗎？」

長達一個小時的現場表演中，永遠子沒有休息過。她走遍舞台各個角落，時而激情地跳躍，並且就這樣一直引吭高歌著。永遠子看也不看我，大步地走著。

「沒問題，我有練過。」

我趕緊追上一個不小心可能會走得比我更快的永遠子，進入混亂的綜合醫院後頭。

電梯在四樓的內科病房停下。頓時一股醫院特有的消毒藥水的味道撲鼻而來。我們瞄了一眼穿著和服式的夏季外套、坐在長椅上抽菸的住院病患，步入灑滿明亮陽光的走廊。病房位於護理站前面，有兩間。永遠子站在房門敞開的病房前窺探著裡面說：

「三個症狀嚴重的人送進了集中治療室，而在這裡休息的人好像都還挺有精神的。」

有人在病房裡尖聲大叫。由於時間太過巧合，我們不禁笑了起來。

「好像是御廚。妳現場表演時，他一直叫著太棒了！太棒了！我當然也這樣覺得。」

永遠子不置可否地點了點頭。從病房內走出來的護士瞄了我們一眼，人便離去。我看了看四周，沒有警察的身影。我說：

「去看看吧！」

永遠子用視線指了指禁止進入的標示。我搖搖頭。

「萬一有人說話，就說我們是一起參加Rave的朋友。何況現在又沒有警察在場，應該沒問題。一起來吧！」

我率先走進病房，永遠子便也跟了進來。以等距分隔成八人病房的白色鐵管床上，有六張床被緊急住院的患者給占據。看起來病狀都很輕微。有人邊打著點滴邊說話，要不就是戴著耳機聽ＣＤ。

在我走進病房本來沒什麼反應的病人一看到永遠子，立刻騷動起來。我朝著一個支起上半身、穿著幻覺藝術圖案T恤的男人走過去。橘色、紫色和粉紅色形成的同心圓在胸口暈出光暈。

「我們是Heaven的工作人員，想跟你們談談蛇吻的事情。我們跟警察完全扯不上關係。能不能請各位撥點時間？」

穿著幻覺藝術圖案T恤的男人率直地點點頭。

「無所謂。我答應跟你談，不過待會兒要請永遠子幫我簽名。有沒有人有帶筆來？」

躺在隔壁床上的傢伙扭過身子，摸索著帆布背包，拿出一枝粗大的油性銀色麥克筆。幻覺藝術圖案T恤接過筆，將襯衫的背部翻過來。

「請放心大膽地大大寫上去沒關係。」

永遠子似乎已經習慣這種事情。她拿起銀色的麥克筆在襯衫背部寫上永遠子三個漢字，又補上那幾個數字。真好。其餘五個人異口同聲說道，也紛紛伸出手掌或露出腹部要求簽名。我聳聳肩對永遠子說：

「妳就幫大家簽個名吧！我利用這個機會問他們一些問題。」

永遠子點點頭，病房便開始了一場臨時簽名會。我第一次看到有人在額頭上寫著永遠這兩個字，其實感覺也還不錯。也許日後會在池袋蔚為流行。我對最先要求簽名的T恤男人說：

「你也跟噬尾蛇買了綠色的傢伙？」

「是啊，一粒一萬圓。我抱怨比上次舉行Rave時還貴。對方告訴我，這次是藥效非常強的新型藥丸，所以我才買下來。」

這傢伙的臉上露出想起什麼似的表情。

「吃下去之後有一陣子感覺非常舒服。好像在永遠子聲音的包圍下，自己也變成了光的三原色，整個人躍進螢幕當中。一下子變成鸚鵡螺，一下子變成蜻蜓，一下子又變成銀河或泡泡。可是到了凌晨，我想起已經分手的女朋友，突然一陣嚴重的低潮襲了上來，之後整個人便直挺挺倒下了。」

這小子撩起前面的劉海讓我看清楚。只見他的額頭上貼了一個大大的ＯＫ繃，中央部分還滲著血。

「我不是那麼清楚，只隱隱約約記得好像一邊叫著什麼，一邊把頭撞在地板上。等我回過神來，人就在醫院裡了。」

是這樣啊，我應了一聲。實在不知道該說什麼。

「新型藥丸一開始的感覺果真很High？」

他點點頭。

「那種感覺跟螺旋槳還有火箭不一樣。」

「這麼說來，你可能拿到的是蛇吻。」

他露出困惑的表情。

「在網路上很難找到真品，沒想到參加Heaven始祖舉辦的Rave竟還是最快的捷徑。我知道喜歡嗑藥的人離不開藥，就問在Rave上認識的某個毒蟲有沒有看到綠蛇。才找到混進會場的噬尾蛇。」

我對簽完名回來的永遠子點點頭，然後又問病床上的年輕人：

「你說的是手背上有一尾綠蛇的藥頭？」

他挺起有著幻覺藝術圖案的胸口說：

「永遠子小姐，請妳也在這裡簽個名。不過，綠色的刺青很受六本木或澀谷的女孩子歡迎，所以光靠那個可能沒辦法判別。綠色的刺青是非常特別的顏色。」

我站在簽著名的永遠子身邊，最後又問道：

「你在吃了最差的 Bad Trip ❿之後，是不是又吃了蛇吻？」

幻覺藝術圖案的年輕人像隻淘氣的貓兒一樣笑了。

「那當然。馬上接著吃也沒關係。這裡的醫療設施很完善，我想試試能夠興奮到什麼程度。你有蛇吻嗎？」

我搖搖頭。沒什麼好說的。這傢伙支付昂貴的金額，把自己當成新型藥物的人體實驗消耗品。我無力制止，也沒有理由制止。我離開白色的病床，找下一個毒蟲問話。

病房裡六個人說的話都大同小異。有種人一旦陷入某件事情，就很難從中抽身而出。不只是酒、香菸、藥物，連電動玩具或賺錢、戀愛都一樣。現代人經過社會的洗禮，好像都受過訓練，會事先準備好一個讓自己依存的對象。否則在聚會中可能難以打進眾人的圈子。

我也不例外。我依賴的一定是池袋的街道和專欄，還有從事匿名的偵探業。我藉著窺探城市的黑暗面，把自己從無聊的水果店生活中解放出來。這是一種危險的行為，同時也充滿快感。我跟那些毒蟲沒什麼兩樣。

---

❿惡性幻覺：是指嗑了（通常混嗑一種以上）迷幻藥後產生了壞的身心反應。

懷著複雜的心情離開病房，跟永遠子一起回到一樓，走進醫院大門旁邊的日光餐飲店。我點了拿鐵咖啡，永遠子則要了一瓶礦泉水。我很在意一件事，便問義肢模特兒：

「我再怎麼想，都不認為Heaven跟噬尾蛇完全沒有關係。『一成』是誰？如果沒有了解真正的事實，我怎麼阻止噬尾蛇呢？」

永遠子直接拿起礦泉水瓶喝了一口，喉頭緩緩蠕動著。女人沒有喉結一事真是很不可思議。

「看來是沒辦法隱瞞了，但是你可千萬不能對警方說。佐伯一成和御廚聯手成立Heaven。他們想把十年前在歐洲發跡的Rave運動引進日本落地生根，所以才成立這個組織。一開始，他們的關係很好。但是成功之後，Heaven的氣氛漸漸走樣，一成便離開了。」

原來如此。大部分的組織都是因為推展不順，在初期就功虧一簣。而至於腐敗，則多半都是在成功之後開始的。永遠子的臉色看起來比昨天晚上更憔悴。不過，天生的美人胚就是占了便宜。她的美彷彿經過琢磨似的愈發地尖銳。

「繼續說下去。」

「御廚覺得接受外來的資金也無所謂，想將Rave普及化。一成反對這種做法，他想保持Rave的精神層面和文化方面的價值。但是，一開始和廣告代理商聯手舉辦的戶外Rave一舉成功之後，路線便就此決定了。這是三年前的事情。一成於是跳過Heaven，想從藥物的世界和Rave建立關係。也就是擁有超越LSD或古柯鹼力量的綠色藥丸。」

我在八月的炙熱陽光底下啜飲著冰冷的咖啡，不由自主嘟噥道：

「……蛇吻。」

「沒錯。以前我曾經當面問過一成。他說那個含著自己尾巴的蛇輪，也就是噬尾蛇的記號，代表永遠不會醒來的夢，是沒有終點的智慧象徵。當我以模特兒的身分出道時，幫我取永遠子這個藝名的人也是一成。御廚是個現實主義者，而一成則是個浪漫主義者。」

羅曼蒂克的人在現實面前註定要失敗。Heaven的歷史並沒有改變世界的歷史。

「可是已經造成這麼多人受害，萬萬不能任蛇吻或那個叫一成的男人繼續胡亂下去。Heaven一旦被警方鎖定，往後就沒辦法隨心所欲活動。」

永遠子點點頭。

「說得對。我們的贊助廠商可能會因為這次的騷動而打退堂鼓。御廚說他在警方那邊裝做什麼事都不知道。不過，下一次由Heaven所主辦的Rave萬一又發生同樣的事情，想要再組織大規模的Rave，可能就不是那麼容易了。」

我說：

「搞不好把Heaven帶回自己親手創立的Rave時代，就是一成的目的。否則他做的一切全都會化為烏有。」

公司或政黨，還有學生社團活動不都一樣嗎？御廚和一成之間的糾葛無非就是任何組織隨處可見的窩裡反。我一直觀察著永遠子躲在太陽眼鏡底下的目光動向。

「妳以前跟一成的關係似乎很好，難道沒有聯絡嗎？」

永遠子搖搖頭。兩邊鎖骨的陰影因為這個動作而變得更深邃。看起來不像是在說謊。

「他偶爾會打電話來。沒有人能掌握一成的行蹤。」

永遠子似乎發現到我背後有什麼動靜，輕輕地揮了揮手。我回頭一看，一個穿著及膝橘色連身裙的男子，正朝我們這邊走過來。濃密的鬍鬚中露出白皙的牙齒。一臉和平安詳的笑容。這傢伙難不成是印度教徒？永遠子把站在我們桌子旁邊、穿著海灘涼鞋的男子介紹給我認識。

「這位是我的男朋友岡崎秀樹。」

我點點頭。看來像嬉皮的男子也對我點頭致意，臉上露出怯弱溫和的笑容。

「這位是池袋的街頭偵探阿誠。」

我看著男人的臉，好像在永遠子現場表演的ＶＩＰ座位上看過他。我說：

「你當時也在Rave的會場吧？」

男人茫然地笑著點點頭。這裡又有一個老是做著夢的毒蟲兄弟。話說不下去了。永遠子代替他回答：

「秀樹一定會來捧我的場。」

我覺得可笑，打消了祝她幸福的念頭。

「最後問妳一件事。腹部上的刺青代表什麼意思？」

永遠子抬頭看著男人。兩人無視於我的存在，視線交纏了好一陣子。

「這件事下次再說。因為一說起來就沒完沒了。」

看樣子我在這裡已經沒什麼用處。我留下他們兩人，離開中央醫院的咖啡廳。不知道為什麼，心裡有一種虛無感。一定是八月就要在沒有發生任何好事的情況下度過，讓我感到空虛寂寞。「我的暑假在哪裡啊？」

我這個心思敏感且纖細的偵探。

傍晚時分回到了池袋。星期天，路上沒有醉醺醺的上班族，也是店裡的公休日。老媽一定又跑去哪個劇場看戲了。水果店的二樓空無一人。一到假日，我們母子就呈失聯狀態。

我離開那台破舊冷氣已經奄奄一息的四疊半房間，到西一番街上。白天的燠熱還殘留在鋪石上，如果光著腳走路，保證會燙掉一層皮。穿過Weroad，來到P' Parco前。果然不出所料，艾迪雖然跳了一整晚的舞，但此刻又在馬路上拉客人了。

我想一方面是毒品效力的關係；另一方面，星期天的池袋街頭到處都是小鬼，或許也正是做生意的好時機。看到我走過去，那小子像跳舞般地揮了揮手。動作很有節奏感，讓人懷疑他是不是多了一個關節。

「艾迪，我有事要問你。」

那小子看起來有點疲憊，但那張拿鐵色的臉笑得很開心。

「儘管問吧。我可以順便教你幾招新舞步。」

難道我的舞技太爛了嗎？艾迪說著說著在大馬路上就跳了起來。

「先別管跳舞。我想知道有關蛇吻的事。」

那小子的表情終於正經起來。

「喔？你想問什麼？」

「所有你知道的。」

懂了，艾迪說。我們一起走向車站前的十字路口旁的「談話室瀧澤」⓫（東京到處有這種名不驚人死不休的咖啡店）。

⚜

艾迪喝著放了一片檸檬的可樂。

「大家對毒品的危險性太大驚小怪了啦。」

那小子把可樂杯子舉到眼睛的位置。

「可口可樂的可口，就是古柯葉，也就是提煉古柯鹼的葉子。以前可樂裡也加了古柯葉的萃取成分。後來有人懷疑喝那東西可能使人上癮，所以很久以前就沒再用了。」

又是另一位毒品愛好者發表的一番毒品擁護論。

「這種事不重要。我現在感興趣的是蛇吻和大盤商噬尾蛇。這種綠色的傢伙是什麼時候出現的？」

艾迪喀啦喀啦地咬著冰塊，緊蹙著眉頭：

「前年夏天吧。剛開始時是在毒品網站上，大家都在討論日本有一種超讚的毒品。比L的幻覺作用更強，比S更容易清醒。雖然比X貴，但幾乎不會上癮。」

「哼。」

我在中老年人偏愛的安靜餐廳裡喝乾了半杯檸檬蘇打水。我不想再喝咖啡。艾迪似乎對我的反應很不滿。

「哼什麼哼啊。噬尾蛇很了不起，我超敬佩他們的。他們的綠色傢伙品質沒話說，這兩年的供貨也很穩定，而且全是日本貨。」

我聽不懂什麼意思。艾迪從腰袋裡拿出藥盒。藍色的塑膠盒。他從小格子裡拿出一顆橘色錠劑，正面刻著一個包頭巾的男人臉。我想起了在廁所遇見的那個藥頭的話。

「這就是橘色印度人嗎？」

艾迪用可樂把藥丸吞下去後，點了點頭。

「就連這種做得很爛的仿冒貨也很難買到。所以，我們這些人都會先向藥頭拿樣品來試一下。一旦發現是好貨色，就全部盤下來。如果是進口貨，誰知道下一批會什麼時候進來。而且即使圖案相同，有時候品質也不可靠。這種圖案，每個月都在換。」

終於明白了。我伸長脖子看著藥盒。艾迪遮遮掩掩地把蓋子蓋了起來。我說：

「噬尾蛇這兩年持續供應高品質的新毒品，算是非法藥物中最棒的一流名牌囉。」

我想起了竹竿男的話。藥頭不會背叛客人，要講究企業商譽和誠信。噬尾蛇是道地的日本地下販毒組織。艾迪闔上藥盒。

「沒錯，和愛瑪仕、古馳一樣，是超一流的名牌。誠哥，聽說你受邀參加Heaven的Rave派對時，

⓫ 談話室滝沢：一九六六年於東京開張的有名咖啡店，以當時的物價水平來說，走的是高消費路線（低銷飲料至少一千日圓）。由於店內環境優雅，成為媒體和出版業採訪的喜好地點。然而多年下來經營困難、品質難以維持，二〇〇五年於東京的四間店全數歇業。

我超高興的。之前大家都在傳說下次Rave上，會推出超越之前綠色傢伙的新產品哦。」

我真是誤入叢林的兔子。在毫不知情之下，被崇仔邀去參加了非同小可的新毒品發表會。天下哪有這種濫好人的偵探。

「還有沒有其他關於噬尾蛇的消息？」

「是有一些啦。噬尾蛇都是自產自銷，不會把蛇吻批給其他藥頭零賣。只有從他們那邊買到的才是真正的綠色傢伙。聽說有某個黑道組織和他們接觸，想要在全國各地銷售，但遭到拒絕了。」

我差一點又「哼」出來，慌忙開口掩飾：

「他們的組織倒很健全嘛！」

艾迪用手摸著胃，點了點頭。

「剛才的印度人好像怪怪的，吃下去胸口很不舒服。噬尾蛇很團結，對叛徒絕不手軟。曾經有成員偷了蛇吻的成分表想開溜，至今還下落不明。」

「我問你，有沒有聽過佐伯一成這個名字？」

艾迪搖了搖頭。

「沒聽過。但聽說噬尾蛇的製造工廠有一個製毒天才。一般的毒品設計師要嘛是精通化學的化工派，不然就是精通中成藥的自然派，但噬尾蛇的設計師兩方面都很行。這可能就是蛇吻的祕密吧。歹勢，誠哥，我要去廁所吐了。」

艾迪說完，按著肚子離開了包廂。我目送著他彎腰駝背的背影，在桌上留了兩張千圓大鈔，便離開了談話室。

星期天傍晚的新聞總是老調重彈。全國的海水浴場總計有八人溺斃。高速公路上，一輛油灌車發生翻覆意外，導致多輛小客車追撞。司機疑似酒醉開車，以現行犯逮捕。在播第三則新聞時，幕張中央醫院出現在螢幕上，一個看似從女子大學畢業才兩、三年，卻宛如當家花旦的記者對著鏡頭讀稿：

「今天凌晨，千葉縣幕張發生集體藥物中毒事件。十二名年輕人在徹夜舞會會場昏倒，被送進附近的幕張中央醫院。其中一人死亡，一人昏迷，情況十分嚴重。千葉縣警察署向主辦人了解情況後，認為是濫用藥物導致的意外。目前已經設立專案小組進行深入調查。」

影像從白天的幕張Messe移到了中央醫院入口。最後，出現一張脖子上圍著毛巾的女孩的臉部照片，鏡頭故意拍得很模糊。死亡，橫瀨亞由美（二十一歲）。應該是從團體照上剪下來的吧。比著V字手勢，曬黑的臉露出笑容。不算美女，但也不能說她醜。陽光照在寬寬的額頭上。這個女孩子應該也有家人和朋友，卻因為一顆綠色的傢伙，斷絕了和所有人的關係。

幕張的新聞結束後，螢幕上出現加入Serie A⓬的中村俊輔在練習賽中射門進球的畫面。我用遙控器關上電視。最壞的機率是三分之一。在加護病房的三個人，一人康復，一人變成植物人，還有一人死亡。該認真投入這件事了。這幾個毒蟲正在死亡遊戲中抽鬼牌。不能再袖手旁觀。

⓬ Serie A：義大利甲組足球聯賽。

我在四疊半的房間裡，裸著上半身，坐在書桌前。從小學就開始使用的書桌，如今已是滿目瘡痍。我從ＣＤ架上抽出《死亡和少女》，放進ＣＤ音響中。前奏部分聽起來像是想不開的人的臨死遺言。冷氣的狀況很差，我滿身大汗把目前所知道的情況一一記錄在Ａ４的影印紙上。用〇・三的極細水性鋼珠筆寫字，字像沙粒一樣小。Heaven和噬尾蛇，還有從艾迪那裡打聽來的所有情報都寫了，卻仍填不滿半頁。有太多疑問。但我還是死撐了兩個小時，才倒在被子上。有一個疑問，始終盤旋在腦海裡。

兩年來，製造和銷售都一帆風順的噬尾蛇為什麼突然急著引發這起事件？從在商言商的角度來看，應該持續經營之前的生意。名牌靠的就是永續經營。一定是他們組織內部發生了什麼情況！但我對此一無所知。然而，我的第六感告訴我：

蛇已經按捺不住，痛苦得翻出了白肚皮。

半夜，手機突然響起。我從床上跳了起來，把手機從充電器上拔了下來。

「喂，我是阿誠。」

艾迪的聲音High翻了天。

「誠哥，你的聲音還是那麼酷。還沒睡嗎？」

我也不甘示弱，不耐煩地問：

「早就睡了。這麼晚了，找我幹嘛？」

「你白天不是想知道蛇吻的事嗎？我只是想把我用過的感覺告訴你。」

我坐在被子上。

「你吃了綠色傢伙嗎？」

「對啊。我在Rave買的。那些噬尾蛇雖然是藥頭，但每個人都好帥。」

我好不容易才從喉嚨裡擠出聲音：

「你身體沒問題嗎？」

「沒事。我在三小時前嗑的蛇吻。我用耳機聽著永遠子的CD，一直狂舞到現在，完全沒問題。倒是樓下的人來抗議了。牆壁上都是紅紅的番茄醬。啊，牆壁在轉，超爽的。誠哥，為什麼手會從手機裡伸出來？」

根本聽不懂他在說什麼。我急了。

「艾迪，你在說什麼？」

「手怎麼可能從這麼小的通話口裡伸出來，太神奇了。手背上還繞著一條綠色的蛇。超好玩的。我快醒了，反正明天休息，我再去嗑一顆吧。」

我忍不住大叫起來：

「艾迪，不行。今天有人嗑那種藥嗑死了。新型的綠色傢伙很危險！」

「我知道。怕死就不會嗑藥了。反正，每個人不是慢慢地死，就是快快地死。」

通話突然中斷，安靜得耳朵都痛了。我甚至不知道艾迪住哪裡。我打過去時，聽到的是答錄機的聲音。我無能為力地僵坐在被子上。手機又響了，我大叫起來：

「艾迪，住手！」

電話裡傳來女人納悶的聲音：

「艾迪是誰？阿誠，你在說什麼？」

是永遠子。我渾身癱軟下來。

「找我幹嘛？」

「Heaven叫我聯絡你。後天晚上不要安排其他事。」

「有什麼事？」

永遠子喜滋滋地說：

「我們的祕密Rave，應該就是在後天了。」

明明是他們自己計畫的，卻連日子都搞不清楚嗎？這太詭異了。

「搞什麼嘛！連到底辦不辦也不知道嗎？」

永遠子不以為然地說：

「對，地點還沒有決定。因為這次不是做生意。Rave本來就不是用來做生意的。這次是為了慰勞大家在幕張的辛苦，只找圈內人，也不收錢，是高度機密。所以也很可能在預定時間的一小時前突然取消。再說，萬一地點被當地機關或警察知道，當然也無法舉行了。」

我無奈地說：

「但大家不都會在預定時間到那裡集合嗎？」

「對，祕密Rave就是這麼不同凡響。你看過我的表演，應該能理解吧？」

我對著手機點頭如搗蒜。

「對啦。」

永遠子好像突然想起什麼似的說：

「幕張醫院那個昏迷的男生，晚上十點後醒了。說是已經脫離險境。後天見囉。你還有事要和御廚談，絕對不能放他鴿子喔。」

我回答說「知道了」，便掛了電話。這麼下去，不出一星期，我就會變成Rave和毒品專家。明天一大早要去市場，必須早起，只剩下三小時可以睡了。

⚜

我在市場進了許多快下市的西瓜和剛上市的水梨。千葉八日市的西瓜和山梨的豐水梨。顧店的工作可不能耽誤，更何況我的偵探工作賺不了一毛錢。說也奇怪，我一開始就做免錢的，實在很難突然一下子向別人收錢。這無關客戶，而是自己的感受問題。可能是因為我喜歡自由行動，不喜歡和別人有金錢上的瓜葛吧。不收錢，就不需要在意要對客戶有所交代。

其實，即使沒發生什麼糾紛，我也喜歡一個人在街上亂晃，管他有沒有什麼事件發生。走在東京的街頭，就覺得心情超爽，隨時可以看到新鮮事。最近市都心到處大興土木，好像要把所有地方變成曼哈頓一樣，和池袋的街道簡直有著天壤之別。看到那些建設土地，會覺得哪有不景氣這種事。我愈來愈強烈地感受到，日本也存在著所謂南北差異。

東京的夏天簡直像身處熱帶。到處都是曬得不知道從哪個部落跑出來、黑不溜鰍的小鬼，渾身上下曝露到不能再曝露的滿街蹓躂。這些東京的未開化族群，只有用大拇指傳簡訊時特別神速。這票貧困的都市部落只能出現在Y世代手機市場的經濟統計數字中。

中午過後，店裡交給老媽。走到東口的**P' Parco**，去見另一個未開化的野蠻人。但是在樹叢前卻沒看到艾迪的影子。在太陽60通上拉客的是另一張黑人的臉。他的鼻子可真挺，我問他：

「你好。艾迪怎麼沒來？」

那傢伙雙臂抱得高高的，對我點了點頭。

「我打電話給老大了，但沒有人接。」

然後聳聳肩。幾乎很少休假的艾迪竟然無故曠職。我不禁擔心起來，當場按了快速鍵。手機轉到語音信箱。我有一種不祥的預感。為什麼每次好的預感都不中，壞的偏偏特別準。

⚜

回到家，把麥金塔連上網路，搜尋所有毒品的祕密網站，看看能不能蒐集到蛇吻的相關資訊。噬尾蛇和蛇吻的傳聞幾乎已經塞爆每個網站。看來，我永遠跟不上世界的節奏。

每個網站的首頁都令人血脈賁張。談的還不是星期天幕張發生的那件事，而是噬尾蛇終於對毒品之王蛇吻解禁之類的事。在東京鬧區，如今只要一半的價錢，就可以向藥頭買到綠色的傢伙。街頭巷尾到處充斥著蛇吻。想要的話，現在上街就買得到。

其中，也不乏這樣的忠告：一個人嗑藥很容易為非作歹，想要嗑蛇吻時，最好找幾個人一起逍遙快活。可能的話，不妨在嗑綠色的傢伙前先吃H2 blocker等胃藥或促進消化的藥物。祝你有一段神仙之旅。

我又去了一些警察狂聚集的地下網站，那裡找不到有關蛇吻的資訊。看來，警方還沒有掌握這些藥頭的動向。我拿出手機，按了快速鍵。是我很少使用的這一帶的熱線。

「我是橫山。」

連接電話的聲音也總是正氣凜然。池袋署警察署長橫山禮一郎警視正，今天也在西池袋二丁目的辦公大樓裡勤奮工作。那裡離我家才五百公尺。

「是我，阿誠。」

署長的聲音顯然很不耐煩。

「怎麼是你？這次又有什麼事？」

我慢慢嘆了一口氣，好讓他可以聽到。

「禮哥，我哪一年夏天沒給你一些好康的情報？」

「託你的福，害我去年夏天在大都會飯店的酒吧花了十萬圓。你這傢伙，那麼貴的酒，你喝起來不會嗆到嗎？好了，有何貴幹？」

我告訴他幕張的集體藥物中毒事件。真不愧是警視廳，隔了千葉的縣境，他幾乎對事件一無所知。我也順便提了蛇吻的事。署長大人的聲音明顯緊張起來：

「是嗎？新型毒品已經在市區橫行了？這個情報不錯，給你記一個嘉獎。」

「這種小事，不足掛齒。」然後又告訴他幾個和毒品有關的地下網站。

「你叫生活安全課的刑警趕緊上網去看一下。如果再不插手，池袋可能會發生集體濫用事件。我會盡力逮到藥頭組織。」我不安地對禮哥說。

「這次，你可不要又去當誘餌了。別太逞強。我會協同警視廳的生活安全課，在首都圈內布下綿密的警網。絕對要控制住這種叫什麼蛇吻的毒品。暑假還有好長一段時間呢！」

沒錯。不管任何毒品，那些小鬼都會想要試試。只要騙他們說吃了以後，音樂會變得很High，那些腦袋空空的國、高中生就會被牽著鼻子走。雖然我表面答應了禮哥，其實內心卻很悲觀。噬尾蛇在警方的眼皮底下製造、販售了毒品整整兩年，怎麼可能輕易被揪住狐狸尾巴？

「請你動員所有警力。已經有一個女孩子死了。如果我沒料錯，販毒組織要是抓狂，還會有人送命。」

我掛了電話，茫然看著討論熱烈的毒品網站。那些吃了蛇吻後情緒 High 翻天的留言在眼前不斷增加，捲頁的速度完全跟不上新增的內容，永遠看不到盡頭。

留言板就像咬住自己尾巴的蛇一樣綿延不斷。

⚜

第二天，依舊在西一番街拉開了水果店的門，開張營業，把盒裝的無籽巨峰葡萄和綠葡萄交替排放整齊。有籽的巨峰葡萄比較好吃，但還是必須尊重市場機制。看來，大家都討厭吃葡萄時吐籽。店裡面的電視正在播報午間新聞。

東京都內發生了多起攔路砍人事件。

民間電視台的主播個個都是英俊小生，其中一人神情緊張地報告著。我丟下生意，緊盯著十四吋螢幕。畫面上出現了血跡斑斑的柏油路，路面似乎還沒乾，很新鮮。是中央街嗎？我好像看到了ＨＭＶ⓭的招牌。

今天上午九點過後的一個半小時內，東京澀谷、六本木和上野鬧區連續發生了三起攔路砍人事件。目前尚未有人因此喪生，但總計造成了八人輕重傷，目前已被送往醫院。所有嫌犯皆當場遭到逮捕，全都呈急性藥物中毒狀態，滿口胡言亂語。等嫌犯清醒後，警視廳將針對背後是否有共同的組織或原因進一步地調查。

我立刻知道原因。蛇吻，那條綠色的蛇已經張牙舞爪了。正當我緊緊盯著電視時，牛仔褲屁股口袋裡的手機響了。

「喂，阿誠。」

池袋署高層精神抖擻的聲音傳入耳朵。

「你的情報派上大用場了。警視廳下午針對濫用新毒品事件設立了專案小組，特別針對蛇吻。今天

⓭ＨＭＶ：一間源自英國、最早為生產留聲機的連鎖唱片店，店名是His Master's Voice（牠的主人的聲音）的縮寫。

那三個攔路砍人者都嗑了藥。警視總監親自打電話給我。他很羨慕地問我，到底從哪裡得來的消息。阿誠，要不要給你頒一張獎狀？」

我回答說不必了，要那種廢紙有什麼鳥用。如果警察頒獎狀給我，我會羞愧得無地自容，哪敢再去G少年的聚會露臉。

「今年你也要在大都會飯店的酒吧請我喝酒。當然，等所有事都結束後。」

橫山警視正滿腔悲痛地說：

「你不知道人事行政局發出的通告吧？今年，公務員又要大幅減薪。沒錢請你去飯店的酒吧喝酒，就在養老乃瀧湊合一下吧。」

我一邊走回店裡，一邊說：

「以後說不定會有更好康的消息。禮哥，如果你這麼吝嗇，別怪我把消息放給別人。」

好，好，知道了，知道了。署長慌忙亡羊補牢。

「就去大都會。這次，我叫他們開收據給我，用情報蒐集費的名目報帳。對了，你要不要來署裡一趟，生活安全課的人想要問你一些事。」

我想起署裡幾個熟面孔的刑警。才不去哩。我一屁股坐在綠葡萄盒面前。

「不好意思，忙得很。我還要去追那些藥頭。下次有機會再和他們聊吧。」

我聽到警察署長在電話那頭慘叫著「等一下」的聲音，毫不猶豫地關上了手機。掛別人的電話真爽。

吃完晚飯，又回去顧店。已經和老媽說過晚上要出去。我一邊把夏季的水果賣給那些醉鬼，一邊等永遠子的電話。我還滿喜歡像這樣賣西瓜啦、哈密瓜啦，或是柳丁的感覺。我在自己店裡做生意時，待人特別親切。把商品交給客人，收錢。和賣蛇吻的藥頭一樣。和藹可親對待客人的那一刻，讓我覺得自己似乎很專業。努力衝業績和誠信。今年夏天的上班族手頭好像比去年大方了點。

晚上九點，我的手機終於響起。是永遠子。

「去千葉車站搭內房線。」

又是莫名其妙的指令，快受不了了。

「要不要把眼睛蒙起來？」

永遠子完全不理會我的玩笑。

「千葉車站到館山的最後一班車是十點二十四分。你搭那一班車，半夜到館山車站前的廣場集合。了解嗎？」

我才說「了解」，永遠子就急忙掛了電話。為什麼聽到對方掛電話的「喀嚓」聲會這麼生氣？有時我真想把手機摔個稀巴爛。

⚜

晚上十點半左右，我站在千葉車站的月台上。這裡就像是改裝前的上野車站，感覺特別淒涼。記得小時候去海水浴場，曾經在這裡轉過車；自從懂事之後，還是第一次來。

然而，內房線的月台彷彿是另一個世界。近兩百個人在等電車，真不知道他們是從哪裡打聽到的消息。參加Rave的人和一般乘客迥然不同，所有人都很High。其他乘客害怕得不敢靠近一步。其中有三成左右是外國人，大都揹著一個登山包。這裡不像是JR的月台，倒像是前往亞洲的國際線候機室。包括我在內、兩手空空的人寥寥無幾。

有人甚至在昏暗的月台上手舞足蹈起來。不知道為什麼，站在旁邊的金髮外國人從紙袋裡拿出一瓶酒給我，不停示意我喝。我打開瓶蓋，喝了一口。廉價的伏特加讓我喉嚨都要燒了起來。

從千葉到館山的一個半小時，車廂內熱鬧得像舉行廟會。各種不同種類的酒瓶傳來遞去，大家交換著色彩繽紛的輕毒品。有人用錄音機把永遠子的歌放得震天價響。末班車帶著螢光燈的光線和醉鬼的怪叫聲，撕開了東京灣的夜空。

館山車站的剪票員看著我們傻了眼。深夜零點零一分到達的這班車，可能第一次下來這麼多人。那些人的打扮也很異想天開，完全就是為Rave量身打造的。車站前廣場只停了幾輛計程車，商店幾乎都拉下鐵門。眼前是鄉下城市特有的空曠和夜空。我問身旁一個看起來像是大學生的男生。他穿著讓人眼睛一亮的藍色Heaven工作人員T恤。

「等一下要幹什麼？」

他一臉微醺的表情，像外國人一樣聳了聳肩。

「誰知道。沒有人知道要去哪裡。只聽說今天晚上有Heaven的祕密Rave。」

車站人員熄滅了車站的燈，拉下鐵門。周遭突然漆黑一片。但來參加Rave的人毫無怨言地站在黑暗中。大約十五分鐘後，一輛破舊的巴士慢慢開進圓環。長髮的司機看了看我們這群像從難民營逃出來的人，輕輕按下喇叭。四周立刻響起一陣歡呼聲回應他。

打開手動門的是永遠子。她一看到我，嫣然一笑。

「來，大家上車吧。」

我們爭先恐後上了車。這和印度或是巴基斯坦的巴士沒什麼兩樣。雖然沒有人爬到車頂上，但乘客遠遠超出規定人數，擠成一團。還有近一半的參加者留在廣場上。永遠子一邊關門，一邊大聲叫著：

「等一下還會再來接你們，大家站在原地不要動。」

中型巴士響起吱吱的煞車聲，繞圓環半周。我和永遠子站在最前方的巴士導遊坐的踏板上。車子穿過沿著兩線道大馬路排列的昏暗商店街。它每搖晃一次，我就用手臂使勁撐著車身，以免碰到永遠子的身體。永遠子調皮地看著我。我們的視線高度不相上下。

「你不用那麼撐。即使碰到我身體也沒關係。我們搭同一輛巴士，去參加同一個Rave。說不定，我們明天會變成好朋友。」

雖然很感謝她這番話，但我的手臂還是死命撐著。

❦

巴士沿著海邊開了將近二十分鐘，突然在沒有房子，也沒有紅綠燈的偏僻地帶停了下來。永遠子對著車廂後方大喊：

「等一下要走路喔，大家有沒有做好登山的準備？」

YA——！車內響起一聲精力充沛的合唱。我目瞪口呆看著永遠子。

「要在這烏漆抹黑的地方爬山？」

永遠子莞爾一笑，點了點頭。

「在房子裡舉行Rave太沒意思了。在大自然中最棒了。」

我只好無奈地走下巴士。右側是一片只聽到浪濤聲的漆黑大海，左側的山看起來就像是以深藍色的天空為背景的剪影。看不到路燈，也找不到樓梯。幾個事先準備充分的人戴上附頭燈的安全帽，爬上像獸徑般的陡坡。我和永遠子跟在他們後面。一路上不停地被蚊蟲叮咬，被枯草和樹根絆倒。然後，慢慢地爬向高處。繞了幾圈後，一轉頭，看到了夜空深處圓圓的千葉海。我問逐漸脫隊的永遠子：

「要不要我幫妳拿行李？」

裝義肢的人爬山很辛苦吧。然而，永遠子抿了抿嘴說：

「我自己的東西會自己拿。累的話，我會坐下來休息。阿誠，你先走吧。」

我和拿著一根短登山杖、步調緩慢的永遠子一起在深夜緩緩爬上山。

⚜

沿海的山頂上是一片階梯狀的岩石區，差不多有籃球場那麼大。我和永遠子花了一個半小時，終於到達山頂。四處可以聽到便攜式發電機發出的呻吟。一片綠油油的草坪旁，搭了一個小型的帳篷。兩旁堆起了像大型紙板箱那麼大的擴音喇叭。這套音響系統都是Heaven的工作人員從靠海的陡坡抬上來的。我不禁有點想不透，更有點感動。在Rave結束後，那些傢伙還要在明天下午把這些東西沿著山道扛回去。

當然這裡沒有幕張那一次的超炫雷射光，也沒有電腦控制的聚光燈。帳篷上的電燈泡是唯一照明。音樂還沒有開始，但四下充斥著興奮的嘈雜聲和心急的秋蟲鳴叫聲。我丟下一屁股坐下的永遠子，走到帳篷找御廚。

我問正在和當晚的DJ（據說這些人在日本、荷蘭和以色列很有名，但我一個也不認識）說話的Heaven代表。他穿著像忍者般的緊身黑色套裝。

「打擾一下？」

聽到我的聲音，那傢伙用異常濕潤的眼睛看著我。我忍不住納悶地問：

「御廚，你在哭嗎？」

天堂的代表含淚笑了起來。

「毒品會讓眼睛澀乾。我剛點了眼藥水。對了，歡迎你來祕密Rave。這才是Heaven的真面目。盡情地玩吧！」

我難以置信地問：

「即使在幕張發生了那種事，Rave還是照常舉行？」

「那當然。Rave的本質就是以真面目徹底瘋狂。不管遇到什麼事，你都不會否定自己的存在，不是嗎？」

說得很有道理。我們走出帳篷。確認四處無人後，我問：

「你知道蛇吻已經充斥街頭了嗎？」

御廚滿臉幸福地點了點頭。

「我知道。」

「今天上午發生的那三件攔路砍人事件呢？」

已經完全被輕毒品制伏的代表天真地搖了搖頭。

「我今天一整天都在這裡。攔路砍人怎麼了？」

我透露了一點從禮哥那裡聽來的情報。

「聽說三個人都嗑了新型的蛇吻。警方已經視為濫用藥物事件，設立了專案小組追查。警方也是玩真的。御廚，以前有沒有人嗑了綠色傢伙後突然變得凶殘呢？」

他的表情一下子茫然起來。可能是嗑了藥High起來的頭腦不願意思考這些不愉快的事吧。他慢慢地搖了搖頭。

「沒有。只聽說那種藥超茫的，也很容易上癮。最多只會像喝醉了那樣和別人發生口角，從來沒聽說會突然攔路砍人。有人死了嗎？」

我正視著Heaven代表的眼睛。他不可思議地回瞪了我。鈴蟲在叫。

「是還沒有人死，至少現在還沒。我想知道，為什麼噬尾蛇會突然狗急跳牆？你和佐伯一成是多年老友，是不是他們的組織裡發生了什麼事？」

御廚顯得很不耐煩，目光移向暗處。

「最近三年，我們沒說過半句話，也沒通電話。每次一說話，他就開始說教，想要回歸Rave的本質。他自己還不是在賣最爛的毒品？一成也真夠嗆，老是咬著Heaven不放。」

噬尾蛇可能真的像變態跟蹤狂一樣，對Heaven糾纏不清。不是金錢鯊⓮，而是金錢蛇。然而，這尾金錢蛇卻向四周猛灑劇毒。御廚好像突然想起了什麼：

「我們的贊助商已經按捺不住了。下個月的Rave是在九月一日星期天，在此之前，你能不能解決蛇吻？」

我的腦海裡慘叫了一聲。只剩兩星期。御廚一臉事不關己地說：

「如果下次舉辦的Rave又發生毒品事件，代理店和贊助商全會退出。雖然我們是日本Rave的先驅，但這麼一來，仍然沒辦法舉辦大型的Rave。工作人員那麼多，萬一失業，要找工作可不容易。」

他以為自己是大學教授，在經濟新聞中評論不景氣的嚴重性嗎？人難道可以對他人的痛苦視若無睹？我不禁義憤填膺。

「兩星期怎麼可能輕易解決噬尾蛇？你自己還不是整天嗑藥逃避現實。你真的想揪出那些藥頭嗎？而且在市面上橫行的蛇吻要怎麼辦？Heaven對上次在Rave上猝死的女孩和被砍傷的那些人都無動於衷嗎？你太沒有想像力了。」

御廚一副很為難的樣子。一大群飛蛾撲向燈泡。

「我當然知道。但我又能做什麼？光是每個月舉辦新的Rave就已經讓我精疲力盡，哪有閒工夫做其他的事。我成天費盡口舌向各自治團體和客戶說明Rave是怎麼回事，卯足全力召集客人，僅沒賺什麼

⓮原文為小判鮫，一種頭部有金幣形吸盤的海水魚。

大錢，每個月有三分之一的時間還得熬夜，卻仍被人批評Heaven是商業主義、資本家的走狗。如果不嗑點藥，怎麼撐得下去。」

可能太激動了，聽不懂日語的外國人瞪圓了眼睛看著我們。御廚憑著意志力擠出笑容說：

「都這種時候了，吵也沒有用。阿誠，Heaven唯一的本事，就是可以舉辦最棒的Rave。你一定要想辦法在兩星期以內牽制噬尾蛇。」

我慢慢點了點頭說：

「萬一不行呢？」

「那也沒輒了。Heaven就要解散，大家都必須回到地面，找回自己的路。」

御廚說完，把手伸給我。我輕輕握著他的手。手很軟，一握就知道沒有做過粗工。御廚的眼眶仍然濕潤地閃著光。

「準備工作已經做好了。祕密Rave就要開始了，盡情去玩吧！」

⚜

我走出帳篷，回到永遠子身旁。看了一眼手錶，G-Shock的螢光塗料顯示已經兩點多了。永遠子站起身來。

「御廚怎麼說？」

四周一片漆黑，不湊近對方的臉，根本看不清表情。我的臉頰可以感受到永遠子的呼吸。女人的呼吸為什麼這麼甜？

「如果沒辦法在兩週內解決噬尾蛇，Heaven可能要解散。」

「是嗎？太可惜了。」

每個人都說得那麼輕鬆。周圍的山這時似乎都扭曲起來。PA放送出混音音樂，音量大到讓身體隨之震動。音樂聲層層重疊，波動著，又翻騰襲來。兩百個大汗淋漓的人一起舞動時，可以聞到泥土和酒精的味道。我豁出去了，和永遠子一起在夜色中默默踩著舞步。永遠子跳舞的時候，義肢腳尖拚命踢著地面。不時有人的手電筒照到鈦金屬支架上，跳出一道銳利的光。

沒有間斷的樂曲連續放了二十分鐘後，我停止思考那些麻煩事。對著音樂和山頂的風、搖曳的樹木、群山的氣息，以及鋪滿星星的夜空敞開了心房。

反正不可能這麼快就想出好辦法。我趁著夜色，變成一個無名人，盡情地狂舞。

⚜

差不多跳了一個小時，永遠子在我耳邊大叫：

「阿誠，我有話要跟你說。」

我不解地看著她。永遠子抓起我的手，走了出去。我們離開平坦的山頂，來到十公尺下方的岩石區。那是靠海的斜坡，下面是整片猶如一面黑鏡的太平洋。

「要不要喝？」

永遠子遞過來一瓶礦泉水。我說了聲「謝啦」，便一口氣幹掉三分之一瓶。她好像被嚇到了。

「別人至少會帶瓶水。阿誠，你還真的是兩手空空。」

「誰知道會來這種深山裡呀。」

我們靠在岩石上。大音量的Rave音樂像風一樣飄過頭頂。永遠子按摩著熱褲下的左腿。

「義肢沒什麼力，所以健康的那條腿很容易痠痛。」

金屬支架和有著活生生肌肉的修長細腿，相較之下顯得格外性感。我趕忙將視線移向大海。

「妳很堅強。」

永遠子一邊按摩，一邊說：

「可能吧。但並不是一開始就這樣。」

「和妳刺青上的日期有關嗎？」

永遠子瞥了我一眼。夜色中，眼白的部分特別亮。

「你真的不知道。看來，我還不夠紅。虧我還常在各種採訪時談到這件事。」

我自己也曾接受過採訪，所以很清楚。所謂採訪，就是要把一小時的內容精簡成五分鐘。這個世界上，有太多事是無法靠精華版從中看出端倪的。我直直地看著永遠子的眼睛。

「我想要聽妳親口說。告訴我。」

「我十六歲被經紀公司發掘後就出道了。剛開始的幾年，就是那種很普通的可愛型模特兒，專屬於青少女雜誌。按攝影師的要求擺Pose，向化妝師學化妝方法，請造型師教我流行趨勢，最喜歡去那些有藝人出席的名牌派對露露臉。」

不計其數的模特兒就像肥皂泡泡一樣稍縱即逝。雖然偶有例外，但大部分模特兒的壽命就像昆蟲那麼短。

「正當我徬徨未來前途無依時，遇到了秀樹。五年前的夏天，一個設計師朋友在神宮前開了一家小型廣告事務所。我就是在那裡遇到了他。大家不是聊業界的傳聞，就是藝人的八卦，只有秀樹與眾不同。該怎麼說，他特別引人注目。他聊起了印度、毒品，還有靈魂。不久之後，我的服裝風格就充滿了異國風情和搖滾氣息，也搬出來和秀樹同居。我不再接青少女雜誌的工作，而去參加各種服裝模特兒的選秀會，但起步並不容易。」

我也有幫雜誌寫稿，對那一行並不陌生。在那個行業，靠的是門路、運氣和實力。我拔下旁邊的青草，放在嘴裡。有一種苦澀的清香。

「我和秀樹在九八年五月第一次去印度。果阿⑮是阿拉伯海沿岸的著名度假村，也是Rave的發源地之一。我們在安捷娜海灘訂了飯店，一整天都在椰子樹茂密的海灘上度過，蒐集有關Rave的傳聞。那裡的Rave都是由幾個中心人物自己籌錢舉辦，參加者基本上不用付錢。街頭巷尾到處散布著有關Rave

⑮ Goa：印度西邊的一個靠海行省，擁有綿延、原始的沙灘海岸線，與泰國帕岸島、西班牙伊比薩島並列為三大銳舞聖地，每年至少能吸引兩百萬人次的國外遊客。

的傳聞。因為，果阿除了Rave、海灘和毒品以外，真的是一無所有。來自世界各地的Rave迷像印度的蒼蠅一樣圍著Rave的傳聞打轉。我們租了一輛本田機車，每天晚上去找傳聞中的現場，但幾乎都撲了個空。」

永遠子緊實的乳房在小可愛裡若隱若現。她毫不在意，我反而耳熱心跳。

「這麼說，今天晚上才算是真正的Rave嗎？」

「對。不用買門票，也沒有宣傳，只靠口耳相傳就自然而然成形的派對。和那種靠比賽動員人數的搖滾音樂會根本是兩碼事！我們在果阿住了兩星期，那一天終於來了。」

我說出那個過目不忘的數字。

「1998/5/25。」

「前一天，查波蘭海灘上了舉行盛大的Rave。秀樹和我無視那些乞丐囝仔和迷幻劑藥頭，渾身是沙地連續跳了十幾個小時。真希望阿誠也能見識一下黎明時那照在阿拉伯海上的第一道光。好透明，好像X光一樣可以穿透汙穢的身體，把肉體從內部徹底淨化。Rave是在二十五日中午過後結束的。秀樹從前一晚就接二連三地嗑藥，最後好像還想用某種毒品做為結束。他向藥頭不知道買了什麼，一口氣吞了下去。應該是那個出了問題。」

永遠子的嘆氣有一種不祥的預感。我凝視著她的側臉。

「騎機車回飯店途中，秀樹愈騎愈不穩。印度的馬路不像日本，沒有鋪柏油，也沒有中心線。秀樹左右蛇行，全速飆了起來。我看到遠處的塵土飛揚，知道有卡車開過來了。一輛生鏽的卡車載滿了玉蜀黍。我提醒他要小心，但秀樹莫名其妙地大叫，迎面朝卡車衝了過去。」

Rave強烈的節奏像騙小孩子似的停頓了片刻。永遠子娓娓地說：

「發生車禍的那一剎那，我腦袋一片空白，只覺得右腿好像燒了起來，立刻昏了過去。醒來後，才發現自己躺在醫院的病床上。秀樹也住了院，但他擦到卡車的引擎蓋後彈了出去，只有輕微的挫傷而已。我比較倒楣。事後才知道，我和機車一起被捲進卡車底下，右大腿骨中間以下粉碎性骨折，就像被果汁機絞過一樣。以日本的醫療技術，或許可以保住右腿。但在印度的鄉下醫院，為了保命，只好切除右腿。從此之後，我失去了一條腿。」

永遠子淡然地笑了笑。

「第一年，我幾乎忘記要怎麼笑。也失去了很多朋友，連家人也不想見。自殺過好幾次。模特兒經紀公司讓我放長假，其實等於是被開除了。但是，無論我再怎麼發飆，秀樹總是陪著我。不管我打他，用熱湯燙他，他都一笑置之。還叫我盡情發洩，把我的痛苦分一半給他。有一天，我突然醒了。我不能因為失去右腿，就放棄自己的人生。所以，我拚命復健。我要重新站上舞台，要站在鎂光燈下。我相信自己一定可以用全身讓大家知道，我可以表現出那些可愛模特兒身上沒有的東西。重回舞台的前一天，我在肚子上刺了這個刺青。我要牢記那個日子。所以，這個刺青是我失去右腿、造就現在的永遠子的日子，是我重生的日子。」

永遠子摸著熱褲上的肚子，對我露齒一笑。

「這個故事不是要賺人熱淚。如今，我反而很感謝沒有右腿。我可以看心情換上漂亮的義肢。只要看過義肢的人，絕對不會忘記我。因為，全世界只有我是一條腿的時尚模特兒。我去巴黎、紐約走過秀。我太了解這一點了。」

說完，永遠子露出了整排門牙。笑得幾近凶暴。然而，她的笑容挑動了我的心。好吧，既然沒有人能夠保護Heaven，就讓我來保護你免受噬尾蛇的傷害。我露出和她相同的笑容，說：

「太好了。所以妳和那個叫秀樹男人交往四年了，現在還愛得死去活來囉。」

永遠子聳了聳肩。

「不可能事事都順心。秀樹好像已經對我失去興趣。這兩年，他根本都沒碰過我。雖然已經沒有愛，但可能感情還在吧。」

這句話，聽起來好像平地一聲雷。我幾乎動彈不得。

「他是幹嘛的？」

「我也不太清楚，好像是什麼設計師。」

「是嗎？」

永遠子瞥了一眼手錶，挑起眉毛看著我。她的眼白像刀子一樣亮。

「阿誠，你要很久才能達到高潮嗎？」

突如其來問這種問題，我要怎麼回答。我費盡吃奶的力，不讓自己的心臟麻痺。

「要看情況，也要看對象吧。」

「和你聊這些往事時，身體突然熱了起來。」

黑暗中，永遠子把臉靠了過來。等我感受到她體溫的輻射時，就聽到她傳來嘶啞的呢喃：

「現在到天亮還有好長一段時間，要不要和我……」

我用嘴堵住了永遠子的嘴，不讓她繼續說下去。

我們在沒有浴室，沒有廁所，也沒有空調的地方做愛。只有夜晚的群山和海風，以及夏季青草濃烈的味道。星星在搖，好像即將掉下來。碰觸著鈦金屬的冰冷和永遠子另一條腿的燥熱，我的腿都快酥麻了。這好像不是一般的做愛，而是一種宗教儀式。在山頂上祭奉眾神的肉體結合。我拚命搖動身體，腦子裡卻思考著人類原來是這樣延續生命。假如四周無人，我鐵定會對著夜空狂吠。

永遠子的身體纖細且柔美。我不像某市長那樣成天把柔美掛在嘴上，我討厭這個字眼。然而當我撫摸著永遠子的胸部和腰部曲線時，腦子裡只有柔美這兩個字。剛開始我在上面，但永遠子馬上騎到了我身上。地上都是岩石，背好痛。

我看著永遠子乳房下側的曲線和星空，徹徹底底地射了精。永遠子撲倒在我懷裡。

「不管是Rave還是做愛，露天都是最棒的。」

山頂上，遠遠地傳來Dance Beat。永遠子的汗和我的汗在肌膚之間融合。有一件事我很納悶：

「妳隨時都帶在身上嗎？」

永遠子慢慢坐了起來，把手放在我的臉頰上。

「對啊，尤其去國外時。那裡的東西都很爛，所以我會帶著日本的保險套。這也算是淑女的潔身自愛吧。」

永遠子瞥了一眼手錶，調皮地說：

「好像時間還夠喔！阿誠，要不要再幹一回合？」

我笑著搖了搖頭，揉亂了永遠子柔軟的頭髮。

三十分鐘後，我們分別回到Rave。永遠子累得渾身發軟，叫我先過去。我渾身泥土，加入了兩百人的狂舞。在我們開溜的這段時間，音樂的節奏愈來愈快。剛從慾望中獲得解放的我像小鳥般手舞足蹈。周圍伸手不見五指，沒有人對我的舞步感興趣。不管我的舞步多優美，還是跳得像鼴鼠或是老鼠，根本沒差。

跳了一陣子，永遠子在我身旁跳了起來。我一伸手，就知道她粉紅色的臉頰上帶著潮紅。我們的眼神不時交會，分享祕密，點點頭，相視而笑。永遠子指著海面叫了起來。

「快看！」

我轉過頭，東方的大海上有一條好像用色鉛筆畫出來的淺藍色的線。這條藍色在海面上慢慢擴散，像是有人用力推開天空的大門一樣。樂曲改變了。震撼有力的鋼琴聲震動著PA，擴散在天際。跳舞的人紛紛在頭頂上拍起手。

「這是最近的黎明曲。真是帥呆了！」

清澈無比的鋼琴聲模仿著小鳥的啼叫。是一首以歡快心情迎接清新早晨的歌。我在永遠子耳邊大叫：

「我知道。是梅湘（Olivier Messiaen）的《鳥誌》！」

我也有這張ＣＤ。彈鋼琴的是一個名叫安那多・烏格斯基（Anatol Ugorski）的俄籍鋼琴家。據說他在完成這張超過三小時的大作時，完全沒有看樂譜，頗受好評。作曲家奧立佛・梅湘是法國的現代音樂巨匠。在其他地方，很少聽到這首樂曲。我對永遠子大叫：

「Rave也會放這種首子？」

永遠子一臉理所當然地看著我，點點頭。

「不管是古典音樂、爵士樂，或是搖滾、心靈音樂都不設限。只要旋律夠優美，管它是藝術音樂還是娛樂音樂！現在只有鄉巴佬才會把音樂分類。」

言之有理。我像淋浴一樣用全身感受著經過ＰＡ擴大的鋼琴聲。烏格斯基彈的和弦在最強音時，好像鐵架傾軋的聲音，卻仍不失音質的透明感。每敲一次琴鍵，黎明的海面上似乎就出現高低不等的水晶柱。我們渾身沾滿汗水和泥巴，就像急切等待朝霞的原始人，在山頂上熱情狂舞。

黎明的曙光中，我的思緒變得異常清晰。宗教已死，左翼的社會思想也死了。七〇年代以後，只要提出異議，就會遭到無情打擊。現代社會中只有靠這種狂舞，才能共享恍惚時光。

Rave的陶醉雖然強烈，卻是毫無方向的陶醉。我在山頂搖擺狂舞，想起了艾迪的話。既然世界無法改變，就只能改變自己。我似乎了解毒品逐漸入侵Rave文化的原因了。

❦

所有人都像難民一樣東倒西歪地在中午前回到了館山車站。我們搭乘的內房線火車簡直就像是運輸家畜的貨車，其他乘客紛紛逃到隔壁車廂。

我和永遠子約好在東京見面後，在車站前道別。她要搭Heaven的車回去。下午兩點，我才回到池袋。三十六度的氣溫把頭髮都烤焦了。我不僅徹夜狂舞，還和永遠子做了愛，所剩的體力就像殘留在備用油箱底的油一樣微乎其微。我好想趕快回家，倒頭就睡。但我一走下山手線月台的樓梯，手機就響了。

「喂，我是阿誠。」

「你認識那個叫艾迪的拉客小鬼吧？」

好幾天沒聽到崇仔的聲音了。

「對，怎麼了？」

崇仔不慌不忙地說：

「那小鬼在池袋賣蛇吻。就在太陽60通的正中央！」

我差一點叫出來。毒蟲變成了藥頭，這種演變也太糟糕了。結局不是關進大牢就是中毒暴斃。

「他怎麼了？」

崇仔低聲笑著。

「現在還沒怎麼樣？只是把他綁起來，讓他滿地打滾而已。接下來，就要和你商量該怎麼處置他。」

我問了崇仔地點。是G少年的俱樂部。走路去那裡比搭計程車快。我讓因為爬山和跳舞變得軟趴趴的雙腿再度振作，慢吞吞地在池袋車站內跑了起來。

Rasta Love就在東池袋一丁目、特亞德飯店後門的住商大樓地下室。我一走下樓梯，G少年的服務生就比出了手勢。他綁著黑人頭，穿一件螢光色T恤。應該是崗哨。我向他輕輕點了點頭，推開黑色大門，走進店內。店裡很難得地燈火通明。這家店平時總是用紅外線照出牆壁上的塗鴉，就像是個黑色的水泥箱。

我快步走進玻璃圍起的貴賓室。崇仔靠在紅色天鵝絨沙發上，一看到我，冷冷地笑了笑。

「你怎麼這副德性？是從哪裡的火山逃出來的嗎？」

我低頭看了看身上那件沾滿汗水和泥巴的T恤。艾迪被綁在地上。他一看到我，立刻大叫起來，口水從綁在他嘴上的口塞旁流了下來。

「誠哥。」

我跪在艾迪旁，把他扶起來，拿出嘴裡的口塞，對崇仔說：

「幫我一下，讓他坐在沙發上。」

崇仔點了點頭，一旁的G少年把手插在艾迪的兩脇，輕而易舉地抱起他來，丟在沙發上。這個哈毒的拉客小子在沙發上彈跳了兩、三次，才終於坐穩。我坐在他正對面，看著他的眼睛。

「你為什麼要去做藥頭？你見到一成了嗎？」

他眼神慌亂地停在自己的手上。我順著他的眼光望去。在他因為被綁而腫成紫紅色的手背上，有一條咬著自己尾巴的綠蛇。

這是噬尾蛇的符號，象徵著永無止境的智慧。

艾迪冷靜地說道：

「我見過一成先生了。從幕張回來後的第二天，我在瀏覽毒品類的網站時，就看到了噬尾蛇的徵人廣告。我根據行動電話傳來的指示在東京中四處奔走，分別和他們幾個成員面試了好幾次，最後一次考的是在一成先生面前吞蛇吻。這我很在行，就通過了考試，在手上紋了這個。」

艾迪稍稍舉起右手，蹭了蹭左手上紋的綠蛇。

「為什麼？」

艾迪搖著頭回答：

「誠哥是沒吸毒也活得下去的人，所以是不會懂的。不管世界有多殘酷，你都能冷眼旁觀，不是嗎？但這世上不是只有你這種強者的。看看我和我的客人吧。」

我是個強者嗎？就算我是，也遠不及永遠子那種經過千錘百鍊的優雅。我的嗓音自然變小了：

「我哪是個強者。」

感覺到崇仔正凝視著我的側臉。我稍稍提高了嗓門：

「我哪是個強者？每天拚了老命才能勉強站穩腳。就連這位G少年的國王也算不上是個強者。」

我望向崇仔，他也點點頭朝我望來。

「所以說呀，艾迪，你也得靠自己的力量站起來。別再把自己的不幸歸咎到其他人頭上了。只要你能靠自己的力量走，自動就會有人願意幫你。只要你肯走，我一定會陪你一起走。」

這是我和永遠子在黎明共舞時學到的道理。哪管你是單親，還是只有一條腿。不管世界有多麼悲慘，我們都得靠自己的力量堅持到最後一刻。要想在街頭捱下去，這要比什麼都重要。我對艾迪說：

「從今以後你別再販毒了。別再接近噬尾蛇，也別再吞蛇吻。要是不聽勸，就拜託我們崇仔把你關起來吧！」

池袋的國王有點動容地看著我，接著又以不帶一絲溫度的嗓音說道：

「阿誠，咱們出去聊聊。」

崇仔以下顎指向ＶＩＰ室門外。

關上厚重的玻璃門後，國王壓低聲音向我問道：

「要我關他沒問題，但這麼做不會惹事？這小鬼的確是個一無是處的毒蟲，不過卻是我們和噬尾蛇的唯一聯繫。任這小子繼續在外活動，靠他釣上一成這條大魚，不是比較好？」

我望向依舊低著頭的艾迪。

「不行。要是這麼做，這小子又會落得任人擺布的命運。若是如此，他一輩子絕對沒辦法靠自己的力量站起來。」

崇仔嘴角扭曲，露出有點諷刺的微笑。

「有道理。這就是你的優點嘛。不過凡事想得這麼美好，就甭想打倒噬尾蛇。要是不打倒他們，這小子就永遠不會有自由。」

我頓時啞口無言。點子是有，但從萌芽至今還不到一個鐘頭。那是我在回家路上的內房線車上想到的，也還沒詳細檢測。看到我的表情，崇仔語帶嘲諷地說道：

「怎麼？有想法就說來聽聽。」

我也只好說了。

「撒點教牠無法抗拒的誘餌，把上鉤的蛇拖過來，然後……」

崇仔不屑地笑問：

「不賴嘛。然後怎樣？」

「再把噬尾蛇的腦袋砸個稀爛！」

聽說蛇的腦袋沒砸爛是不會死的。只要逮到首腦和上游製造者，販毒組織就會自動消滅。崇仔朝身旁的G少年說：

「放了他。阿誠呀，我愛死你這個計畫了。不過，教蛇冒死也要吃到嘴裡的誘餌是什麼？」

我擺出和永遠子一樣的凶暴笑臉，朝崇仔露齒一笑。

「Rave囉。就讓崇仔瞧瞧黎明前的戶外Rave有多屌吧！」

統領池袋灰暗國家的國王驚訝問道：

「憑這個真能引那些傢伙上鉤？」

我點了點頭。這是我在那個清澈的黎明中想到的點子。一成是絕不可能忘記那道光的。我回道：

「嗯，他們絕對會上鉤。噬尾蛇的最愛，就是強效的毒品和Rave。」

崇仔朝我比了個G少年的招牌手勢。我很高興能獲得他的信賴。接下來的細節他便沒再多問，大概是認為我能搞定一切吧。反正就算被問起，我也無從回答。

因為我根本連想都還沒想。

⚜

我從Rasta Love打手機給Heaven的代表。只聽到御廚沒睡醒的聲音說道：

「噢，阿誠嗎？」

「抱歉吵到你了。記不記得你曾說過要在兩星期內解決噬尾蛇？」

只聽到一陣床單磨蹭聲。看來Heaven代表這下終於起身。

「對。」

現在得一口氣做決定了。正常人根本不會上我這點子的當。對方要是稍有疑慮，可就完了。我鼓起勇氣說：

「你們Heaven能在一星期內辦一場大規模的Rave派對嗎？」

看來御廚是聽傻了。

「場地已經找到了嗎？」

「嗯，找到了。」

「贊助廠商呢？」

我笑了起來。身旁的崇仔疑惑地看著我。

「哪有什麼贊助廠商。我要辦的是一場大規模的祕密派對。」

御廚的嗓音聽來愈來愈清醒。他很快就問：

「我得知道場地和參加人數。把細節告訴我吧。」

我一口氣地說：

「場地是池袋西口公園裡的廣場，大概有三個足球場那麼大。應該擠得下五千到一萬人吧？」

御廚悲鳴般的嗓門回道：

「辦不到。那可是市內的鬧區，警察哪可能批准！」

「所以我不是說了嗎，這會是一場絕對保密的派對。不需要向條子申請。到時候G少年會封鎖所有道路，半夜裡交通局不會有任何動作的。我們也會到處設置小型電波干擾器，讓手機不能通。我們要讓整個西口公園與外界隔絕。聽懂了嗎？讓Heaven和G少年在那一晚進入完全不受法律約束的革命狀態，這將會是一個任何權力與經濟力都無法介入的一夜天堂。一成不是一直想參加一場真正的Rave派對？我們就在東京市中心搞一場，保證那傢伙上鉤。」

御廚嘀咕了一陣子。接著又說出和艾迪一樣的話：

「在東京市中心搞一場大規模的游擊Rave派對？這可真是酷極啦。這麼一來，我得有心理準備，可能會有幾個兄弟被警察帶走。呵呵，反正罪名只會是微不足道的違反道路交通法，要找志願者想必是不用愁。阿誠，這點子不賴嘛。比起噬尾蛇什麼的，這要來得有趣多啦。」

不愧是天國的代表。即使沒睡醒也是這麼衝勁十足。

「今晚G少年和咱們Heaven就來開場會吧。快用你的名字到大都會飯店訂個房間。」

御廚開心地答應了。我一掛掉電話，崇仔直盯著我的雙眼說道：

「你下禮拜打算在這裡辦一場沒申請的Rave，靠這個把那尾蛇的腦袋砸個稀爛？阿誠，看來你還真適合當個首領啊。想不想試試看？」

我緩緩搖了搖頭。至今仍無法相信自己說過的話。在這裡真有可能辦一場完全保密的Rave嗎？我試著想像一萬個小鬼在西口公園裡狂歡的景象。也不是完全無法想像，但哪有可能辦得到？不過，這下別無退路了。

事到如今，池袋只能等著這場八月革命爆發。

我扶著艾迪的肩膀步出G少年的店，一起坐進計程車。這傢伙住在下板橋車站旁一棟巨大的國宅裡，就是那種走道上停放著許多裝有輔助輪腳踏車的公寓。我讓艾迪躺上床，從冰箱裡拿出一罐運動飲料給他。雖然有點過期，但他嘗遍飽含雜質的便宜毒品，這想必不會讓他喝壞肚子。我在床邊坐下，對他說：

「別再接近噬尾蛇。那些傢伙已經玩完啦。條子已經針對蛇吻布下天羅地網，準備把這些蛇一網打盡。」

原本把臉別向一旁的艾迪這下抬頭看著我說：

「那我該怎麼辦？在ＢＢＱ拉客的工作已經吹了，只有中學畢業，哪找得到什麼像樣的工作？我什麼差事都幹不來呀！」

我毅然回道：

「你是要我賞你一個耳光嗎？只要不挑剔，再怎麼不景氣都找得到工作。要不我也可以陪你回ＢＢＱ磕頭謝罪呀！」

那家店的店長是Ｇ少年的ＯＢ⑯。只要向崇仔口頭知會一聲，我再親自上門謝罪，或許就會沒事了。雖然拉客的確是份累人的差事，薪水也十分微薄，但總好過沒事可幹。

離開蓋上被巾沉沉入睡的艾迪後，我回到了西一番街。這次搞得我筋疲力盡。入夜後也仍是三十度以上的高溫，我只得搭計程車。我已經成年，搭車用的又是自己的錢，根本不必介意別人的眼光。但獨自搭計程車總讓我覺得怪怪的。

畢竟兩公里就得花上近七百圓，不會太奢侈了嗎？明明這段路步行只需要二十分鐘。看來我是永遠無法擺脫這寒酸性格了。

⚜

回到自己的四疊半房間後，這下終於睡了一頓好覺。沉睡前最後憶起的，是永遠子那冷峻的笑容和修長的雙腿。除了她天生那隻長腿，我還喜歡那隻讓她之所以為強者的金屬腿。

我熟睡得連夢也沒做半個，直到被手機的鈴聲吵醒。

「阿誠。」

是永遠子。這聲音還真是我當時最想聽到的音樂呀。我強裝一副瀟灑的嗓音：

「什麼事？」

只聽到她曖昧的笑聲。

「你在睡覺吧？該起床啦。今晚十點得到大都會飯店的大廳集合呀。在西口公園辦游擊Rave的點子，是阿誠想到的嗎？」

「沒錯。」

「不賴嘛。我也真希望能在這個城市裡找一條寬廣的大街，不向警察或區公所申請，自己想怎麼搞就怎麼搞呢！看來要是順利的話，Heaven的傳說又要添一樁囉。」

嗯，我回答。永遠子語調爽朗地繼續說道：

「嗯，在很久沒性生活之後做愛，還會一直覺得心裡癢癢的。可能是意猶未盡吧，還會想再來一次，對不對？」

幸好她是在電話裡說的。我一張臉已經漲得通紅。

「妳每次都早一步說出我想說的話。我也有這種感覺，還想再和妳多來幾次！」

---

⑯ Old boy：在字典上一是指老當益壯的人，另一則是校友的意思，後來在職業運動出現為退休球員所舉辦的OB賽，而逐漸成為眾人熟悉的詞彙。

穿著義肢的模特兒在電話那頭開懷地笑了起來。

「嘿嘿，我就是想聽你這句話。好了，今晚十點見囉。」

我回她一聲好，掛上了電話，繼續躺了好一陣。我祈禱似的把手機抱在胸前，嘆了一口甜蜜的氣。偶爾也該這樣嘛。總不能老是在解決難題呀。

⚜

老媽開始抱怨我害她今晚又得自己照顧生意，但我在差五分十點時還是出了門，晃晃蕩蕩地朝大都會飯店走去。看老媽那副德行，想不到她竟然也不反對我背地裡幹這些勾當。

雖然我對這離我家不遠的飯店十分熟悉，但在大廳的沙發上坐著以崇仔為首的十名G少年成員，包含永遠子在內，Heaven也來了六個人，這景象還真是壯觀。彷彿一票饒舌樂和Rave舞棍要一起討論演唱會似的。翹著二郎腿的崇仔開口：

「阿誠，你住得最近，竟然還遲到！」

我沒理睬這個池袋之王，逕直朝Rave女王望去。她身穿黑色吊帶裙，腿上套著銀白色的義肢，想必是鋁還是什麼輕金屬製的。頭髮往上盤的永遠子和渾身是泥巴的永遠子一樣美。御廚手握房間鑰匙說道：

「我訂了第二大的商務套房。來吧！」

我們便分乘兩座電梯，前往位於二十二樓的客房。

崇仔在俯瞰整個西口公園的窗邊攤開了白地圖。地圖上每棟房子都印有標示，是快遞業者使用的放大版地圖。西口公園周遭的馬路都已經做上標記。崇仔以雷射光筆指著地圖說：

「公園北邊有兩條、東邊有四條、南邊有兩條馬路。雖然有寬有窄，但要守住這些路難不倒G少年。難的是面對劇場大道的西邊。那是條六線道的大馬路，橫跨路面的斑馬線就有好幾十公尺。更糟的是這條路前頭就是池袋警察署。即使是深夜，應該也會留有幾名值班員警。」

我說道：

「看來這裡只能用人牆擋住，或者搭起路障了。」

俯視著窗外的永遠子開口說道：

「封鎖作戰交給G少年就行了。但會場是個這麼大的廣場，如果來了一萬個人，後頭的人大概會塞滿劇場大道。我看就算不搭路障，要擠進來也很困難。」

有道理，崇仔冰冷的嗓音回道。他以視線命令一名G少年，那傢伙馬上就開始唸出池袋搭得到的JR、營團地下鐵、私鐵與巴士的末班時間。約十二點半，所有大眾運輸系統就停止運作。御廚說：

「那就十二點開始集合，凌晨一點啟動Rave派對吧。這種規模，只要三輛十噸的貨車就能搞定。一輛當舞台車，左右再各配置一台PA。如果能再增加兩台PA，排成一個圍住廣場的半圓形就更理想。電可以接公園管理用的電源，但還是準備一台發電車，以防萬一。」

崇仔看著我問道：

「得阻止交通與人潮的流動，這我還懂。你稍早在電話裡不是還說過要怎麼干擾手機的電波？」

我點了點頭。窗外，池袋車站前的霓虹在遙遠的下方閃爍著。

「沒錯。Heaven要在市中心搞一場免費入場的Rave，要聚集人潮並不難。但到場的小鬼們如果打手機呼朋引伴，搞到人數暴增，就會難以收拾了。想想火災現場擠滿看熱鬧的傢伙會是個什麼樣的情況吧。要是不把這場Rave控制在我們能掌握的規模，或許真會演變成一場暴動。」

永遠子微微笑著悄聲說道：

「能變成那樣也很好玩呀！」

我沒理會永遠子，繼續說道：

「用干擾電波癱瘓手機通訊，一方面是為了避免有人叫警察或救護車，另一方面則是為了癱瘓噬尾蛇內部的聯繫。」

崇仔點點頭說：

「這麼一來，Heaven和G少年也都沒辦法打手機。到時候該怎麼辦？」

我聳聳肩回答：

「回到手機發明前的時代呀。你們G少年人多勢眾，要傳達訊息時就找個人跑腿吧。打旗語或升狼煙也行呀。大家都太依賴手機了。」

我是真的這麼想。為什麼不是拿著手機，而是脖子上掛著手機在路上溜達的人這麼多呢？

我提議這場Rave就取名為「仲夏Rave」。雖然夏至早就過了，但日本的盛夏現在才開始。這點是沒什麼好在乎的。日子就訂在八月十八日星期天的深夜。作戰會議進入了討論Heaven與G少年人員配置等細節的階段，這些非我專長。畢竟我不是個實踐派，而是個優雅的發想者。所以剩下來的大半時間，我都在緊盯著永遠子的銀色肩帶中晃過。

真是不自由，為什麼人沒辦法變成一條細細的鎖鏈呢？真巴不得能沿著永遠子的鎖骨陰影下蠕動，爬到她的肩膀上。

⚜

作戰會議在凌晨兩點結束。永遠子表示要在這間套房裡過夜。她把我拉到窗邊，悄聲示意我在三十分鐘後回到這房間來。我下樓走到大廳，步出橢圓形的旋轉門時，崇仔向我說道：

「那馬子不賴嘛。我覺得她可以抵得上十個外頭那些無聊馬子。為什麼不留下來陪她？」

我在心裡比了個勝利手勢。這下終於讓這個國王見識到平民的潛力了。我強裝冷淡地回道：

「晚一點再回來找她吧。你只要去讓堆積如山的小馬子興奮得失聲尖叫就好啦。」

崇仔笑著朝我揮出一記左刺拳，拳頭驚險地掠過我的髮稍，差點教我頭蓋骨凹陷。

平民要想開國王的玩笑，不論在什麼時代都等於是玩命。

我和G少年在池袋西口公園道別。雖說是暑假，但這時也是非週末的凌晨兩點。除了幾個躺在石磚地上的流浪漢與醉漢，廣場上一片靜寂。只有環繞周遭的霓虹燈照耀著毫無生氣的公園。我在鐵椅上坐了下來，按下艾迪手機號碼的快速鍵。

又是語音信箱。我留言要他盡速回電，便掛斷電話。當時完全沒有任何不祥的預感，滿腦子都是人在二十二樓的永遠子。不知道她那吊帶裙下穿的是什麼？沒想到艾迪的消息竟然還比不上永遠子的一條細肩帶。

可憐的艾迪。

當晚，我們倆在那間商務套房的床上做了曾在山頂做過的事。感覺真是棒極了（否則還能怎麼形容）。不知道做了幾回後，我和永遠子一絲不掛地站在窗邊，等著欣賞照亮西口公園的黎明。不管照耀的是大海或者市區，朝陽永遠那麼美麗。在一望無際的幾千棟大樓全被陽光染上玫瑰紅、並投射出灰藍色的影子的十幾分鐘裡，我們倆默默不語地手牽著手，分享這個美好時光。從二十二樓眺望出去，池袋的黎明彷彿一幅細膩的拼貼畫。或許不平凡的並不是當下的時刻或景致，而是自己是和什麼人在一起吧。

中午前退房後，我送永遠子到乘車處搭計程車。永遠子不愧是個明星，似乎把從飯店搭計程車回到她位於世田谷的家看得司空見慣。我原本打算直接回家，後來又改變主意，決定先上艾迪的住處探探情況。從前一天晚上起，不管打幾次電話給他都沒人接，也完全沒有回電。

我口裡吹著永遠子的新歌，沿著東武東上線走著。這是一個青少年放下性慾這個重荷的清爽早晨，右邊可以望見清潔工廠的煙囪彷彿一根白骨，矗立在一片藍天白雲下。

❦

我步出到處殘留著塗鴉的國宅電梯，走向艾迪租的公寓。按了四、五下對講機，沒人應門。我伸手握住廉價金屬門把，一下就輕易把門打開，心裡嚇了一大跳。

「艾迪，你在嗎？」

我邊喊邊走進屋內。一走到玄關我就知道不對勁了。屋內沒有半個人影，一絲空氣的流動幾乎都感覺不到。我走進他的臥房。只看到變得硬梆梆的被巾掉落在地板上，床上一片空蕩。雖然屋內並不特別凌亂，但玄關的大門沒鎖，人也消失無蹤。我不知道艾迪是自己離開的，還是被誰硬架走的。

我唯一知道的，是此時此刻艾迪的處境有多危險。倘若他被架走，鐵定是販毒組織噬尾蛇幹的。即使他是自己離開的也一樣危險，蛇吻的藥癮很強，這幾天滿街都是那條綠色的蛇。

❦

我在屋內打了一通電話給崇仔。出乎意料，這回在他身邊的竟是個女的。我在她把電話交給崇仔前說道：

「待在那種地方，小心妳漂亮的臉蛋被劃花喲。」

這個G少女不屑地哼了一聲，把電話交給了崇仔。只聽到他問道：

「她臉頰上紋了個星星，鼻子上鑽了鼻環，哪會在乎臉上有傷？」

這個國王還真是細心。我說道：

「我人在艾迪家。他們也沒鎖，人就不見了。」

「是噬尾蛇幹的？」

我環視著艾迪微亂的屋內。洗的衣服全晾在屋內，微微傳來陣陣霉味。

「不知道。說不定是自己出去的。」

「去買綠色的傢伙？」

我猶豫地回答：

「或許是。」

崇仔的口氣轉為冷酷。或許他原本心情就不好，但這的確是個壞消息。

「知道了。找到艾迪時通知一聲，我叫G少年去把他抓回來。阿誠，你看了電視新聞嗎？」

我從昨晚到今天都還沒看過電視。和永遠子一起，有太多更該做的事得做。我回答沒看過。

「那就馬上看。每一台都在報導同時發生的攔路砍人事件。看來現在每家電玩店裡都買得到綠色的傢伙。聽說最年輕的砍人兇手只有十三歲。」

他突然掛斷了電話。我打開艾迪房內的電視。崇仔說得沒錯，從鬧區新宿和淺草到住宅區用賀和方南町，攔路砍人的兇案已經蔓延到普通的區域了。有一個兇犯三十幾歲、兩個二十幾歲，最年少的是正在放暑假的用賀某私立中學二年級學生。

綠色的傢伙雖然會讓人變凶暴，但力氣並不會變得特別驚人。強烈的幻覺作用似乎也會抑止犯行加劇。這次的攔路砍人事件還沒有人喪命，不過電視上的專家已經發出警告，表示這種新式毒品若繼續氾濫，出人命只是遲早的事。

根本就是廢話。人的身子是有弱點的。只要被他人揮舞的刀刃刺中，就算兇手是個小學生，這個倒楣的傢伙也會馬上魂歸西天吧。

我離開艾迪家，趕緊跳上一輛計程車。畢竟人命關天，這次已經不敢嫌車資貴了。我吩咐司機駛往西一番街後，整個身子便往椅背靠。別心急，愈是心急時愈得保持冷靜。我心不在焉地望著窗外飛逝的池袋街景。

回到家後，我開始寫一封匿名信，盡可能寫下我所知道的佐伯一成的背景。他曾是Heaven的一員，由於路線對立而脫離組織，自立門戶成立了噬尾蛇販毒集團。他靜靜賣了兩年，今年夏天開始急速擴張市場，甚至還在網路上招募新人當藥頭，從此銷售量暴增。綠蛇已經從Rave會場蔓延到整個城市裡了。

我把噬尾蛇的相關情報全寫進了Ａ４大小的紙，帶著它走上池袋街頭。我從西一番街朝Weroad走著，邊走邊按下手機的快速鍵，打電話給總是被軟性毒品灌得飄飄然的Heaven代表。然而此時御廚的嗓音卻出乎意料地清醒。

「我是御廚。」

「是我，阿誠。你也看到攔路砍人的新聞了吧？」

御廚語調不清地回答看了。我便單刀直入地說：

「現在我要把一成的情報交給警察。裡頭也提到了Heaven，或許會造成你們些許困擾。」

「是很困擾。」

御廚的口氣顯得有點畏縮了。我沒理睬，繼續說道：

「如今要盡快把一成給逮到。幕張那件事發生後，你是不是曾被當地警察找去，告訴他們噬尾蛇的事？」

「不，他們沒問的我就沒說。」

御廚一副理所當然的語氣。

「這麼說來，想必警察還不知道一成和噬尾蛇是何方神聖。我看也提供他們一個機會吧。警方的組織力量驚人，說不定能在我們辦Rave前就逮到一成。」

我走進池袋車站北口前一家便利商店。確認了店內監視器的位置。傳真機就擺在銀行提款機旁邊。在那裡絕對會被拍得一清二楚。我什麼也沒買就步出這家店。御廚說：

「可是，在忙著籌備游擊Rave時被警察關個幾小時，太不值得了吧？阿誠呀，可否晚點再把那份資料交給他們？」

我來到了Weroad。路雖然不長，但因為在地下道裡，手機的雜音突然變多。

「不行。即使你不願意，我也要匿名把這些情報散布出去。這麼一來，也許就有誰可以阻止噬尾蛇了呀？噬尾蛇對Heaven也不是完全沒有威脅吧？街頭已經有好幾個人犧牲了不是？」

雖然聽不清楚，但Heaven代表似乎答應了。我走進東口站前公園旁的另一家便利商店，在螢光燈亮得刺眼的店內找著傳真機。叮咚！這次我在監視器照不到的角落裡找到了蒙著一層灰的傳真機。我問了一個心裡有點在意的問題：

「倒是，永遠子的男朋友是做什麼的？」

御廚有氣無力地回說：

「現在大概是自由業吧。」

這麼說來，他應該算得上是靠永遠子的收入吃軟飯的囉。我把那張噬尾蛇的情報擺好，邊按著池袋署生活安全課的電話邊問：

「噢……那麼，他以前是做什麼的？」

「喔，這我就清楚了。他以前好像在立木製藥的中央研究所上班。聽說是個很厲害的研究人員。」

我差點按錯最後一個號碼，趕緊問道：

「真的嗎？那傢伙以前真的是製藥公司的研究人員？」

「曾聽永遠子這麼說過。阿誠，為什麼要問這個？」

我仔細確認了傳真號碼後按下了傳真鍵。氣弱地向御廚說：

「幫我查查岡崎秀樹這個人的身分。別讓永遠子知道。拜託你找家徵信社調查一下。」

好，御廚回道。我凝視著匿名信緩緩從傳真機裡退出來，想起了她的一句話。問到她男友做什麼時，她曾這麼回答：

「我也不清楚，好像是設計師還是什麼的。」

需要設計的不只是時裝、廣告或汽車。新式毒品現在也被冠為設計師毒品，以開發者的品牌凝聚人氣。我不住地祈禱秀樹設計的不是毒品。否則我就無法好好培育這段才剛開始的戀情，只能任由它被一場風暴給吞噬了。我拖著步伐走回店裡，和老媽換了班。

那天，我是西一番街最無精打采的店員。

託這件事的福，那天剩下的時間裡我得以收聽或收看廣播和電視上的新聞。發生的不只是攔路砍人事件，各處舞廳都有人濫用毒品，鬧區附近的醫院比以往都要忙碌。蛇吻這個固有名詞在電視上已經出現得十分頻繁，播報員數度奉勸觀眾千萬別碰這種綠色的新式毒品。我覺得這只會招致反效果。對某種人來說，危險可是具有最大的吸引力。明知如此危險，還有這麼多人嘗試蛇的毒品，不就代表這種藥物帶來的愉悅要遠超過危險？

我心神不寧地等著艾迪的電話。但是那晚接到的電話只有一通。拿著舊菜刀切西瓜時，池袋警察署長來了電話。

「有一份奇怪的情報從池袋的便利商店傳真到生活安全課。上頭寫有看似蛇吻藥頭的情報。」

我有氣無力地回答：

「是嗎？」

禮一郎不耐煩地說：

「喂喂，能找個時間碰面嗎？我可是認得你的筆跡。你就直接到生活安全課來聊聊吧，好讓咱們省了筆跡鑑定手續的麻煩。」

我把菜刀刺入紙箱。

「別開玩笑了。我可是個善良老百姓，正在辛勤勞動中呢。我沒傳過那張傳真。除了之前電話裡告訴過你的之外，什麼都不知道。」

年輕的菁英公務員嘆了口氣。

「別以為我不知道。你還有什麼事瞞著我吧？」

這個池袋署長自從和我打交道後，就變得機靈得教人討厭了。

「雖然不知道是誰，但發傳真的傢伙，應該是想向警察檢舉販毒組織。這傢伙大概也有不得已的隱情，想必為這件事已經賭上性命了。」

「賭上性命？是嗎？」

只聽到手機那頭一陣雜音，最後禮一郎說道：

「給我聽好。逮到那些傢伙時，一定要和我們連絡。告訴發傳真的，警察存在的目的就是保護善良老百姓。」

好，到時候就拜託你們了，說完我便掛斷了電話。雖然沒幾個，但還是有人站在我這一邊。即使全都是男的，令人無奈，這也是沒辦法的事。

我就是這麼沒女人緣。

入夜後我走上街頭，想藉散步整理思緒。我訝異地發現池袋街頭有一些變化。認真起來的G少年果真教人佩服。上城裡來逛的普通鄉巴佬可能看不出，但在這地方長大的人一眼就看得出有哪裡變了。Weroad與Bikkuri Guard的牆上畫滿塗鴉，銀色的噴漆宣示著以下的訊息：

「仲夏Rave 8/18/25」

街頭的路燈柱上，許多手貼海報隨風搖曳。隨處可見的G少年與G少女手上都拿著幾張小小的傳單，精品店和電玩店裡也擺放著成堆的傳單。黑紙上印著七色的彩虹，每種傳單都在昭告西口即將舉辦Rave的訊息。池袋街頭四處悄聲交頭接耳：

下個星期天深夜，西口公園將會發生一件超乎想像的大事。

暗號就是仲夏Rave。

翌日的新聞頭條依舊被攔路砍人事件與超過三十五度的高溫所占據。或許再過幾年，大家都會記得今年曾有個氣溫破紀錄、毒品大肆氾濫的夏天。

Heaven與G少年應該正積極籌備著這場Rave。我則沒什麼事可做。既沒接到永遠子的來電，也沒打過一通電話給她。我在西一番街的店門口灑水，靜候一場巨浪的來臨。不知到時被這陣巨浪吞噬的會是我，還是一成。不過，我們倆都已經沒辦法阻止這場驚濤駭浪。

打頭陣的海嘯已經從遠方的海上捲來，這場Rave已是箭在弦上，沒有任何人能喊停。

⚜

那夜我開著窗透氣，挨著紗窗睡覺。雖然綠地沒多少，池袋卻有數不清的豹腳蚊。手機鈴聲把我吵醒時已經是早上，外頭一片明亮。我眼睛沒睜開就把手機貼向耳邊。

「你就是阿誠嗎？」

電話那頭是一個熟悉的男人嗓音。看到來電號碼時，我嚇了一大跳。對方用的是艾迪的手機。尚未清醒的腦袋試著搜尋著這嗓音的主人。

「對。你是？」

「我是誰不重要。聽說你在追蹤我們，想勸你別再白費力氣。」

這嗓音聽來頗為堅毅。我很肯定自己曾在幕張聽過這個聲音。我想起那間乾淨的名設計師廁所裡，那個把刀劃過藥頭臉頰的男人。

「你是佐伯一成？想必你不記得，但我們倆曾在幕張那間廁所裡照過面。」

「噢，你就是當時那個帶種的小鬼？」

雖然我已經是個大人，但我沒抗議。一成繼續說道：

「我傳了一張很棒的照片給你，用你的i-mode看看吧。也傳去給御廚和那群叫G少年還是什麼的傢伙瞧瞧。噬尾蛇這次可要玩真的了。再見了……」

我慌忙喊道：

「等等。你到底想做什麼？為什麼幹得這麼急？再這樣下去，連噬尾蛇整個組織都會潰散。」

一成的嗓音更加堅毅：

「我想做的事只有一件，就是讓那些以為自己明天還會有心跳的傢伙清醒。沒有其他目的。」

電話掛斷了。烏鴉叫聲偶爾從街頭傳來。藍色光線射進四疊半房間裡，我連上i-mode，打開了附帶檔案。裡頭沒有訊息，三乘四公分大小的液晶螢幕上只出現一張照片。

那是一張彩色照片，一具斷首男屍坐在椅子上。背景不知是哪裡的河岸。在手機的解析度下，屍體的傷口一片黑褐色。但已經看得出是什麼了。整齊擺放在膝蓋上的雙手是拿鐵般的顏色，身上穿的是彷彿用剪刀剪開便能做成一張特大號床單的棒球衫，胸口上印著一個熟悉的ＢＢＱ標誌。我開始慌亂地喘了起來。

「艾迪！」

除了腦袋不見，屍體上沒有一絲傷痕。液晶螢幕上彷彿傳來他那總是心曠神怡的嗓音：

「誠哥，今天真是太酷了！」

這下我完全清醒，渾身不住顫抖。如果佐伯一成喜歡開的就是這種玩笑，我絕對不會放過他！崇仔說得沒錯，艾迪或許真是個一無是處的毒蟲。但不分時代地域，人類對屍體都該心懷尊重。噬尾蛇呀，給我記著！

我一定要砸爛你那咬著自己尾巴的腦袋！

⚜

我沒給任何人看那張照片。只告訴崇仔艾迪死了。我既不知道他母親人在何方，也沒向他要過連絡地址，所以如今也無法幫他處理任何後事。崇仔的反應還是一如往常地冷酷。

「是嗎？那麼，已經沒必要派G少年去找人了。」

接下來他就沒再問半個問題。若非必要，崇仔對兇殺這種重大事件絕對不會追根究底。知道了也只是徒增危險。這是G少年的幹部們徹底遵守的習慣。

翌日清晨，艾迪的屍體在千住新橋附近的荒川河畔被人發現。我聽到電視新聞報導這則消息，但並沒有看螢幕。雖然最駭人的部分我已經看過了，但這並不代表其他的畫面我就看得下去。

雖然尚未發現死者頭部，但根據研判，頭部應是在死後才遭人砍斷。另外，在死者血液裡也驗出新式毒品的反應。警視廳研判這應是一起和毒品有關的地下刑案，正在調查死者身分，並搜尋屍體頭部。

我為艾迪深深嘆了一口氣。祈禱他最後一次的幻覺是愉悅的。我能做的也只有這個了。

從那天起，崇仔似乎開始在意我的安危，派了三名G少年保護我。不論是看店、上街，他們總是隨侍在側。連在這個熟悉的街頭都無法獨自步行。在Rave舉行前的幾天裡，我徹底體會到孤獨是個多麼奢侈的東西。

⚜

八月十八日的消息已經在Rave與舞曲的相關網站上傳開。在深夜的西口公園舉辦的免費游擊Rave。雖然找不到主辦人的名字，但除了幾個知名DJ外，永遠子的名字也在傳說中的出場者名單上。這可能將是今夏最大的盛事，大家帶著礦泉水到場吧。

池袋街頭彷彿也隨著這個即將來臨的日子逐漸升溫。星期五下午，第一票來客已經出現在西口公園。這群混雜著日本人和揹著背包的外國人來客，跟聚集在館山的祕密Rave中的人還真是一個樣。他們就這麼無所事事地從兩天前就到場靜候這場Rave。警察的臉色雖不好看，但這些人沒引起任何騷動，個個如綿羊般溫馴，想抓人也拿他們沒輒。叫他們離開公園，他們也會老老實實走人，但一小時後又會回到廣場的一角。

想必一定教不知內情的巡警們看得毛骨悚然。

⚜

星期六下午，突然有快遞送東西到我店裡。我簽了個名收下包裹，走上店門前的人行道。只見在A4大小的信封袋上印有Heaven的標誌。我向一個頭戴牛仔帽、在人行道柵欄上枯坐了四個小時的G

少年點了個頭。他僅以視線回應。我拆開信封，對著他唸出封面上的標題：

岡崎秀樹背景調查與行動報告

標題下頭印有一個從沒聽過的徵信社標誌。我快速瀏覽了第一頁。報告上寫著秀樹於一九七〇年出生於橫濱。曾就讀於當地某明星中學並直升高中部，後來以優異成績考進某名門私立大學藥學系。畢業後憑教授的推薦，進入位於藤澤的立木製藥中央研究所任職。將近三十歲時離職後，沒再做過任何有職稱的工作。同居人一名。原來永遠子本名叫島尾直美。

這就是秀樹攤在陽光下的簡歷。想必花了御廚不少錢。接下來，就是他從未見光的輝煌功績。秀樹在中學二年級時曾因咳嗽藥接受了第一次的輔導。升上高中後吸食的可不再是市售藥，而是需要醫生證明的安眠藥和抗憂鬱劑。還曾有多次入院的記錄。

我也記得自己的高中時代。不管在哪所學校，那些腦袋笨得可以的小鬼吸的多半是強力膠或安非他命。聰明的呑的則是快樂丸、大麻，或一些名字拗口的高級藥物。他就是典型的後者。

對毒品有濃厚興趣的他，為了進一步研究，進入藥學系就讀，並在畢業後潛身製藥公司。不管在哪裡都找得到天賦異稟的孩子，秀樹的異稟就是製毒。

行動報告書上記載了秀樹這四天來的行蹤。除了位於駒澤、與永遠子同居的公寓，他還在田園都市線宮前平車站附近租了一棟附車庫的獨棟房子。四天裡，他在那裡露過三次臉。不知道在屋子裡做了些什麼。不過徵信社的調查員並沒忘記向鄰居套話。一個住在附近的老人表示那棟房子曾在夜裡傳出異臭，讓他覺得不大對勁。

我抬起頭來，視線從紙上移向西一番街上的藍天。即使已進入八月後半，尚未褪盡的盛夏高溫，還是讓天上飄起朵朵積亂雲。對警察來說，這份報告只能當做參考證據，但對街頭法庭來說，永遠子的男朋友已經是黑到極點了。

這已是個不容辯解的事實。問題是永遠子知不知情？我的心也和秀樹一樣黑到了極點。世上真有交往了五年，還不知道同居男友職業的女人嗎？這種可能性就和獨腳美女化身超級名模一樣微乎其微。我雖然很想相信這真有可能，但就是無法完全相信。

畢竟我也是有理性的。

⚜

宿命的星期天終於降臨。我的心已經被徹底擊垮，即使到了這天也沒有一絲緊張或興奮。這天店面公休，所以我睡了一頓飽飽的午覺，傍晚才起床。我洗了個澡，穿上剛洗過的T恤和牛仔褲。兩者都是艾迪替我挑選的。我就這麼一身清爽打扮，走上了西一番街。這時聽到老媽的聲音從二樓窗口傳來：

「阿誠，今晚也不回來嗎？」

可能不會回來，我回答道。走了幾步，又回頭高聲告訴她今晚最好不要出門。馬路上已經沒有保鑣看著我了。走進西一番街深處的花店。從小看我長大的老太太一臉驚訝地瞪著我掏出五千圓，要她替我準備一束酷到極點的花。畢竟我在這家花店門外來來回回了近二十年，還是頭一次向她買花。

這束花十分簡單，只是一堆白色的滿天星圍著橙色的玫瑰。我在人行道邊緣攔下一輛計程車，吩咐司機開到千住新橋。計程車便在星期天傍晚的擁擠車陣中緩緩駛了起來。

千住新橋和坐落在某些縣境上的大橋非常類似。我在橋頭下了車，步下鋪設著水泥地磚的堤防。得走過一片茂密的青翠蘆葦叢才能到河畔。我手握花束踏進了這道天然綠牆。河邊充斥著簡直要把肺都給染綠的夏草香，以及曝曬過後的泥土散發出、如廢氣般的味道。我對這兩種氣味都毫無感覺。由於沒看過艾迪死亡的新聞，所以不知道他的屍體是在哪裡被發現的。走出蘆葦叢，便是一條石子路。我直線走向橋墩，把花束放上一處有著燒炭痕跡和塗鴉的地方。正確場所在哪裡已經不重要了。我掌也沒合，就這麼佇立著祈禱。

請保佑我平安度過今晚。也拜託你助我消滅綠蛇。

真是不可思議呀。人絕不會向還活著的人祈禱。而不論死者生前是個什麼樣的傢伙，面對他時還是會祈禱。

或許慘遭斷首的艾迪會笑著說：這真是個酷到極點的笑話呀！

入夜後，我回到了西口公園。圓形廣場內已經擠滿了一大群人。人數大概有平常星期天的一倍半吧。我在附近的便利商店裡買了便當和礦泉水，用這頓食之無味的飯填飽了肚子。這不是用餐，是補給。

我就這麼和人數不斷增加的小鬼們等待午夜降臨。廣場上瀰漫著一股節慶或夏日祭典般的歡欣期待感，但我的情緒卻冷到了谷底。我不是來找樂子，而是來狩獵的。我從公園椅上起身，開始在西口公園中巡梭。

通往公園的馬路上停著閃爍著停車燈的車輛，已有幾組人在待命了。一看到我，其中有個人朝我比了一個G少年的手勢。一波又一波的小毛頭從每個入口不斷湧入公園裡。

群眾紛紛朝圓形廣場和噴水池聚集，後頭的人已經排到藝術劇場那頭。到處都有人用自己帶來的收錄音機播放著Rave舞曲，樂聲彷彿將空氣都給扭曲掉了。緊緊相擁得只差沒做起愛的情侶、在西口公園名勝的貓頭鷹與太陽浮雕上攀爬的傢伙、已經醉臥地上的醉漢、邊笑邊互相打鬧的打赤膊男人、朝花圃嘔吐或小便的小鬼。雖然還沒開始放音樂，西口公園卻已經莫名其妙地瀰漫起一股自由的空氣。要是今天不必幹這種活，這或許是個美妙如夢的夜晚。但我還是得找到那幾張面孔。

在無數的面孔裡，我得找的只有兩張。

一成、秀樹。也就是噬尾蛇腦袋上那兩隻眼睛。

也不記得自己到底蹓躂了多久。手機在近十一點時響起，只微微聽到池袋國王的嗓音：

「阿誠，你人在哪裡？再過不久手機就要斷訊了。馬上到東武百貨口來找我。」

好，我說完便掛斷了電話。當時我人在公車站。平常明明只要三分鐘就能走到對面的東武百貨口，那晚我得不斷撥開人群行進，花了十幾分鐘才擠了過去。目前來客數想必已經遙遙超越幕張Rave的人數。竟然有這麼多人聚集在這裡，只為了滿足擺脫所有限制、可以為所欲為的慾望。人體所散發的熱還真是驚人。即使已近午夜，西口公園還瀰漫著一股白晝般的熱氣。

G少年在東武百貨口的花圃前排成了一道半圓形的人肉盾牌。只在正中央留一個不必碰觸到他們任何人就能穿越的空隙。我向這道盾牌點了個頭便走了進去。崇仔和他的手下、御廚和永遠子，以及Heaven的工作人員已經聚集在裡頭了。一看到我，崇仔便開口：

「怎麼這麼慢？手機已經不通了。這道妨礙電波比你形容得還要強。G少年帶著三十台小型電波干擾器，就已經涵蓋住這種大小的範圍了。」

我點了個頭向崇仔問：

「你們找到噬尾蛇了嗎？」

國王微微笑著說：

「我們計畫把租來的十噸貨車停在公園旁。凡是帶有綠色毒品，或者身上紋有綠蛇的，只要被G少年看到，就會被帶進車裡。」

御廚問我：

「你看了吧？」

他指的是岡崎秀樹的檔案。想必御廚也知道了。我默默點了個頭。沒吭聲地眺望著公園裡的熱鬧景象。我把永遠子叫到花圃暗處，在她耳邊輕聲說道：

「今晚秀樹會來嗎？」

永遠子身穿黑色軍用大衣，臉上戴著遮住半張臉的墨鏡。要是她在此時暴露身分，很可能會引起一場暴動吧。她點了點尖尖的下巴：

「會。只要我上台表演，他就會到場。他畢竟是個大人，就算知道我們的計畫，應該也不會有意見。怎麼了？」

我低下頭說道：

「即使他是個大人，我也會覺得很尷尬呀。還是希望避免被他看到我這張臉。等一下要是秀樹來了，拜託告訴我一聲。」

看來我撒謊的本事也不比永遠子差嘛。她聳聳肩回答：

「好吧。」

這時西口公園響起一陣宛如地鳴的歡呼聲。只見三輛巨大的貨車閃耀著銀色的載貨台，從池袋車站那頭沿著緊臨公園的馬路駛來。御廚說道：

「大家走吧，咱們要在舞台車前設立本部。時間寶貴，這場Rave馬上就要開始了。」

我們在人肉盾牌的保護下，走向舞台前的絕佳地點。

⚜

大概還得花一點時間。但就在我們這麼認為的時候，舞台有了動作。也許是因為過度的人為壓力，因此時間被扭曲了。中央的貨車車蓋像鳥的羽翼一樣打開，裡面隔出兩個空間，DJ正在準備。前後相連的貨車上，黑色的PA堆疊如牆般，正準備放射音樂。

藍色的雷射光從舞台車輛的中央，筆直射向西口公園。東京藝術劇場斜斜的玻璃屋簷反射出的藍光，高遠地向池袋空中飛散。

震天的歡呼聲撼動了公園裡的樹木，電子合成器的薄型芬飛（Fanfare）調諧器發出低鳴，在聚光燈下的DJ雙手高舉。御廚戴上有線耳機，看了看手錶。

「好了！要開始囉！早班車發車前的三小時是決定勝負的時刻，拜託大家了！」

我和崇仔輕輕點頭。DJ的指尖落在鍵盤上。電子鼓敲了四下以後就開始了，像是搥打著胸中空氣般的音量。原始的節奏。在夜的籠罩下，爆發出歡呼聲。手全伸向空中搖擺，一起跳起舞來。數千隻手腕如巨大細胞的觸手在波浪中搖曳。我盡量不隨節奏擺動身體。周遭唯一沒有跳舞的就只有崇仔而已。永遠子為了準備上台，不知道何時消失在舞台的另一邊。

已經跑來好幾次的傳話者，為了壓過PA的音量大喊著：

「已經抓到四條綠蛇了。」

國王靠近那傢伙的耳邊。

「帶頭的在裡面嗎？」

傳令者搖搖頭。崇仔的手上拿著那傢伙年輕時候的照片。御廚也在相片裡。好像是宴會或是什麼的紀念照片。從我第一眼看見他時腮幫子就鼓鼓的一成也站在旁邊。

❦

ＤＪ幾乎二十分鐘就交棒一次，連續不斷，盡全力不讓曲子中斷，節奏也不慢下來。舞台附近是高度危險的地方。不過一旦熟練，就不會出錯。御廚對著嘴邊的麥克風大喊：

「差不多該進入緩和的慢板歌，前面的人快熱得融化了！」

其他的G少年終於到了，在崇仔耳邊喊叫：

「公園西側來了十幾個警察。」

「情況呢？」

我也湊近崇仔，聽他們說什麼。

「他們說這是沒有得到許可的Rave派對，要大家各自解散回家！雖然他們從遠處圍過來，但是誰也沒理會。因為無線電或是行動電話無法使用，他們還得靠有線電話來請求支援。」

崇仔點頭表示贊同。

「目前仍在作戰中。就看一成何時露出狐狸尾巴了！」

一小時後，仲夏Rave派對到達了高潮。音樂無休無止地炸裂，眾人不斷跳著舞。飲水台前大排長龍，全是要將空寶特瓶裝滿水的人。公園裡只有一間公共廁所，女孩子們就在草叢隱密處大小便。

對於陸續傳來的情報和狀況，我與崇仔有十足的掌握。很快地，警視廳的支援警力現身四處的出入口。不過G少年早已利用違規停車把路堵住，所以他們無法進入。停好警車的警察對於上萬名在音樂中進入酩酊狀態的人束手無策，只能詢問附近的工作人員帶頭者是誰，但是沒人理會他們。御廚先前就教他們面對警方詢問時，只要回答正在工作中就好了。

根據傳話者的報告，已經確認抓到七名綠蛇。不過都是些小魚，至今仍未發現關鍵人物一成的蹤影。交錯四射的雷射光與震耳欲聾的音樂中，進度陷入膠著。距離結束的時間愈來愈近了。

永遠子上台的時候是凌晨三點，倒數第二組演出的最後一個節目。

永遠子的舞台裝彷彿夏季行星宇宙服，銀色的熱褲配上銀色的繫頸背心，裡面穿著透明的塑膠連身裝。鈦金屬製的義肢閃閃發光，就像水晶球燈一樣反射聚光燈的光芒。她站在十公尺高的貨車舞台中央，握著麥克風的雙手放在胸前，宛若祈禱一般。

聽到她唱新歌讓我嚇了一跳。我現在看不到她在舞台上來回跑著的樣子，不禁擔心她如此快速移動是否會注意到腳下的位置。

妳的真感情究竟情歸何處？我心裡嘟噥著，視線不再看著舞台。不理會永遠子，我搜尋著舞台附近如浪湧來的人群。那傢伙在左手邊附近。秀樹的臉像暴風雨中漂浮在海上的木板一樣上下擺動。他那做夢般的表情，跟第一次見面一模一樣。

崇仔注意到我的視線，看了看秀樹。

「那男人是誰？」

我的胸口像是被撕成碎片一樣，大叫：

「永遠子的同居對象，而且……」

國王為了要聽到平民的話，把耳朵靠過來，但是因為電子節拍加重了吉他的合音，使音波提高了一段。我拚命叫喊：

「……大概是蛇吻的設計師。」

崇仔在那一瞬間便了解一切。同情的眼光看了她。雖然聽不見他細微的聲音，但是我從他的嘴形就知道了。

（那個女人啊！）

崇仔又瞟了一眼舞台上的永遠子，從我這個角度現在已經看不到她。我在崇仔的耳邊說：

「借幾個精明的G少年，去盯那個男的。」

崇仔這次明顯地笑了。

「好啊！這裡都是些小角色，真無聊！我也去。」

我與崇仔，和四個G少年移往容易觀察秀樹的地方。我們躲在東武百貨附近行道樹的後面。秀樹眼裡只有永遠子，身體輕輕跳著沒有重心的舞。

我累得在黃色的草皮上坐了下來。不知道為什麼全身無力。

「我們在這裡等永遠子的演唱結束。那傢伙到時候才會有動作吧。」

之後，我眼裡再也沒有永遠子與秀樹，而進入了一個沒有音樂的寂靜世界。如果可以，這裡的男男女女也都消失吧！

⚜

沖繩式音調的Break beat是永遠子的安可曲。在湧向舞台的人群中，我們注意到逆向離開的秀樹。崇仔說：

「走吧！」

我們走向秀樹。那傢伙走在藝術劇場旁邊誰也不會注意到的小路上。無領的白色短袖外套，非常醒目。會場外圍的人群密度理所當然少了許多。前面就是大都會飯店。路口把關的G少年不會阻攔往外離開的人。

秀樹經過噴水池口，腳步輕快地踏上階梯，背影消失在旋轉門內。我們往前跑，盡可能拉近距離。將近凌晨四點的飯店大廳非常吵雜，櫃檯的電話鈴聲沒有停過。大概是抱怨外頭的噪音。

秀樹進入電梯，我搶先一步擋住緩緩關上的電梯門。第一次看到他露出驚訝的表情。門打開以後，崇仔和G少年們蜂擁進了電梯。我盯著電梯按鍵，只有十九樓的燈亮著。我對永遠子的男友說：

「一成住在十九樓的房間吧！」

那傢伙沒有回應。我按了關上電梯的按鈕，崇仔說：

「在這裡大吵大鬧挺不賴的，或者要一起去池袋警察署？我們知道你設計了什麼東西！」

崇仔雙臂交叉，盯著秀樹，冰一樣的視線。秀樹雙手被兩個拿著改造電擊棒的G少年抓著，他用小到幾乎聽不見的細微聲音說：

「一九一七號房。」

電梯開始上升，我對秀樹說：

「那傢伙住在面向公園的房間吧？」

蒼白的臉點了點頭。如果那傢伙說謊，那麼我們就打算一路敲門，把面向公園那邊的房客吵起來。不用妨害善良市民的安眠，真是太好了。

❦

房間位在可以看到公園的角落位置。秀樹站在門前，其中一個G少年按了電鈴。

「誰？」

沒有耐性的聲音。秀樹回答：

「是我。」

打開門鎖的聲音。門一打開，秀樹馬上跑進房裡，崇仔和G少年也立刻跟進，最後是我。環顧室內，是附帶起居室和寢室的高級大套房。一成和秀樹站在映照著公園的綠色景致與現場演唱的窗戶前，面前橫著一張安樂椅和邊桌。現場演唱的狂熱也傳到了這遠遠的室內。

崇仔與四個G少年全堵在房間入口。看到一成手上的東西之後，我終於知道大家動都不動的理由了。刺著綠蛇的手上，緊握著一把左輪手槍。雖然槍身只有小指那麼長，但絕對是手槍沒錯。崇仔仍然是那副冰死人的態度說：

「別這麼做。光靠你一個人，絕不可能讓六個人倒下。大家上！」

四個人眼睛盯著秀樹，一邊拔出腰間刀套裡的刀子。雖然形狀各異，但都是刀刃十五公分以上的兇器。看到刀的金屬光澤，一成彷彿很開心似的笑了。

「不過如此啊！」

一成在咖啡色皮面的安樂椅坐下，一副非常疲倦的樣子，臉色比以前更黃。我對他說：

「多虧你才促成這場Rave派對。」

「讓我看到了好東西，真感謝啊！」

他的手指向窗外，又說：

「排除一切外來力量和資金，聚集自然而然來參加的人，然後全程不斷瘋狂。這種Rave派對正是我的理想。」

一成把槍口指向崇仔。

「你看起來太自大了，就算可以帶著你，對我來說也會是個麻煩。」

然後他轉向我。

「讓我告訴你，你之前在電話中迫切想知道的事情。」

我點點頭。一成像老人一樣，皺著的嘴角浮起了一抹笑，又說：

「是胰臟癌。你們知道醫生是怎麼預測最短存活時限的嗎？如果意外活得久一點，家人會認為治療有效而歡天喜地。我的情況是四個月。實際上胰臟癌患者活過五年的機率是零。」

崇仔立刻盯著一成說：

「那又怎樣？」

一成像是不斷咳嗽一樣笑著。

「是沒怎樣，我最後真不想看到這麼多人類的瘋狂樣子。只是如此而已。就像年紀大的人對相撲、高中棒球的熱中不會改變，我的人生就是毒品跟Rave而已。」

這時候，蛇吻應該已經肆無忌憚地向街上竄出了吧？但有一件事讓我絕對無法接受。

「為什麼殺艾迪？」

蛇愛理不理地說：

「啊！那個半大不小的小鬼嗎？純粹意外。小鬼吃錯了綠色傢伙的數量！因為手邊正好有屍體，所以做了點手工藝送他。沒有其他意思，死掉的人不過如此而已。」

我的心中好像有什麼東西大力搖晃著。然而不管怎麼樣，對一成已經沒有什麼好發洩的。一成心情愉快地笑了。

「最後看到的景色是東京市中心的Rave派對，真是太棒了！當然，我並不打算死在警察醫院裡。」

他左手伸到黑色襯衫的胸前口袋裡翻弄，取出一個半透明的小寶特瓶。喀擦一聲旋開瓶蓋，把瓶子舉到眼前的高度，做出乾杯的舉動。

「不准動！誰動我就開槍打誰。拜拜啦！」

一成將裝了很多蛇吻的寶特瓶倒過來，一個個用牙齒咬碎，一次又一次把藥往嘴裡送進去。鮮綠色的粉末在他張口的時候彷彿在嘲笑我們。他右手扣下扳機，擊向窗子。連續兩次彈出金屬。窗子雖然被擊出白色的裂痕，但是玻璃並沒有碎落。

「看吧！我們的四周都是這種安全設計。在這個世界生存哪有什麼驚險的呢？」

一成一邊扭曲著綠色的嘴唇說，一邊又連開了二槍。夜晚的風從穿破的槍孔吹進來，窗簾搖曳不停。整個房間充滿遠處電音Rave的鼓動。四發槍響比低音鼓增加的音量還來得遙遠而微弱。

「聽到那個聲音了嗎？心臟跳動的聲音。聽得到那個聲音的人是活著的，聽不到的人是死了。但不管哪一種，一個人的所作所為善也好、惡也罷都不重要了。那個聲音響起時，只要瘋狂就夠了。拜拜！」

一成的頭垂在自己胸前，秀樹抱著他的肩膀用力搖晃。

「佐伯……」

崇仔瞬間靠近，搶走一成緊握在右手裡的槍。我對秀樹說：

「你要怎麼辦？」

秀樹臉上夢般的表情並沒有消失，緩緩地說：

「這個世界有趣的事情我已經看夠了，也許去問問永遠子吧！」

似乎沒有什麼好說的，我沉默不語。

「我相信靈魂這種事。靈魂可能本來存在於世界的另一邊，現在也許只是到這裡來旅行也說不定。」說著，從上衣口袋拿出一個小塑膠拉鍊袋，同樣把綠色的顆粒一口吞下。秀樹似乎毫不在乎我們，自言自語地說：

「這裡面的量似乎不夠啊？我要上床睡覺，你們自己看著辦吧！」

秀樹消失在旁邊的寢室，我們呆愣在那裡。拔出刀子的四個G少年，在綠蛇脫逃的房間裡看起來像笨蛋。對死意堅定的人來說，刀子只不過是種玩具。崇仔說：

「撤退！」

我說：

「這樣就好了嗎？」

崇仔點點頭。

「好了，現場究竟發生什麼事情，就讓條子去傷腦筋。不管有幾個頭腦，我想他們一定搞不清楚。萬一我們有人被逮到，照實說就好了。這裡看起來就像是兩個藥物中毒者自殺的現場。」

崇仔看看手錶說：

「已經快四點半。該結束Rave派對、解除道路封鎖，行動電話也可以使用了。就在這裡解散吧！各自離開飯店。注意櫃檯跟門房。」

最後對我說：

「阿誠，你跟我走，在這裡目擊整個過程，我看你也吃不下東西吧！」

不愧是對平民的感覺相當敏銳的國王。老實說，我已經疲倦至極，什麼都好。我覺得艾迪、一成、秀樹都是笨蛋；我和G少年和Heaven也是笨蛋！還有那些什麼也不知道、只會跳著舞的上萬個小鬼也全是笨蛋！

我和崇仔一邊走在無人的走廊，一邊在心裡發誓絕對不要再跟毒品扯上任何關係。對我來說，池袋的街道和貧窮的現實已經夠受了。

❦

搭電梯從地下停車場出來，爬樓梯上一樓大廳。大廳有很多從Rave回來的疲憊旅客。早上五點，前面的咖啡廳就坐滿了人，排了一整排在等位子。我和崇仔若無其事地走著，慢慢離開混雜的人群。

「下次不知道什麼時候才會再見到你，真令人擔心啊！」

他斜睇了我一眼笑了笑。但是我連開玩笑回應的力氣也沒有，在飯店前面的廣場與國王握手道別。我只想回自己的房間睡覺。

不過在這之前有一通電話非打不可。我按了手機裡永遠子名字縮寫的快速鍵，不過她的電話還是語音信箱。我在早晨的西口公園中鬆了一口氣。如此一來，我就不必是那第一個告訴永遠子有關秀樹事情的人。

當那傢伙打開裝綠色毒品的小袋子時，其實我心中有種放下大石的感覺。這樣一來，永遠子不會一生都活在那個男人的陰影下。雖然還沒開始設想我倆今後的關係，但是這種結果對永遠子來說絕對是好事。

我穿過公園，在館山時候的同一批Heaven工作人員，全部在公園內撿拾垃圾。等下就要進行公關活動了吧！因為Heaven貪小便宜，所以這個場面也會讓攝影師順便直接錄下來。

我抬頭看天空。雖然才五點，太陽卻已經很大，氣溫應該會超過三十度。我拖著步伐回到西一番街，脫掉牛仔褲，牙也沒刷就倒在棉被上。今年最嚴苛的一天就這樣結束了。

早市自動休市。反正都是賣剩的水果，大部分在店裡就已經腐壞了，根本不必在乎。

⚜

事件最先在早上的電視新聞裡曝光，早報沒來得及趕上這則新聞。

飯店外面的清潔人員對著裂得白花花的窗戶指指點點，最後確認了房間位置。不過，當飯店內的打掃人員進入一九一七號房間時，在窗邊安樂椅上的佐伯一成已經死了。但是岡崎秀樹還活著，意識不清地倒在床上，口吐白沫。池袋警察署從兩人的血液中檢驗出新型的藥物，繼續搜查兩人是否利用藥物自殺。

令人驚訝的是，新聞完全沒有提到半夜的Rave派對。直到看見午後的娛樂新聞節目我才知道為什麼。Heaven把這場沒有得到許可的Rave派對當做自己公司藝人的宣傳片，把表演的VTR送給各家電視台。所以這場派對不是什麼事件，而是宣傳。不管規模有多大，都不會變成新聞事件，取而代之的是年輕人脫序的當代現象。娛樂新聞只是大量播出裸體跳舞的畫面和互毆的小鬼頭。

幾天後我才知道，Heaven中的四個工作人員以違反道路交通法被起訴。當然不會被關，只是罰錢而已。御廚似乎辯稱自己並不知情工作人員的脫軌演出。有趣的是，Heaven的人氣因為這場混戰式的Rave派對而提高許多。大家好像都喜歡這種反英雄的表現。儘管廣告公司一邊抱怨，還是介紹了大量的新贊助商過來。

這天的焦點新聞是不明人士把一櫃租來的貨車車廂丟在池袋警察署。根據匿名情報，池袋警察打開車廂，發現有八名藥頭被綁躺在裡頭，渾身是汗。密閉的貨廂裡溫度超過四十度，三個藥頭因為中暑被送往醫院。對警察來說，這雖然是個緝獲毒品的好機會，不過危險的是，那些人不知道什麼時候會被救出來，也沒有人想到他們可能會死在裡面。我心情有點愉快了起來。

隔天，根據藥頭的供詞，才暴露出首領佐伯一成與毒品設計者岡崎秀樹的存在，至此各家媒體終於明白噬尾蛇的全貌。所有媒體都在推測一成自殺的理由，直到某週刊揭露記載胰臟癌末期的醫院病歷表，噬尾蛇首領的自殺事件才終於急速落幕。

在秀樹租來的宮前平獨棟房子裡，找出了濾紙、燒杯等化學實驗的用具，以及大量的藥物。車庫裡裝置了和太陽光同樣波長的燈光，用來栽培大麻。簡直就是祕密的家庭菜園。

艾迪的頭怎麼找也找不到，也許還在荒川底下順水流著。他應該還是像打瞌睡一樣半睜著眼看著這個世界。「今天真是太酷了！誠哥！」

是啊，你看這個世界的方法，不管什麼時候都是最酷的！

在西口夏日午夜Rave派對之後三天，我去了岡崎秀樹住的要町昭和醫院，不過這次沒有帶花去。永遠子坐在集中治療室外面的長椅上，直到我站在前面，才抬起沒有化妝的臉。現在美人是我的了。永遠子比上次看到的時候還要美上幾百倍。鈦金屬製的義肢，穿著非常適合她的樸素麻質連身衣。我坐在旁邊的硬塑膠椅子上，對她說：

「醫生怎麼說？」

「可能會一直是這個樣子，也可能某天會突然恢復意識也說不定，誰也不知道。」

這樣啊！永遠子突然盯著我說：

「我從御廚那裡大概知道秀樹最後的情況了，不過阿誠你當時也在場吧？秀樹最後都沒有提到我嗎？」

我沒辦法說謊。在消毒藥水的味道與藍白色螢光燈下，我沉默地搖了搖頭。

「我知道了。請詳細告訴我他最後說的話。」

我在記憶中搜索著。

「這個世界我已經看夠了。我相信靈魂這種事。去另一個世界旅行，大概是這樣的感覺。」

永遠子的表情突然明亮起來。可能只是醫院走廊下燈光照亮的緣故。

「如果是旅行的話，有一天可能會回來吧！」

「應該是吧！」

我握住永遠子的手，這次是完全沒有性意味的鼓勵式握手。我說：

「秀樹的工作內容，妳完全不知道嗎？」

永遠子歪著像義肢一樣細緻精巧的頭。

「我只是猜想而已，並不知道。秀樹說過工作的事對自己很有影響。如果知道的話，也許我也會有罪吧。因為他也沒有說，所以對我也不會有影響。」

「原來如此，可以再問妳一件事嗎？」

義肢膜特兒那張憔悴的臉點了點頭。

「如果可以得到妳要的情報，會跟我睡嗎？」

永遠子雙手捧著我的臉說：

「阿誠你要更有自信才好喔！我想知道的事情是不用睡覺也可以得到的。我只跟感覺很好的人上床。這樣才是真正的永遠子。」

我笑出聲來，不愧是永遠子。不管發生什麼事情，即使只有一隻腳，她也是絕對能夠靠著自己的腳立足的女子。我說：

「不跟我交往也沒關係。只是不要再跟秀樹交往下去吧！除了這次事件，在印度發生的事故，不也是那傢伙的責任？」

那是我這幾天思考的事情。吃了那些藥長睡不起的秀樹對永遠子來說，實在太不值得了。就算醒來，秀樹仍然得面對警察嚴厲的調查。永遠子笑著說：

「實際上秀樹那時候情緒非常高亢，所以我想他也不記得那件事了。」

我的眼睛睜得斗大。

「那傢伙不知道自己駕駛失當？」

永遠子聳了聳肩。

「我想是吧。」

「妳沒跟他說？真令人不敢相信！難道妳醒來後，就打算依靠那傢伙了？」

永遠子看著我篤定地點點頭，幽幽笑著。我知道我輸了。看著那樣的笑容，什麼都不必多說。

「我想過自己可能的處境。不過，秀樹在我最低落的時候，還是陪著我。所以這次輪到我了。雖然像是沒有用的笨蛋，但是現在的我想不到其他方法。」

為了曾經愛過的男人，永遠子捨棄了自己的未來。如果大眾知道新歌后的情人竟然是造成無數死傷的蛇吻設計者，絕對無法諒解。儘管如此，永遠子還是做了這個決定。我什麼也說不出口。

不管怎麼說，我確知一點。即使世界上全部的人都與她為敵，永遠子還是可以靠自己的腳，繼續立足在任何地方。艾迪的死絕對不是他選擇的，但永遠子卻是不得不選擇繼續活下去。跟我們大家一樣，只能這樣活著。然而不知道秀樹想要的，是不是活著的自由。除了永遠子的想法，得失和情愛都只不過是愚者的藉口。

永遠子在我的耳邊說：

「不過阿誠，雖然我覺得方法有點拙劣，但是因為意外地順利，所以我挺驚訝的！」

我泫然欲泣地笑了。永遠子說：

「等到哪天秀樹醒來，我會跟他開誠布公談談。如此一來，就可以好好切斷回憶。秀樹若能確實看著我的眼認錯，我可以完全原諒他，和他告別。那個時候阿誠如果還單身、還喜歡我，再認真交往。」

雖然這些話虛幻的像夢一樣，我還是很高興。

「可以跟我約定嗎？」

永遠子伸出手，我們確實地勾勾手，身殘者鍛鍊過的肌肉非常有力。

「一定！」

我站了起來。如果繼續待著，一定會在永遠子的面前哭出來。我挺直身體。

「我相信妳。今後不會再跟妳連絡。等妳哪天全部結束之後，再打電話給我。不管多久都會等妳，因為我是池袋的阿誠。不要忘記我們的約定。再見！」

我抬頭挺胸走在微暗的集中治療室走廊。一次也沒有回頭。沒有搭電梯，直接走下樓梯。

我就這樣走到八月結束的街道上，直直走向池袋。在陽光照耀下的回程裡，一個人邊笑邊哭。因為現在我在等待。

一通電話和唯一一個人的聲音。

因為有一點點的希望，所以等待絕不是壞事。

石田衣良系列 3

骨音：池袋西口公園 3
骨音 池袋ウエストゲートパーク3

作者　石田衣良（Ishida Ira）
譯者　林平惠
總編輯　陳郁馨
主編　張立雯
協力編輯　鄭功杰
封面設計　白日設計

社長　郭重興
發行人兼出版總監　曾大福
出版　木馬文化事業股份有限公司
發行　遠足文化事業股份有限公司
地址　231新北市新店區民權路108之4號8樓
電話　02-2218-1417　傳真　02-8667-1891
email: service@bookrep.com.tw
郵撥帳號　19588272　木馬文化事業股份有限公司
客服專線　0800221029
法律顧問　華洋國際專利商標事務所　蘇文生 律師
印刷　成陽印刷股份有限公司
二版1刷　2016年6月
定價　新台幣260元

ISBN 978-986-359-254-9

國家圖書館出版品預行編目(CIP)資料

骨音：池袋西口公園. 3 / 石田衣良著；林平惠譯. -- 二版. -- 新北市：木馬文化出版：遠足文化發行, 2016.06
面；　公分. --（石田衣良系列；3）
譯自：骨音：池袋ウエストゲートパーク. 3
ISBN 978-986-359-254-9（平裝）

861.57　　105008072